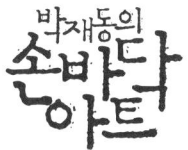

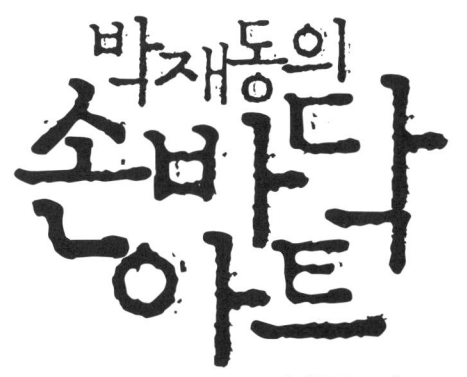

박재동의
손바닥
아트

박재동 글·그림

한겨레출판

< 그림을 그리는 이유 >

사람을 그리면
      시간이 소중해지고

꽃을 그리면
      꽃이 소중해지고

돌멩이를 그리면
      돌멩이가 소중해진다.

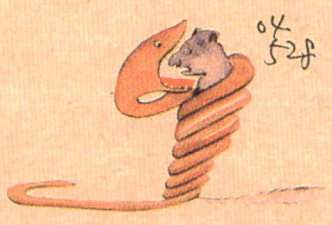

사람, 꽃, 돌멩이가 소중해지는 비밀

10년 전쯤인가? 그냥 살아가는 하루하루가 마치 손가락 사이로 새 나가는 모래처럼 흘러가버리는 느낌이 들었고, 일기를 쓰기로 마음먹었다. 마침 만화가가 꿈이었던 어느 나이든 분이 긴 세월에 걸쳐 그리고 써온 그림일기가 출판된 것을 보고, '아! 나도 그림일기를 써야겠구나' 하고선 그림일기를 쓰기(?) 시작했다. 삶이 개울에서 잡은 미꾸라지처럼 두 손 안에 잡히는 감이 왔다. 그러다가 발전해서 저녁에 한 번에 쓰지 않고 그때그때 그 자리에서 바로 그렸다. 그렇게 기회가 있을 때마다 사람이든, 풍경이든, 사물이든, 혹은 내 마음이든 그림일기를 쓰다보니 일기보다 좀더 나아간 '꼴'을 갖추게 되었고, 2004년쯤부터는 '손바닥 그림'이라는 이름을 붙일 수 있었다.

그런 개인적인 이유 외에도, 나는 내친 김에 외연을 넓혀 '손바닥 그림 운동'이란 것도 하고 싶었다. 초·중·고 12년 동안 미술교육을 받지만 막상 졸업하고 나면 사람들이 그림을 그리지 않는다. 왜 그럴까? 노래는 노래방에서도 부르는데, 왜 미술은 안 그럴까? 내가 원래 미술교사 출신인 까닭도 있고 해서 그 이유를 생각해봤다.
첫째는 크기였다. 그림 한번 그려보자 싶으면 맨 먼저 도화지 사이즈를 생각한다. 보통 사람들이 일상에서 그 도화지를 다 채우는 것은 쉽지 않다. 그림이라고 해서 표준 사이즈가 있는 것도 아니고 작가가 알아서 정하는 것 아닌가. 손바닥만 한 명함이라면 그림 만만하지 않나. 한번 그려볼 만하다 싶은 생각이 들지 않을까. 이중섭도 요만

한 담뱃갑에 그리지 않았나. 크기가 줄면 마음이 편해지고, 그림에 대한 접근이 훨씬 쉬어진다.

그 다음, 재료에 대한 발상 전환도 일상에서 그림을 그리는 데 도움이 되겠다 싶었다. 사인펜이든 연필이든 꼭 붓이 아니어도 그림을 그릴 수 있지 않을까?

소재도 마찬가지다. 땅에 떨어진 나뭇잎을 그려도 되고, 좋아하는 만화 캐릭터를 베껴도 되고, 강아지 한 마리를 그려도 되고……. 거기에 메모나 편지를 써도 된다. 그걸 낙서라고 생각할 수 있지만 내가 마음에 들어서 한쪽에 사인을 하는 순간 전혀 다른 차원에서 내 것이 된다. 자신이 소중히 여기기만 하면 낙서라고 생각했던 것도 작품이 되는 것이다.

더구나 사람을 기다릴 때, 지하철을 타고 긴 거리를 갈 때 매우 좋다. 지루하지 않고 그 시간이 빨리 간다. 기다리던 사람이 더 늦게 왔으면 하는 생각까지도 드는 것이다. 또한 하루하루가 지나가버리지 않고 소중하게 쌓여 가는 기분도 느낄 수 있기 때문에 나는 이런 작은 낙서 그림을 권하고 있다.

거기서 조금 더 나아간 것이 '찌라시 아트'다. 나는 어릴 적부터 수집벽이 있었는데, 언제부터인가는 길가에 떨어져 있는 소위 '찌라시'들을 주워 모으기 시작했다. 버려진 찌라시들도 거기에 의미를 붙이면 전혀 다른 것이 된다. '눈물의 바겐세일' 같은 벽

보나 퀵 서비스 영수증, 대리운전 홍보물, 아가씨 나오는 술집 광고 전단을 주워서 도화지 삼아 그렸는데 재미가 있었다. 우리 사회 물밑으로 흐르는 욕구와 고통과 기쁨이 담겨 있는 그런 찌라시들이 우리 시대의 진짜 증인이라는 생각이 들었다. 나는 찌라시에 그림을 그리면서 천한 것 속에 귀한 것의 싹이 있다는 것을 발견했고, 천한 것 안에 있는 역동성, 솔직함, 세상의 진정성 등 엄청난 힘과 기운을 느꼈다.

우리 삶이 특별한 것으로만 이뤄진 건 아니다. 또 원래부터 특별한 것이 있지도 않다. 내가 귀하게 여기는 정서와 가치가 담겨져 있으면, 그림의 소재나 대상에 상관없이 새로운 특별함과 소중함이 만들어진다. 또한 내가 생각하는 '예술의 본질'은 그러한 소중함을 '혼자 보고 듣고 생각하기가 아까워 나누려 애쓰는 것'이다. 그동안 '손바닥 아트'라는 이름을 붙일 수 있는 수천 점의 그림을 그려왔다. 여기에서 추려낸 작품들을 골라 여러분에게 선보인다. 내가 보고 듣고 느낀 것들이 손바닥만 한 그림 속에 담겨져 더욱 소중해졌다. 그 소중함을 많은 사람들과 나누면 기쁘겠다.

2011년 10월

박재동

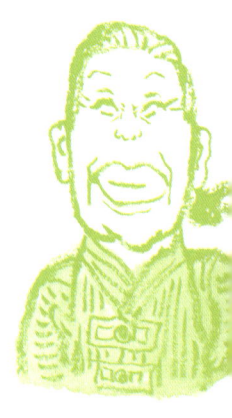
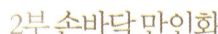

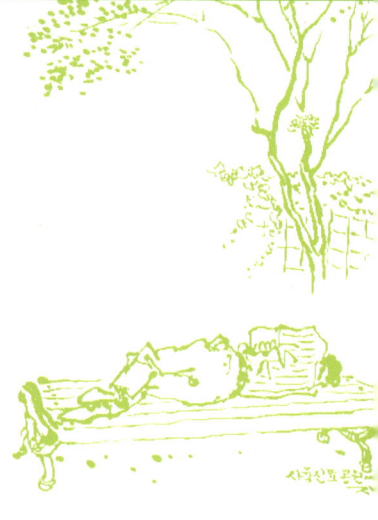

4부 풍경의 안과 밖

5부 찌라시 아트

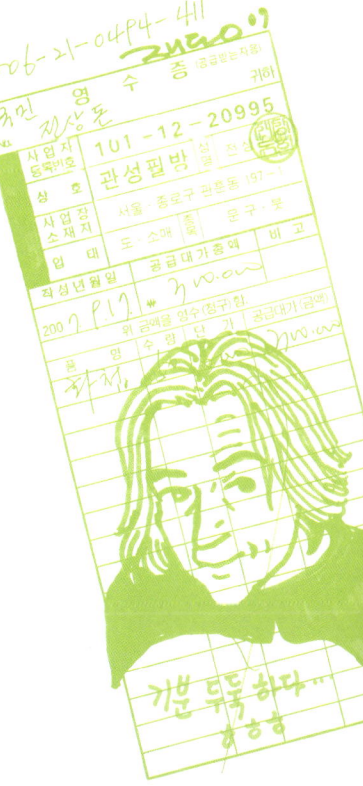

마음을
그리다。

내 마음이 따로 없더라
나 때문에 생긴
모든 사람들의 마음의 총합체가
나의 마음

내가

남들은 내가
그림을 잘 그리는 줄은
알지만

열마나 내가
서투른지는 잘 알지
못합니다

그러나 지금은
옛날처럼 큰 걱정은 없고

조금씩 하는만큼
하면 나아지겠거니
하며

그리고
있습니다

재동0855

남들은 내가 서투른지 모릅니다

남들은 내가 그림을 잘 그리는 줄 안다. 물론 그런 면도 있다. 그러나 남모르는 콤플렉
스가 있다. 내가 부러워하는 노련한 작가들도 그럴지도 모른다. 아니 그러면 좋겠다.
나는 화가로서 늘 그걸 의식하고 그걸 들킬까 두려워한다. 데생에서도, 채색에서도.
그것을 들키지 않도록 조심해서 내 놓는 것뿐이어서 조마조마한 때가 많다. 그러나
그것을 극복하려면 별 다른 방법이 없고 그 부분을 공부해서 채워 넣는 길 뿐이라는
것도 알고 있다. 그래서 하나하나 노력하고 있으니 마음이 좀 낫다. 이 그림도 실은 조
금 어색한 것이다……

모든 사람들은 하나가 아닐까

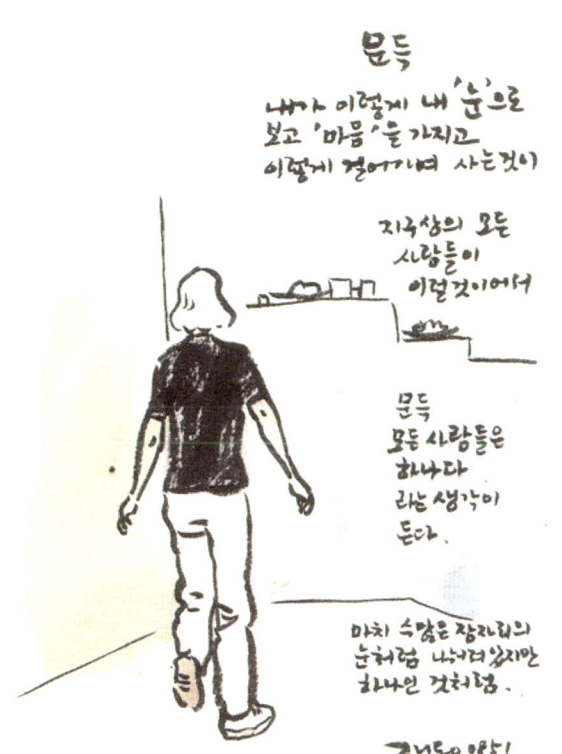

문득
내가 이렇게 내 '눈'으로
보고 '마음'을 가지고
이렇게 걸어가며 사는것이

지구상의 모든
사람들이
이럴것이어서

문득
모든 사람들은
하나다
라는 생각이
든다.

마치 수많은 장리의
눈처럼 나뉘어있지만
하나인 것처럼.

그녀 ㅇㅇ이

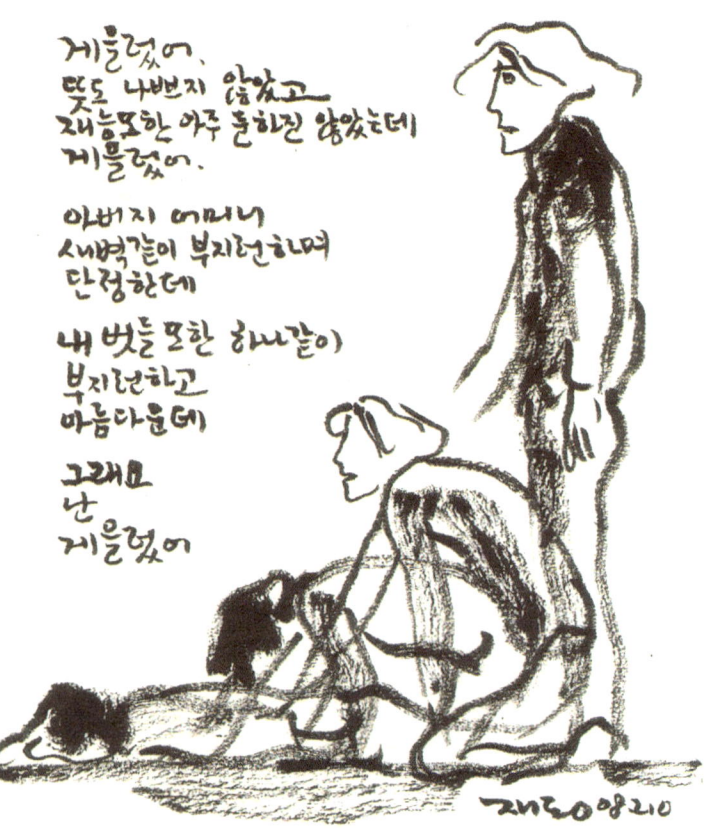

게을렀어.

게을렀어.
뜻도 나쁘지 않았고
재능또한 아주 훈하진 않았는데
게을렀어.

아버지 어머니
새벽같이 부지런하며
단정한데

내 벗들 또한 하나같이
부지런하고
아름다운데

그래요
난
게을렀어

그래요 난……

정말 내 주위의 사람들은 다 부지런한데 난 왜 이렇게 게을렀을까.

아니 그러다가 밀린 일 때문에 또 남보다 훨씬 미친년 널뛰듯 일하곤 한다.

그리고 나서는 또 늘어지고. 작가들도 보면 친구인 이희재 씨나 강요배 같은 이들,

또 친구 상석이는 한결같이 또박또박 가는데 나는 늘 비틀거린다.

잠은 안 오고

아…… 요즘은 너무도 바빠 이런 시간을 가질 틈도 없구나.

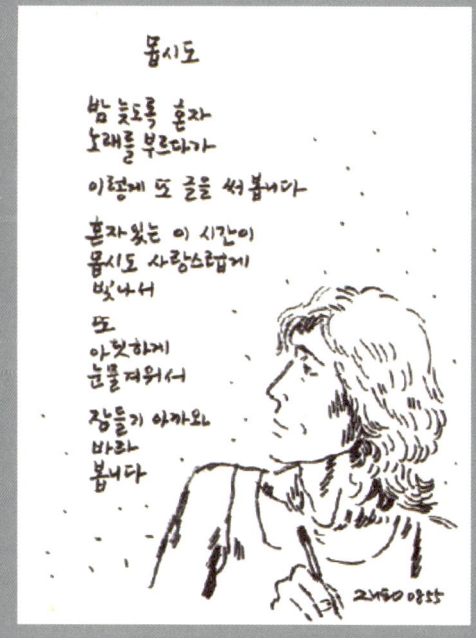

앉느냐 그리느냐

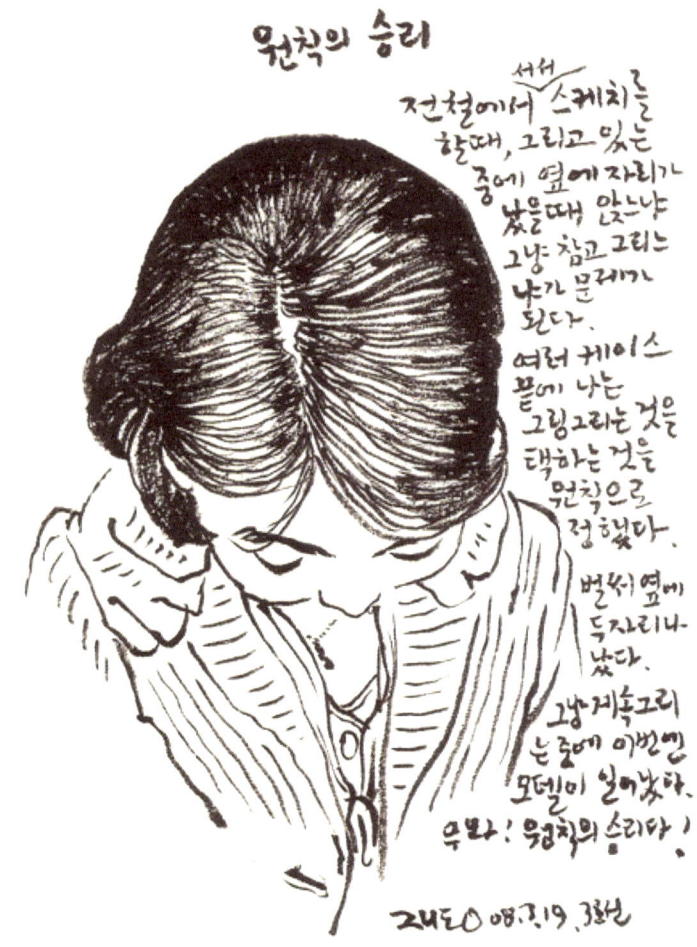

원칙의 승리

서서
전철에서 스케치를
할때, 그리고 있는
중에 옆에 자리가
났을때 앉느냐
그냥 참고 그리는
냐가 문제가
된다.
여러 케이스
끝에 나는
그냥그리는 것을
택하는 것을
원칙으로
정했다.

벌써 옆에
두자리나
났다.

그냥 계속그리
는 중에 이번엔
모델이 일어났다.
우봐라! 원칙의 승리다!

재도 08.3.19. 3호선

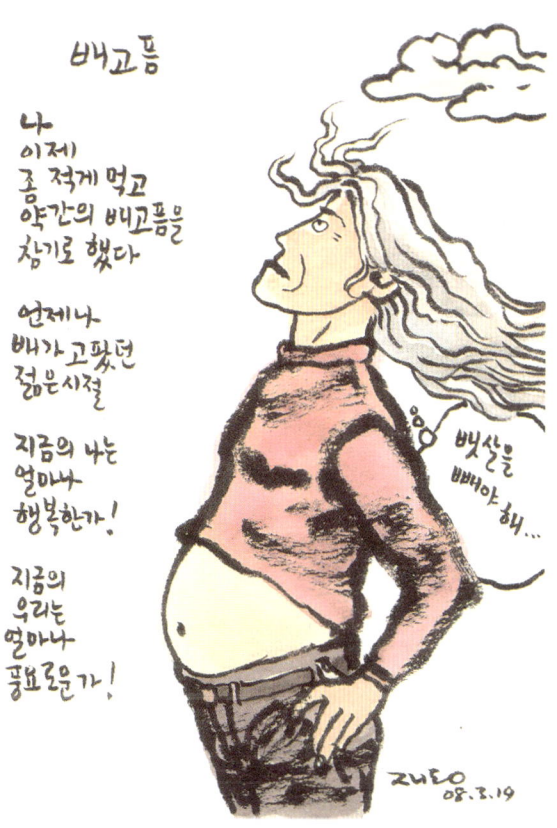

배고픔

나
이제
좀 적게 먹고
약간의 배고픔을
참기로 했다

언제나
배가 고팠던
젊은 시절

지금의 나는
얼마나
행복한가!

지금의
우리는
얼마나
풍요로운가!

뱃살을
빼야 해...

ZHEO
08.3.19

뱃살을 빼야 해

체격이 늘씬하고 멋진 내 친구 지수가 넌 어떻게 몸 관리를 하느냐고 묻길래 "적게 먹
고 많이 움직인다"하였다. 피아노의 귀신 임동창 선생은 "저는 공연날은 아무것도 안
먹어요. 먹으면 힘이 떨어지거든요"라고 말한다. 그렇다! 뱃속에 소화할 것이 있으면
몸은 그것을 소화하기 위해 많은 에너지를 쓰게 되어 힘이 떨어지는 것이다. 빈속일
때 최고의 힘을 발휘할 수 있다. 그래서 어느 날 나는 적게 먹고는 배고픔의 쾌감을
느껴가며 계속 걷는다. 몸은 가벼워지고 컨디션은 매우 좋아진다. 그때 길가에 중국
집 간판이 보인다. 아, 며칠 전에 꼭 먹고 싶었는데 먹지 못한 짜장면이 생각난다. 나
는 고민한다. 다음 장면, 디무룩해진 배를 민지면시 후회하며 집으로 돌아온다.

마음을 그리다

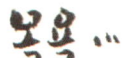

목욕...

어렸을 땐 '목욕'이란 그런 책에
나오는 그림이었을 뿐
팔꿈치와 목과 손톱엔 항상
까맣게 때가 끼어 있었지

지금은 하루에도 두번이나
샤워를 해 머리결이
산들바람에도
한들거리네

검은머리 뻑뻑한
소년이 바라보던
얼굴하얀 부잣집아이

지금 내가
그것이 되어있네

재동 08.3.19

책에서나 보던 목욕

내가 어렸을 적 시골 초가집에서 살 땐 '목욕'이란 말은 거의 책에서나 보던 것이었다.

여름엔 냇가에서 멱 감고 겨울엔 소죽 끓이는 솥에 물을 데워서 기껏 돌멩이로 발을 문지르는 것이 목욕의 전부였다. 여름에도 냇물로는 때가 잘 지지 않으니 그야말로 사철 때를 붙이고 살았다. (그런데도 하얀 와이셔츠를 입으면 며칠간이라도 목 칼라에 때가 묻지 않았다. 공기가 그만큼 맑았기 때문이다.)

중1 때는 부산에서 아버지가 돈을 주시며 동생을 데리고 동래 온천장에 목욕을 갔다오라고 하셨다. 지금 생각해보면 특별한 배려였다. 그 당시 동네 목욕탕은 박수를 치면서 물을 요구했고, 주인은 잠자리 채 같은 것을 가끔 가지고 들어와 탕에 떠 있는 때를 걷어내곤 했으니까. 전차를 타고 온천장에 간 나는 동생에게 왜 여기서는 목욕을 하면 안 되는지 말도 안 되는 소리로 구슬러 결국 목욕을 하지 않고 돌아와서는 엄청 혼난 적이 있다. 때가 너무 많아 탕에 들어가기 부끄러웠기 때문이다.

샤워라는 것도 미국 영화에나 나오는 장면이었다.

생각해보니 너무 행복한 나날이구나. 하하

나의 컨셉

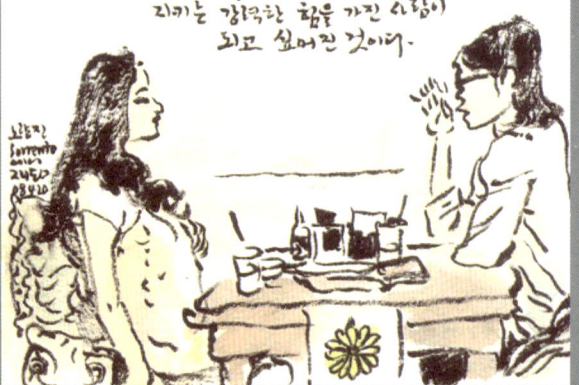

컨셉

자신의 삶에 대해 어떠한 컨셉을 갖고 있는가가
중요하다.

청년시절의 나는 예리한 현재 향한 예술가가 컨셉
이었고 장년시절은 소탈하고, 자연스럽고
너그러운 인격이 컨셉이었다.

지금 다시 생각하건데
자신을 귀히 여기고 함부로 하지 않는 절제를 배우고 싶어
졌다. 그래서 소탈함 속에 소중함과 아름다움을
지키는 강력한 힘을 가진 사람이
되고 싶어진 것이다.

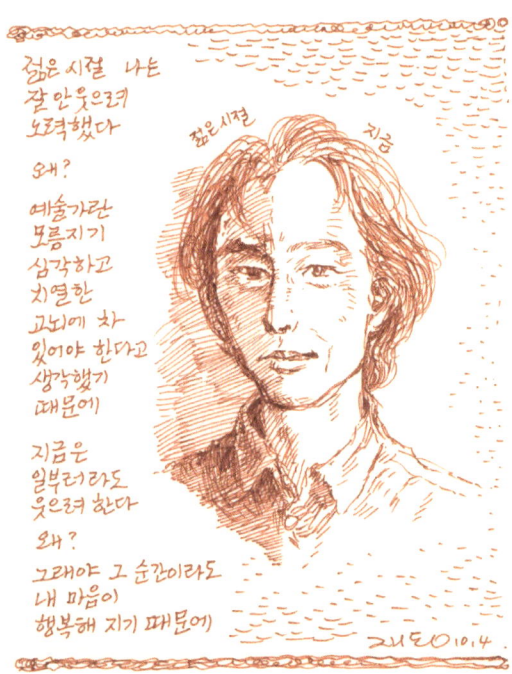

젊은 시절 나는
잘 안 웃으려
노력했다

왜?

예술가란
모름지기
심각하고
치열한
고뇌에 차
있어야 한다고
생각했기
때문에

지금은
일부러라도
웃으려 한다

왜?

그래야 그 순간이라도
내 마음이
행복해지기 때문에)

젊은 시절   지금

2015.10.4.

아수라 백작

대학교 때 담당교수였던 신영상 교수님이 학적부에 나에 대해 쓰기를 "성격이 명랑하고 싱실하고……." 그런데 난 그게 영 맘에 들지 않았다. 친구 용균이(영화 〈달마가 동쪽으로 간 까닭은〉의 감독)는 "우울하고 어떻고……"라고 씌어 있었는데 난 그게 더 맘에 들었다. 천재는 정신병에 걸리는 법이고 요절해야 하는데 난 이렇게 멀쩡할 뿐 아니라 명랑하다니, 이거 원 초등학생도 아니고…… 난 정말 천재가 아닌 거 아닐까? 그렇게 생각을 하다보니 나중엔 정말 사람이 괴상하게 변해갔다. 정신병이라고 해도 무방(?)할 괴짜가 되어버린 것이다. 그런 시절을 지나 또 변하고 변하고 변해왔다. 작품도 극히 예술을 위한 예술에서 극히 사회적인 내용으로까지……. 그리고 난 지금 이렇게 순간순간 삶을 즐기고 맛보려 하고 있다. 그리고 또 뭔가 할 만한 일에 몰두하려 하고 있다.

마음을 그리다

내 삶을 존재케 해 줄것은
그림이 였다.

나를 깨달음라
극원에 이르게 해 줄것은
붓과 그리스도 였다

나를 땅에 탄탄히
서게 해 준것은
민중미술과
민주화운동이었다

그리고 지금
나를 새롭게 일으켜
걷게 해주고 있는것은

춤이다.

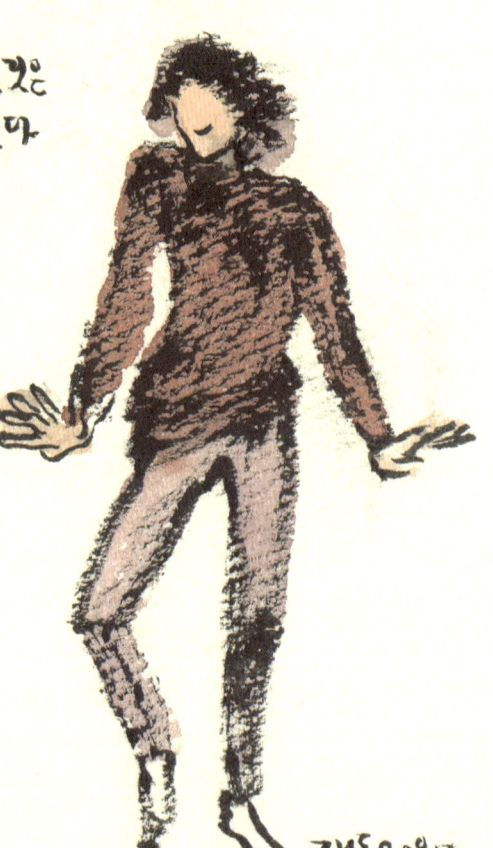

나를 새롭게 일으키는, 춤

난 원래 몸치였다. 그런데 어느날 갑자기 몸을 깨닫고, 이어 춤을 깨닫게 되었다. 몇 년 전 제주도에서 혼자 글을 쓰고 있었는데 나 혼자만의 시간에 나 혼자만의 공간인데도 너무 심심하고 상식적으로 생활을 하고 있다는 생각이 들었다. 숟가락을 뱅뱅 돌려가며 밥을 먹어도 되는데 말이다. 그러다가 화장실을 가는데 그냥 걸어가는 것보다 춤을 추며 가면 재미있겠다 싶어 춤을 추고 가니 너무 즐거웠다. 화장실까지 가는 시간이 될 수 있으면 없으면 좋을 '수단'으로서의 시간에서 그 자체로 목적인 '존재'의 시간으로 변한 것이다. 이렇게 막춤을 마구 추기 시작하다가 드디어 요추에 중심이 짝 잡히면서 몸을 깨닫게 된 것이다.

얼마나 신기하고 즐거웠는지. 나는 정말 남의 시선을 위한 춤이 아니라 나의 즐거움을 위한 춤을 출 수 있게 되었고 건강에도 도움이 되었다. 나는 지금도 기회 있는대로 춤을 즐기며, 사람들이 길에서도 춤을 추며 걸어다닐 수 있는 풍토가 되기를 바라고 있다. 길이 오직 운송의 수단으로만 쓰이는 것은 삭막한 일이 아닌가.

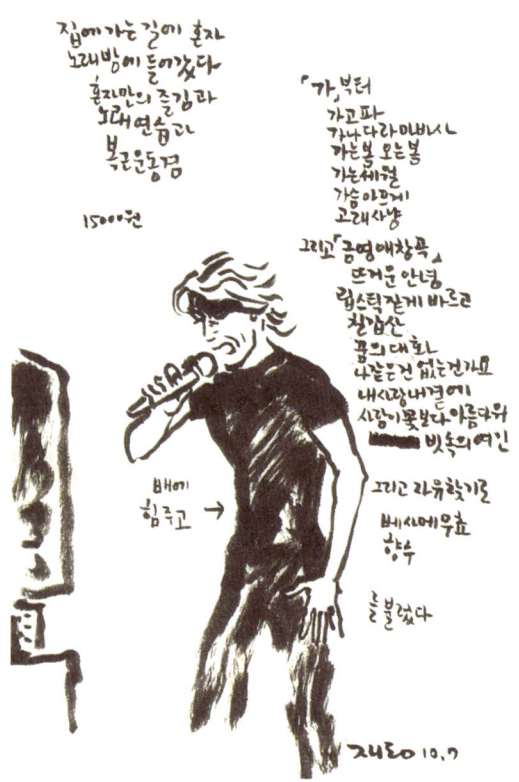

노래방에서 만나는 우주

어쩌다 한번 마음에 스트레스가 고일 때 노량진 집으로 올라가는 골목 노래방에 들어가 혼자서 마음껏 노래를 불러본다. 사람들이 있으면 잘 안 되는, 고음이 잘 안 되는 곡도 무조건 소리 질러보는 것이다.

스트레스는 풀렸느냐고? ㅎㅎ 글쎄…… 어떻든 힘은 빠지더라.

요즘은 KBS에서 일하는 주한이에게서 감정 넣는 법을, 친구 지수에게서 호흡하는 법을 배웠더니 한결 노래가 나아졌다.

남모르는 매우 기쁜 일.

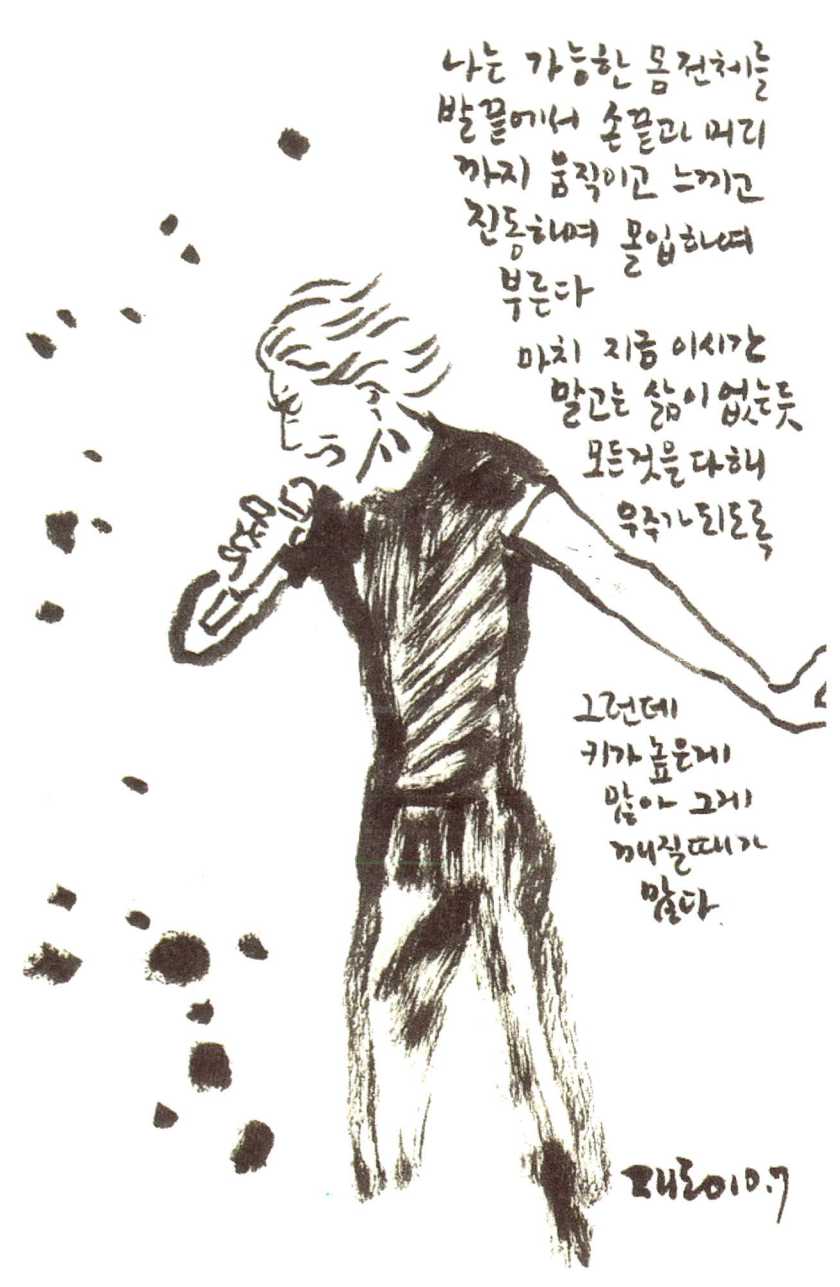

나는 가능한 몸전체를
발끝에서 손끝과 머리
까지 움직이고 느끼고
진동하며 몰입하며
부른다

마치 지금 이시간
말고는 삶이 없는듯
모든것을 다해
목직이 터지도록

그런데
키가 높은데
많아 그게
깨질때가
많다

래로이이.7

마음을 그리다

지나서

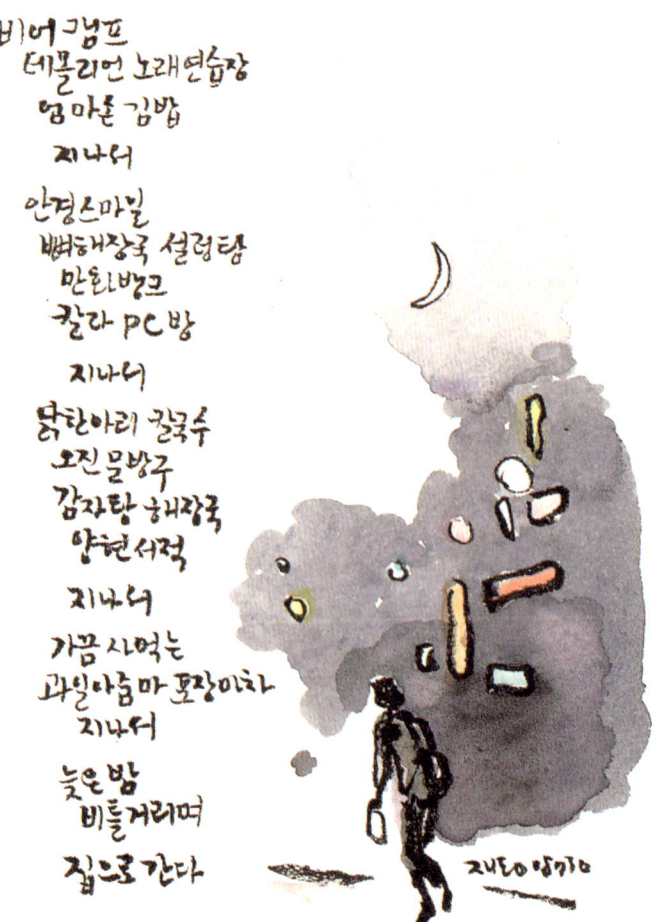

비어캠프
데몰리언 노래연습장
엄마손 김밥
지나서

안경스마일
뼈해장국 설렁탕
만리방크
칼라 PC방
지나서

닭한마리 칼국수
오진 물방주
감자탕 농내장국
양현서적
지나서

가끔 시억는
과일아줌마 포장마차
지나서

늦은 밤
비틀거리며
집으로 간다

지나서

늦은 밤 노량진 골목길을 지나서 집으로 가는 길.

조퇴한 것 같다

정말이지 오랫동안 이렇게 일찍 귀가한 적이 없는 것 같다. 20년 동안 일에서 완전히 떠난 '휴가'는 통틀어 한 닷새쯤 있었을까? 내게 귀가란 대개 11시 혹은 12시. 이런 사람은 나만은 아니리.

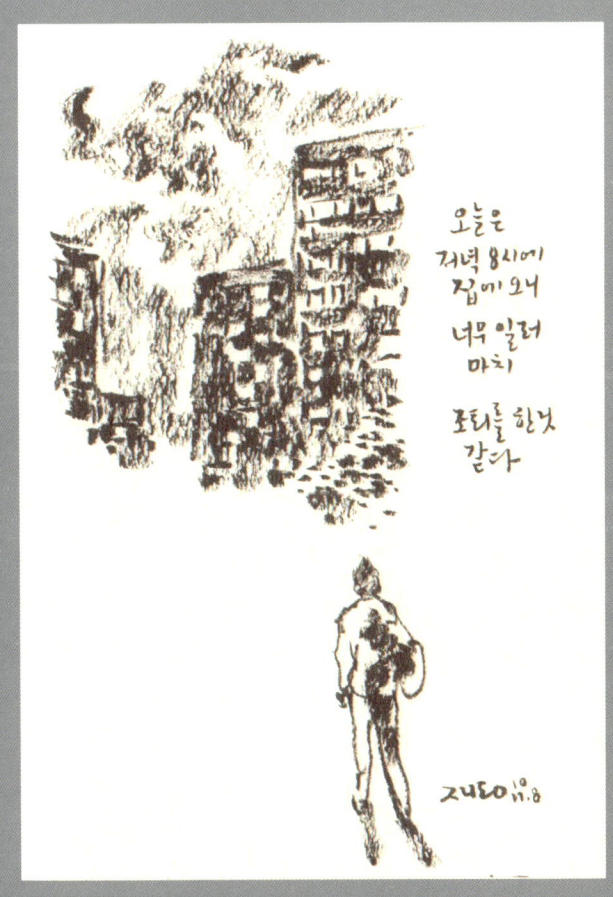

오늘은
저녁 8시에
집에 와
너무 일러
마치

조퇴를 한 것
같다

그네오늘 8

몸이 약해지니 잘 빠진다

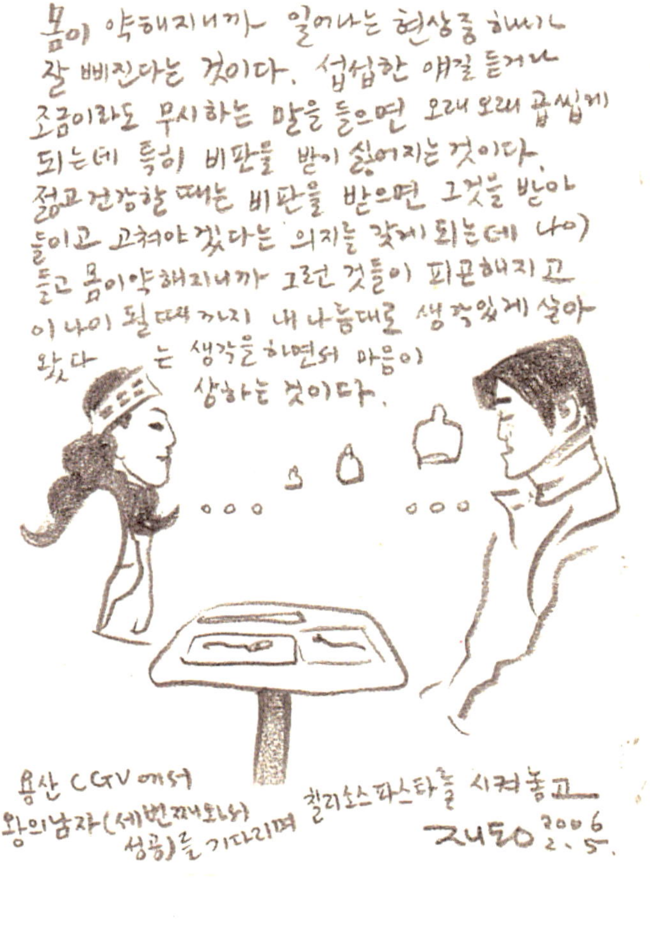

몸이 약해지니까 일어나는 현상중 하나는
잘 빠진다는 것이다. 섭섭한 얘길 듣거나
조금이라도 무시하는 말을 들으면 오래 오래 곱씹게
되는데 특히 비판을 받이 싫어지는 것이다.
젊고 건강할 때는 비판을 받으면 그것을 받아
들이고 고쳐야겠다는 의지를 갖게 되는데 나이
들고 몸이약해지니까 그런 것들이 피곤해지고
이 나이 될때까지 내 나름대로 생각있게 살아
왔다 는 생각을 하면서 마음이
상하는 것이다.

용산 CGV에서
왕의남자(세번째화나) 칠리소스파스타를 시켜놓고
성공을 기다리며 재동 2006.

언덕에서…… 나를 보다

언덕에서

50이 익숙해지나 싶더니
60을 바라보는 이 언덕에서
지나온 나의 굴레를 바라본다

아, 보인다 아련히 그러나
선명하게
내 걸음이 어째서 그렇게
힘겹게 비틀거렸는가를

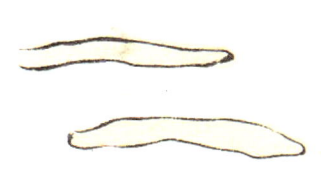

크게 보이지 않는가, 나,
주지 않았던 나, 줄줄 몰랐던 나
사람을 위해 노력하지 않았던 나
부지런히 손움직여 연마하지 않았던
나,
이제 보이느니 눈물겨우비—
나무라지를 말래라, 나의 젊은
시절이여 네 어깨를 토닥여주고 싶다

썩어처럼, 되어있어 한결같음이 있지만
그대, 바로 나같이 되어가려고, 비틀거리며
걸어온 삶도 있지 않느냐

이 언덕에 노을이 지고 차갑지 않은
바람 강아지 풀들 만지고 지나갈때
나 오늘은 아득히 젖어 이렇게 서있다

재덕 08.11.28

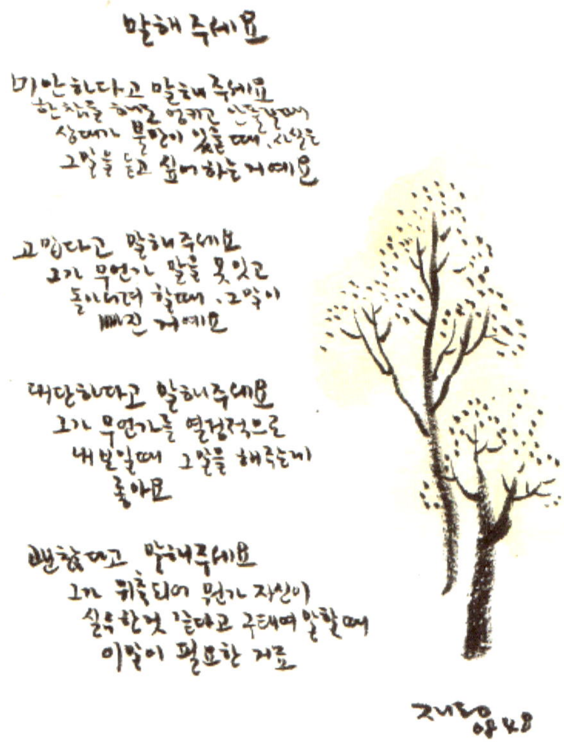

말해 주세요

미안하다고 말해 주세요
한참을 ... 있을 때, 신을
그말을 듣고 싶어하는 거예요

고맙다고 말해 주세요
그게 무언가 말을 못 잊고
돌아서려 할때, 그말이
빠진 거예요

대단하다고 말해 주세요
그게 무언가를 열정적으로
내밀일때 그말을 해주는게
좋아요

괜찮다고 말해 주세요
그게 뭔가에 뭔가 자신이
실수 한것 같다고 주저며 말할때
이말이 필요한 거죠

필요한 말

마음이 엉켜 있을 때, 난처할 때 그것을 풀어주는 한마디를 해줄 수 있는 사람,
그럴 수 있다면!

영원과 무상은 한몸

순간 속에서 영원으로 통하는 길이 있다. 어떤 순간은 특히 그렇다.

거기서 결정된 것이 삶의 중요한 것을 결정하기도 하는 장중한 순간이 있다.

남녀가 어떤 순간 눈과 눈 속에서 이미 일생을 결정하는 일이 있듯이.

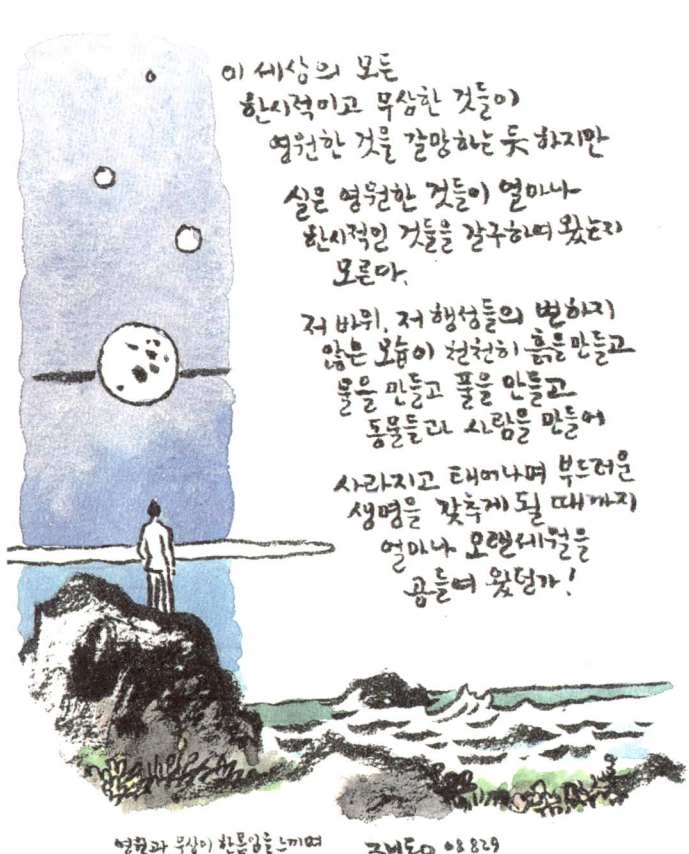

이 세상의 모든
한시적이고 무상한 것들이
영원한 것을 갈망하는 듯 하지만

실은 영원한 것들이 얼마나
한시적인 것들을 갈구하며 왔는지
모른다.

저 바위, 저 행성들의 변하지
않는 모습이 천천히 흙을 만들고
물을 만들고 풀을 만들고
동물들과 사람을 만들어

사라지고 태어나며 부드러운
생명을 갖추게 될 때까지
얼마나 오랜세월을
공들여 왔던가!

영원과 무상이 한몸임을 느끼며   그림○ 08 8 29

내 깊은 곳에서 울려오는 소식

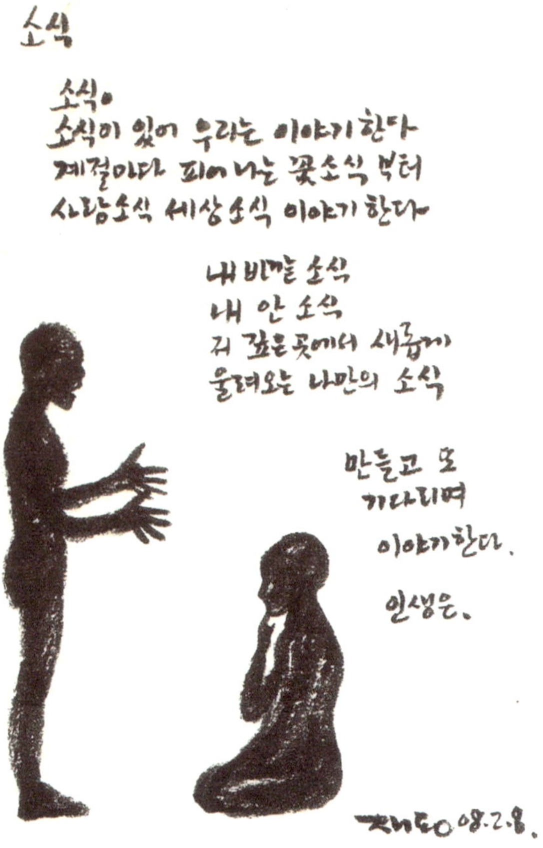

소식

소식。
소식이 있어 우리는 이야기 한다
계절마다 피어나는 꽃소식 부터
사랑소식 세상소식 이야기 한다

내 비밀 소식
내 안 소식
귀 깊은 곳에서 새롭게
울려오는 나만의 소식

만들고 또
기다리며
이야기한다.

인생은.

채동 08.2.8.

나도
그러하더이다

살다보면 아주 미세한 부분에서도 강자와 약자가 있고 유리한 위치와 불리한 위치가
매 순간 있다. 연애를 할 때는 더 사랑하는 쪽이 약자가 되고 일에서는 뭔가를 부탁
하는 쪽은 불리한 위치가 된다. 생활 속의 갑과 을이랄까? 갑의 위치에서 위세를 떠
는 모습은 보기에도 얼마나 거북한가. 나는 그러지 않아야지 하는데도 부지불식간
에 툭 튀어 나온다.

때로는 아주 잔혹하게 몰아칠 때도 있다. 세상에…….

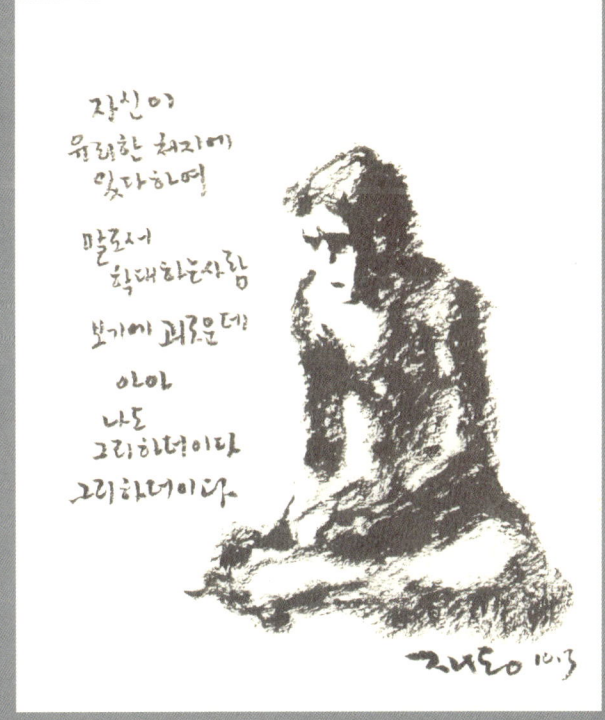

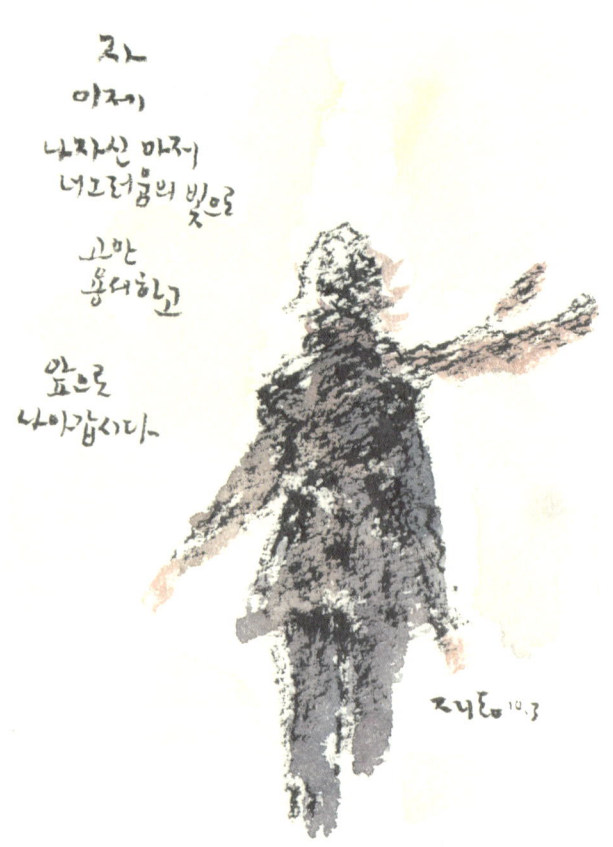

자
마저
나자신 마저
너그러움의 빛으로
고만
용서하고

앞으로
나아갑시다

재동 '11.3

나 자신마저 용서하고

행복하기 어려운 사람 유형 중에는 자신을 너무 몰아부치는 사람이 있다 한다.
나도 이따금 그렇다. 내가 나를 오랫동안 용서를 못하는 것이다. 모질게 힐책한다. 이런 사람은 혹 남도 그렇게 용서 못하는 것이 아닐까? 그러나 이제는 조금 더 나에 대해서도 너그러워지고 싶다. 하기야 시간이 어느 정도 지나면 어느 순간 내 자신이 용서가 된다. 그동안 벌을 받은 것일까? 그런데 너무 빨리 용서하면 너무 헐렁해지는 것같다. 아직도 나는……

● 박재동의 손바닥 아트

내 마음

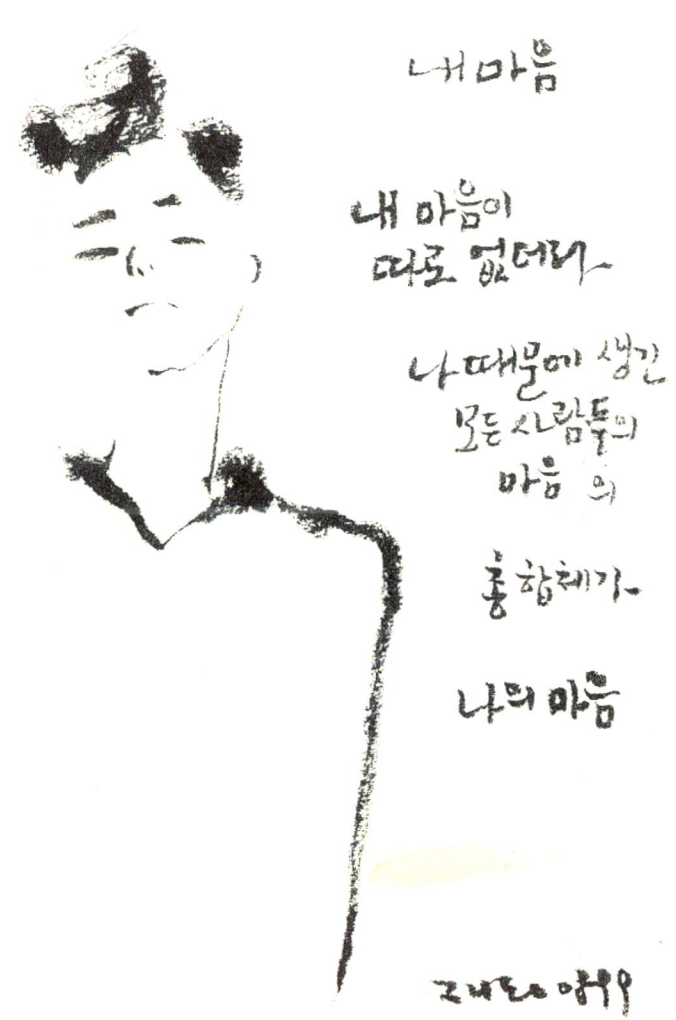

내마음

내 마음이
따로 없데라

나 때문에 생긴
모든 사람들의
마음 의

총합계가

나의 마음

그래서 애인

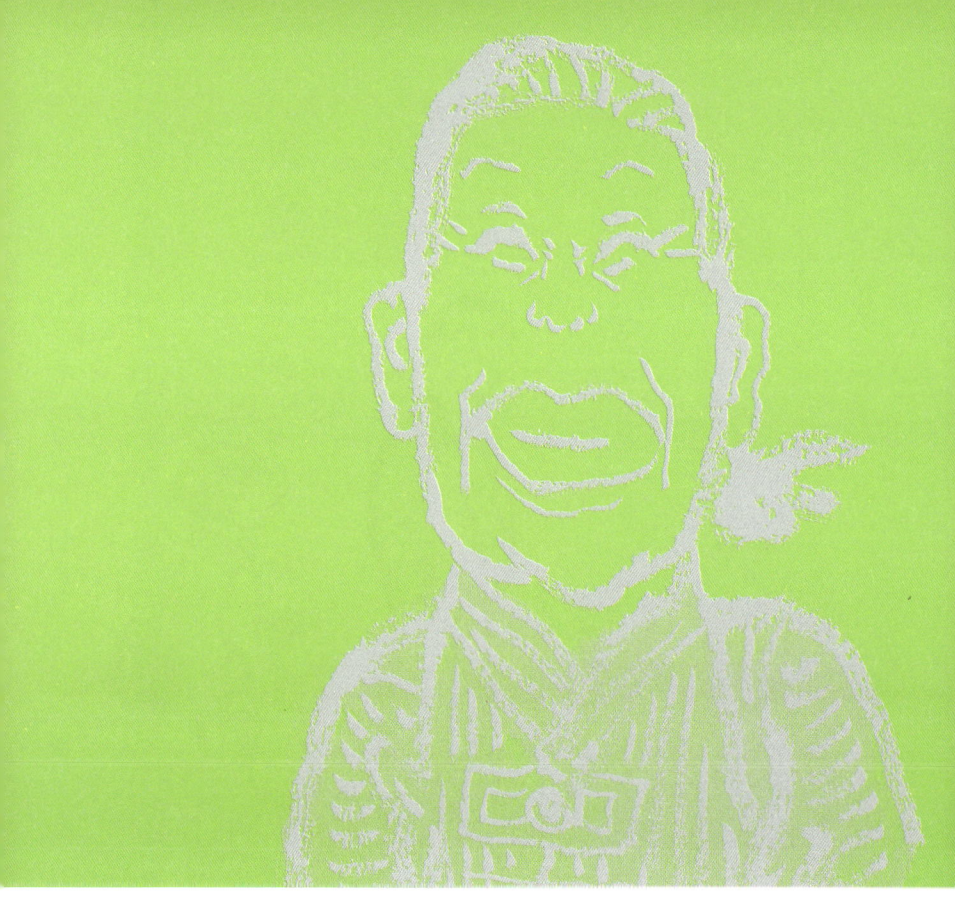

손바닥
만인화.

나는 우선 우리나라 사람들은 다 그리겠다는 야심을 갖고 있다.
길에서 만나는 사람들 하나하나가 이 땅에서 피어난 꽃,
아니 꽃보다 아름다운 존재들이다.

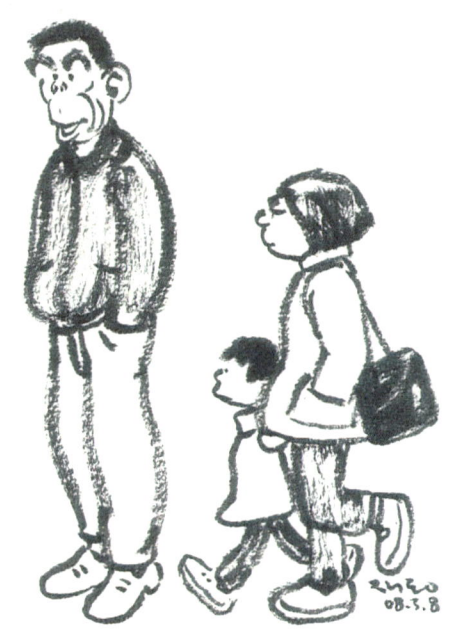

전국민의
캐릭터화

나는 우선 우리나라 사람들은 다 그리겠다는 야심을 갖고 있다.

길에서 만나는 사람들 하나하나가 이 땅에서 피어난 꽃, 아니 꽃보다 아름다운 존재들이다. 그러고는 사람들을 캐릭터로 단순화시켜보고 싶다. 그래서 지금도 줄곧 사람들을 그리고 있는데 아쉬운 것은 주로 서울사람만 그린다는 점이다. 저 시골의 골목에서 역에서 밭에서 장터에서 만나는 사람들도 그려야 하는데…….

내가
그리려는 것은

요배(강요배 화백)는 제주도에서 꾸준히 유화물감으로 캔버스 위를 부비면서 그림의 본질은 형태보다는 '질감'이란 것을 발견하여 마음밭을 가꾸고 있다. 그럴 때 그림은 형태에 따라 깃발처럼 나부끼지 않고 양질의 땅이 되어 근원적인 '안심'을 제공하게 된다.

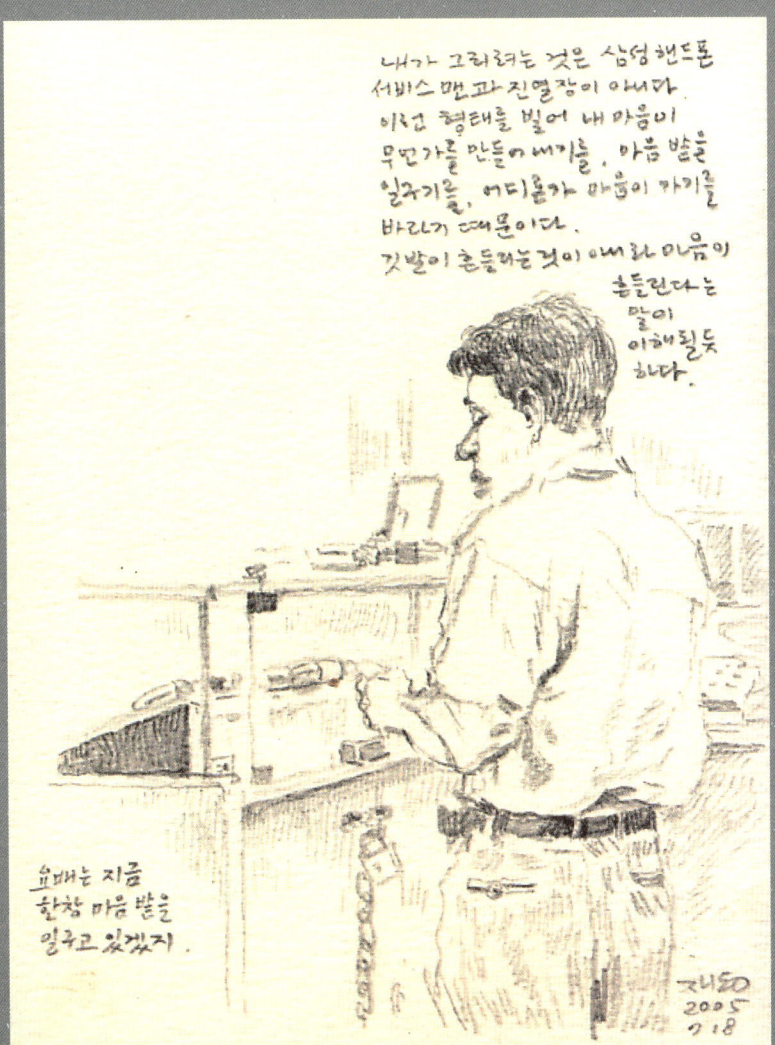

내가 그리려는 것은 삼성 핸드폰 서비스 맨과 진열장이 아니라 이런 형태를 빌어 내 마음이 무언가를 만들어 내기를, 마음 밭을 일구기를, 어디론가 마음이 가기를 바라기 때문이다.
깃발이 흔들리는 것이 아니라 마음이 흔들린다는 말이 이해될듯 하다.

요배는 지금 한창 마음 밭을 일구고 있겠지.

권비영
2005
2.18

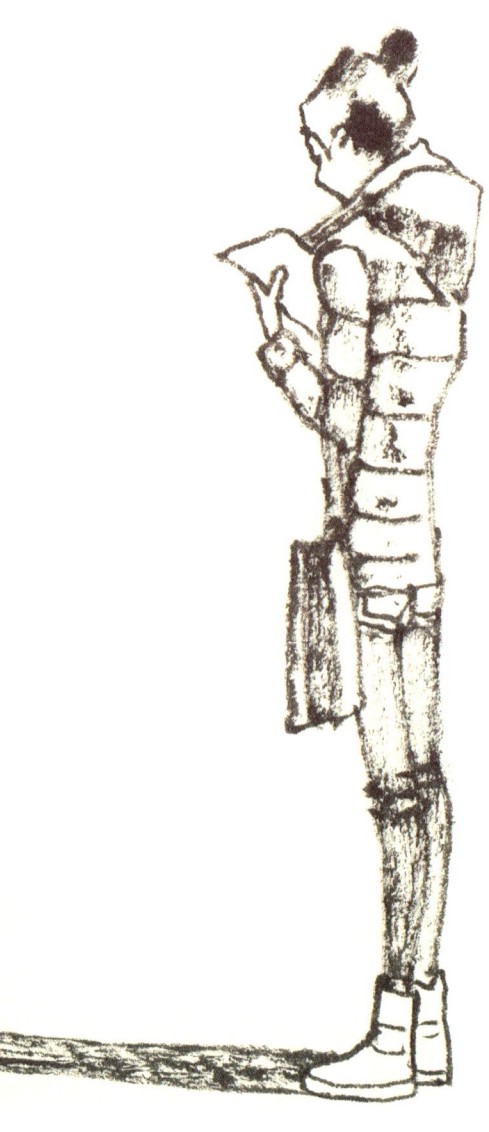

대상에 대한
존중감을 앓지
않으면서
내 나름대로
모으고 과장
해본다.
소화, 나의해석,
그리고 내 마감를
최대한 발휘
해본다.
좀 낫다.

재동0912

나의 해석

다른 사람들이 볼 때 나 같은 전문가는 그림을 늘 잘 그리리라고 생각한다. 그러나 나는 나의 비밀을 알고 있다. 무엇이 미숙하고 어디가 부끄러운가를. 그걸 보완할 길은 연습뿐이다. 그래서 항상 스케치를 한다. 그런데도 그림은 늘지 않는다.

하루는 하도 답답하여 기도를 했다.

"하느님! 나는 이렇게 매일 연습을 하는데도 왜 그림이 늘지 않습니까?"

그랬더니 즉각 답이 왔다.

"네 제자들이 너한테 그렇게 물으면 너는 어떻게 대답하느냐?"

"계속하라고 합니다."

"너도 그렇게 해라."

그래서 말없이 계속 그림을 그렸더니 어느 시점부터 그림이 늘기 시작하는데 그 재미가 아주 솔솔해서 마치 아기가 크는 걸 보는 것 같이 두 달 전에 그린 그림이 부끄러울 지경이 되었다. 아무도 뺏어가지 못하는 내 비밀스런 즐거움! 세상에 자기가 조금씩 조금씩 발전해가고 있다는 것을 느끼고 사는 것만큼 즐거운 일이 또 있을까! 그러면서 나는 좀더 나은 그림을 바라게 되고, 그릴 때마다 내 그림이 지금 어디에 있는지를 체크하게 되었다. 어떻게 변해가서 어떤 모습으로 내 앞에 나타날지 모르는 나의 그림! 지금도 나는 미지의 내 그림을 만날 기대에 가득 차 있다.

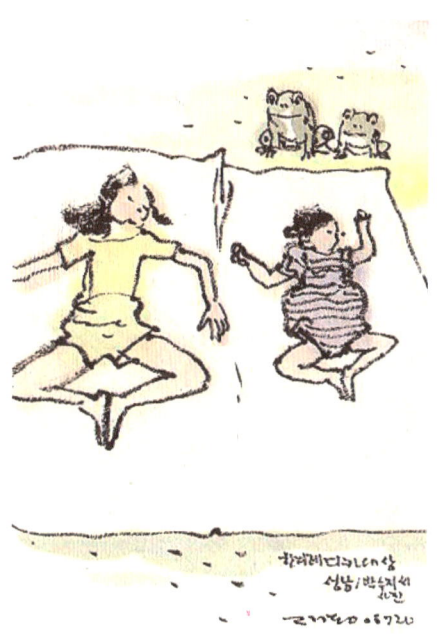

개구리 두 마리

나는 신문이나 잡지를 보다가 그림으로 그리
고 싶은 게 있으면 바로 그린다. 이 그림은 〈한
겨레〉 디지털 카메라 대상 수상 사진을 보고
그린 것이다. 개구리 다리를 하고 자는 두 아
이 모습이 얼마나 재밌나. 한참 들여다보아도
재밌다. 사진으로 보는 맛, 그림으로 보는 맛
은 또 다르다. 이 그림은 책으로 묶일 테니 더
오래 남을지도 모르겠다.

현대인의 필수품

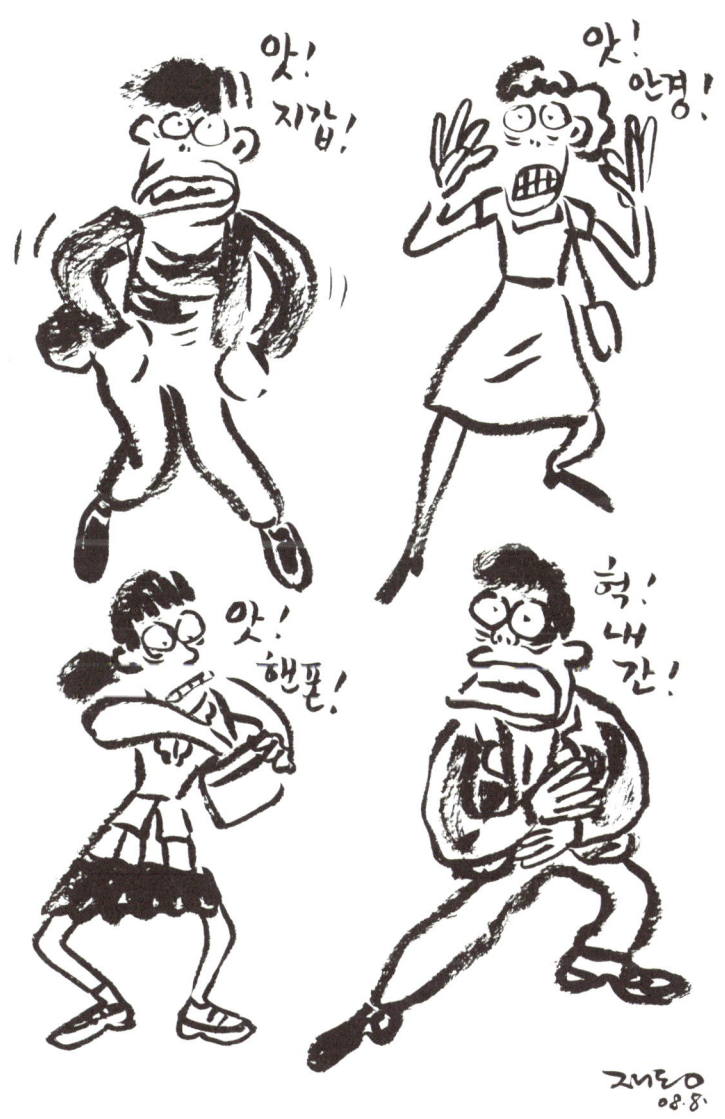

배 흡!

이 그림이야 보면 아는 것인데 나이가 들어갈수록 배가 나와 골치다. 그래도 미인을 보면 저절로 들어갔다가 헤어지면 다시 나오는 배……. 그것은 여자도 마찬가지리라. 옛날 언젠가 비슷한 아이디어에서 나온 그림이 있었는데 그것을 더 발전시킨 것이다. 나랑 친한 갤러리 〈자인제노〉의 이두선 관장이 매우 좋아하는 그림이어서 그는 전시회 때마다 이 그림을 항상 빼놓지 않는다.

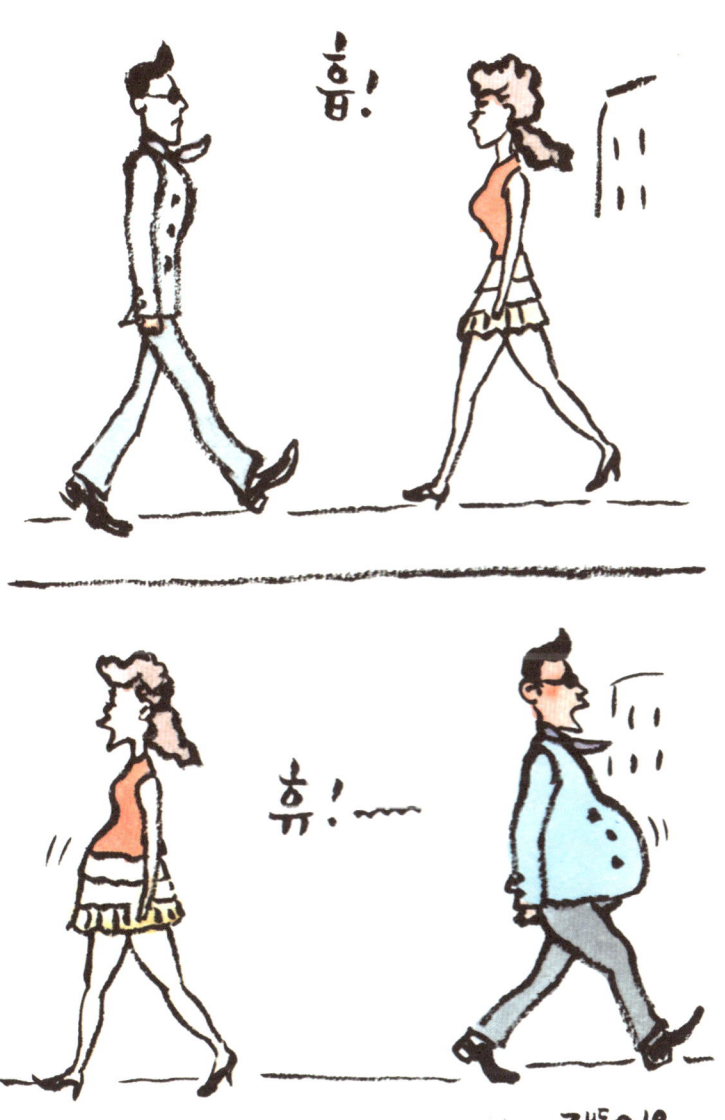

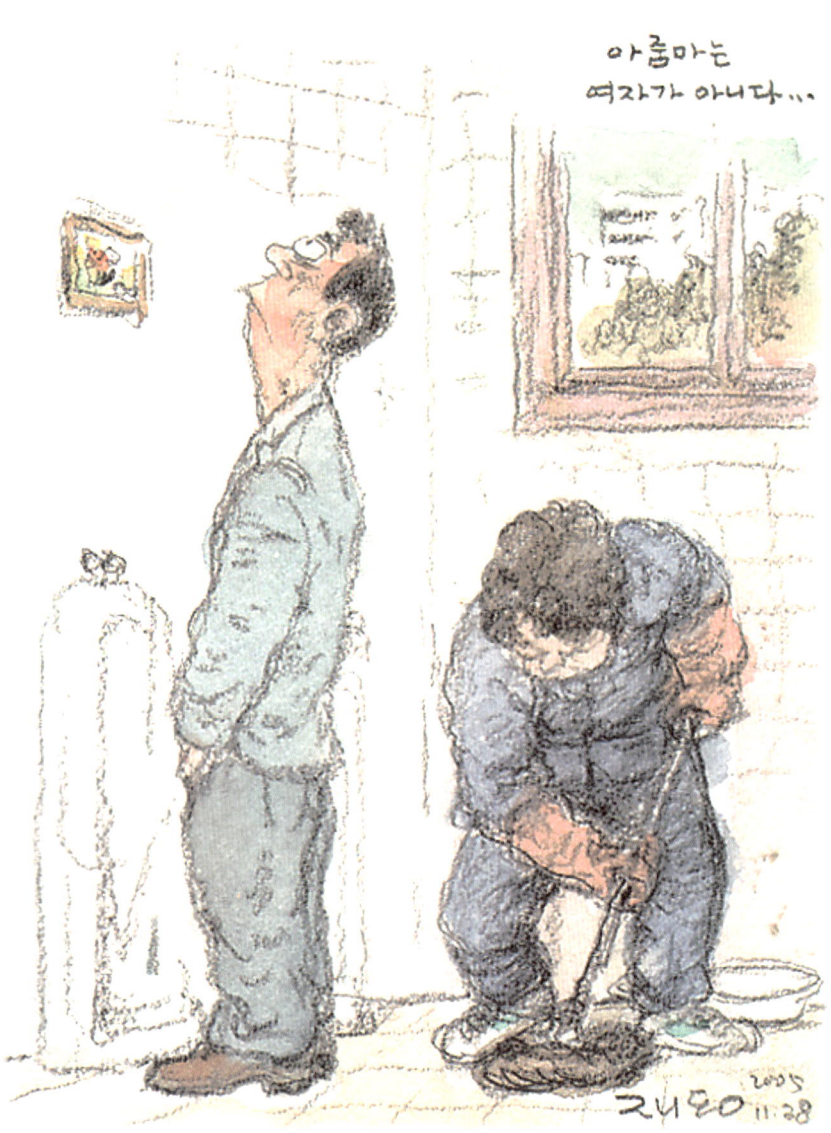

● 박재동의 손바닥 아트

아줌마는
여자가 아니다

서로를 사람이 아니고 '사물이라고 봐야' 하는 좀 긴 시간…….

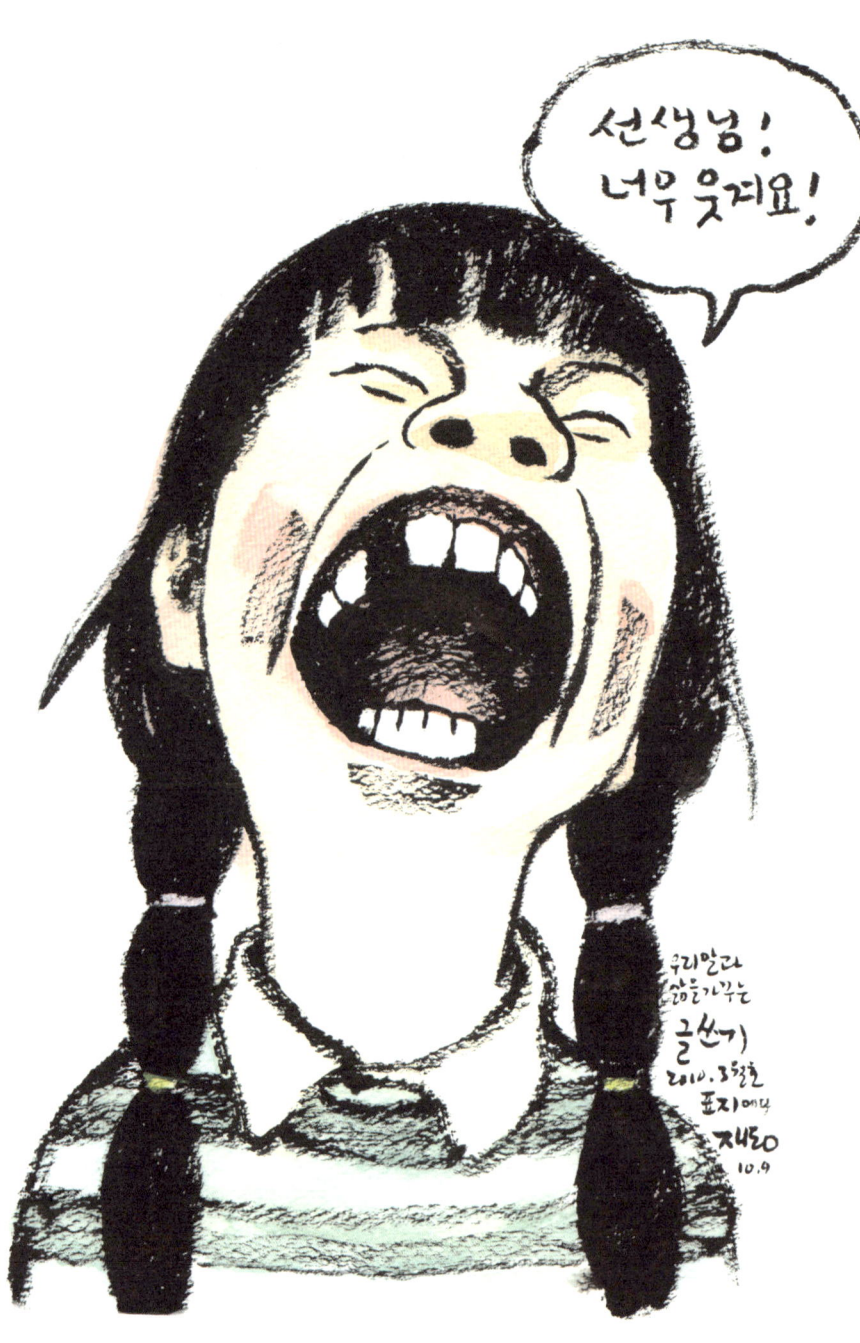

● 박재동의 손바닥 아트

선생님 너무 웃겨요

이 그림은 〈우리말과 삶을 가꾸는 글쓰기〉 2010년 3월호 표지에 있는 사진을 보고

표정이 너무 좋아 그린 것.

나는 거기다 말풍선을 만들어 집어넣고 싶었다.

무얼 쓸까?

그래, 선생님이 너무 웃기는 이야기를 한 것이다.

그래서 이렇게 웃는 것이다…….

아, 화끈하게 웃을 일 별로 없는 요즘,

하도 우스워 배가 아파 뒹굴었던 중·고등학교 때가 생각난다.

학교 재미없어요

나는 아이들을 보면 가끔 "학교 가고 싶냐?"고 물어본다. 대체로 별로라고 한다. 물론 가끔 가고 싶다는 아이도 있다. 얼마 전에는 어느 중학교에서 팀을 만들어 사회에서 좀 알려진 인물을 찾아가 얘기를 나눠보는 숙제를 한다며 내게 온 아이들이 있었다. 아침에 학교 가고 싶냐고 물어봤더니 별로라고 한다. 재미는? 역시 별로다. 그냥 이렇게 생활해야 하니까 한다는 것. 그럼 무슨 낙으로 학교 가느냐? 친구들 만나는 것 때문에 간단다. 나는 지난 날 6년간 고등학교에서 미술교사를 한 적이 있다. 그때 내가 느낀 것은, 초·중·고 12년 동안 그 청춘의 시간을 보내는 학교 생활이 행복하지 않다는 것이다. 만약 아이들이 아침에 일어나서 학교에 가고 싶다면, 그리고 저녁에는 하고 싶은 일이 많아 집에 오고 싶지 않다면, 그 삶은 얼마나 행복할까!

나는 서울시교육청에서 혁신학교 자문위원장 등으로 일을 돕고 있는데 수많은 강령이 있지만, 그 핵심을 딱 한마디로 말한다면 '가고 싶은 학교'다. 이것만 되면 다 된다는 것이 나의 생각이자 강령이다.

몇 살?
여덟 살요
1학년이구나
예

학교
재있니?
없어요~

아가 재롱.

젊은 시절의 마음으로

요즘 나는 체력단련을 하고 있다.

체력이 생기면 다시 젊은 시절의 마음으로 돌아간다.

서서히 힘이 돌아와 지금은 청년들과

체력 싸움에서 밀리고 싶지 않다.

게다가 자네들은 술 담배하고

나는 안하니까……ㅋㅋ

아까움

젊은 시절로 다시
갈 수 있다면 무얼할까?
그림과 다른 공부와
창작을 더 하고
체력단련를 하고
잠안밑도 도웁고
사랑도 잘 해야지

하지만
지금처럼
맘이 편할 수
있을까?

나이들면서 찾아던은
비 풍요로움과
자유로움을

젊음과
바꾸는

너무
아까운
일이개똥
하거든

재동 0895

아, 그래도 좋은 사랑

시간이 흐를수록, 살아갈수록, 우리가 생각하고 행동하고, 또 각자의 취향과 특기가 다르고 성격 또한 다양한 것이, 단순한 개인차가 아니라 인류라는 집단이 생육하고 번성하고 발전해 나가기 위한 스스로의 전략이라는 생각이 든다. 그러니 이런 사랑이야말로 당연히 삶이 스스로를 강렬하게, 더 낫게 이어나가려는 한 방법일 것일진대……, 꿀을 따고 나면 다시 일을 해야 할 건데…….

아, 그래도 좋은 사랑이다.

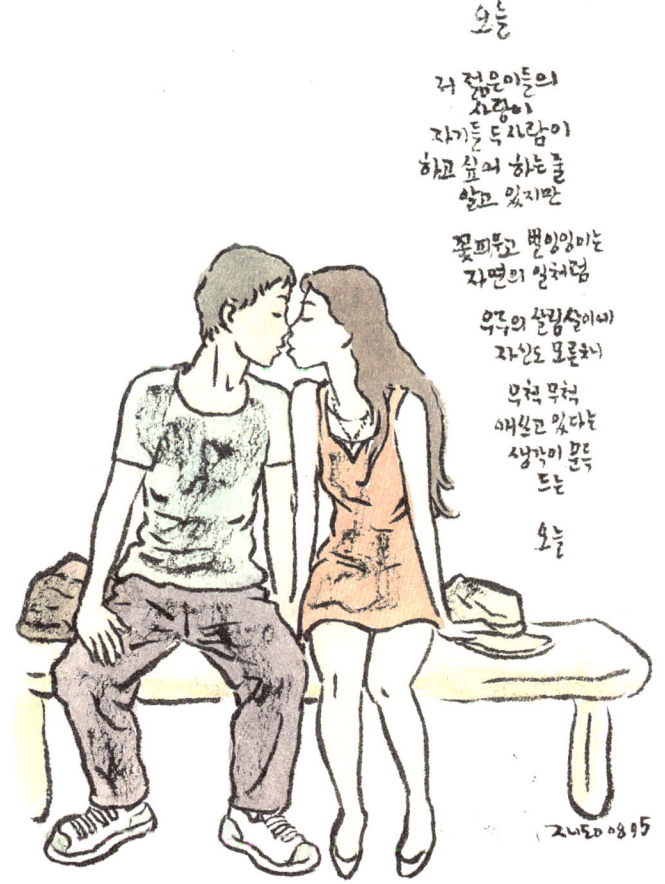

손바닥 만인화

이쁜
커플

이런 건강하고 이쁜 커플을 보는 것은 참 기분 좋은 일이다.
더구나 별로 알아주지 않지만
열심히 공부하려는 모습을 보면 말이다.
우리나라는 학문도 너무 인기 위주로 흘러서
심지어 이란 같은 곳에서 인질 사태가 나도
제대로 통역할 사람이 부족하다는 게 아닌가.
우리나라는 이제 세계와 더불어 사귀고
함께 문화를 풍부히 만들어나가야 할 때인데
이럴 때 당장 인기는 없지만 남모르는 주춧돌을 놓아갈
이런 젊은이들이 보배롭지 않은가.
그도 그렇지만 실은 이 싱싱한 청춘이 그냥 보기 좋아 그린 것이다.

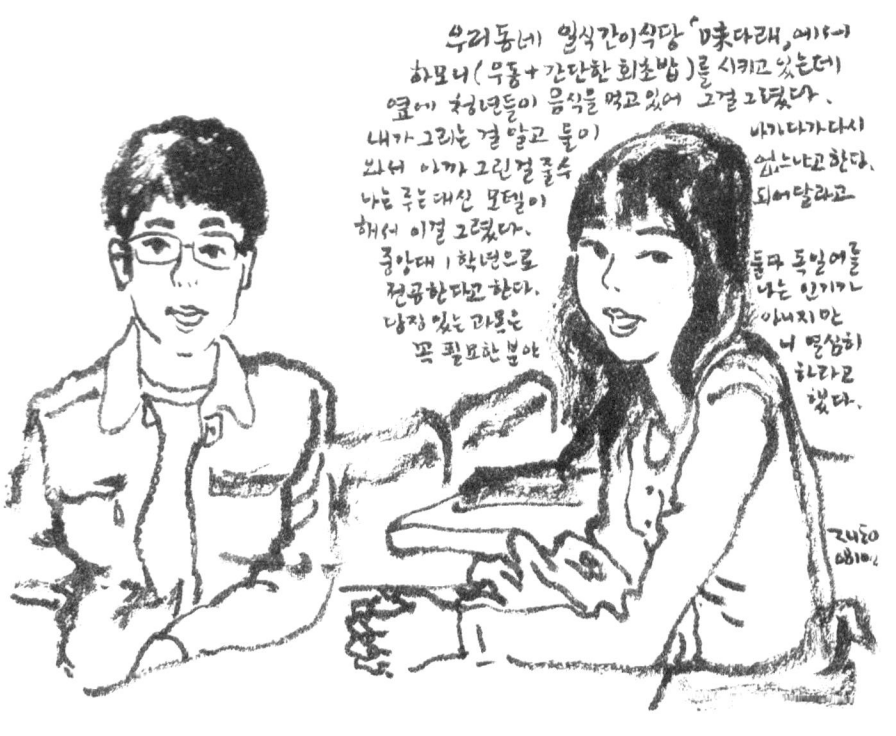

우리동네 일식간이식당 '味다래'에서
하모니(우동+간단한 회초밥)를 시키고 있는데
옆에 청년들이 음식을 먹고 있어 그걸 그렸다.
내가 그리는 걸 알고 둘이   바가다가다시
봐서 아까 그린걸 줄곧   웠느냐고 한다.
나는 죽는 대신 모델이   되어달라고
해서 이걸 그렸다.   둘다 독일어를
중앙대 1학년으로   나는 인기가
전공한다고 한다.   아내지만
당장 있는 라볼은   너 떨심히
꼭 쾌포한 분이   하나고
                                              했다.

                                              그네이
                                              에이이

손바닥 만인화

57

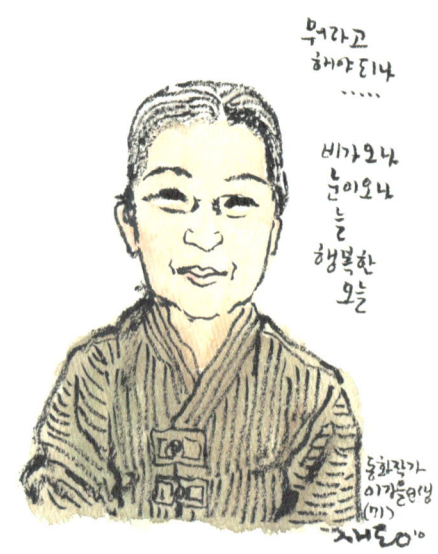

무라고
해야되나
......

비가오나
눈이오나
늘
행복한
오늘

동화작가
이가을선생
(끼)
재동 '10

이가을 선생님

나는 캐리커처를 그릴 때 될 수 있으면 단점은 감추고 장점을 부각해서 그린다. 상처를 주기보다는 그 사람의 삶을 격려하기 위해서다. 캐리커처가 아무리 딴 사람 눈에 재밌게 보여도, 본인이 마음에 들지 않고 괴롭다면 무슨 소용이 있는가?

꽤 오래전 밥을 먹는데 다른 테이블의 한 사람이 내게 와서 사인을 해달란다. 나는 캐리커처를 아주 과장해서 그려줬다. 자리로 돌아갔다. 친구들이 보고는 똑같다고 박수를 쳤다. 대박이구나. 그러나 나중에 같이 있던 이희재 씨 말이, 박수가 끝난 뒤 그 사람은 그림을 구겨서 테이블 밑으로 버렸다는 것. 충격 받은 나!

다른 사람이 즐거워하는 그림이 본인에게 상처가 된다면 그런 그림이 과연 예술일까…….

그 뒤로 나는 상처가 되는 그림을 그리지 않게 되었다. 오히려 격려하는 쪽으로……. 그래서 내 별명이 박 원장(박재동 성형외과 원장)이 되었는데, 그럼에도 이따금 망가진 모습으로 얼굴을 그려도, 그것을 재미로 생각하는 사람도 있다.

이가을 선생님은 이 그림을 좋아하셨다. 워낙 바탕이 고우시다보니 최고로 망가뜨린 것이 고작 이 그림이다.

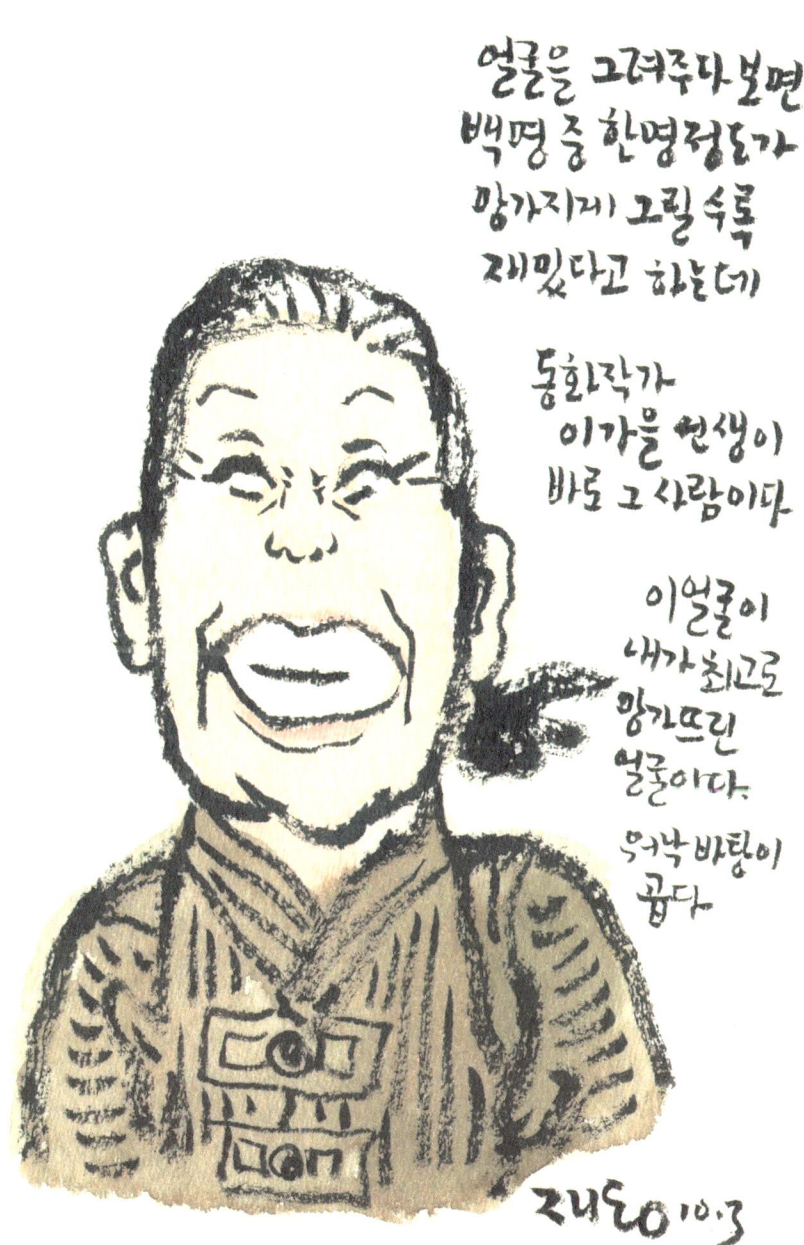

얼굴을 그려주다 보면
백명 중 한명정도가
망가지게 그릴 수록
재밌다고 하는데

동화작가
이가을 선생이
바로 그 사람이다

이얼굴이
내가 최고로
망가뜨린
얼굴이다
먹박 바탕이
곱다

재보 01·3

손바닥 만인화

59

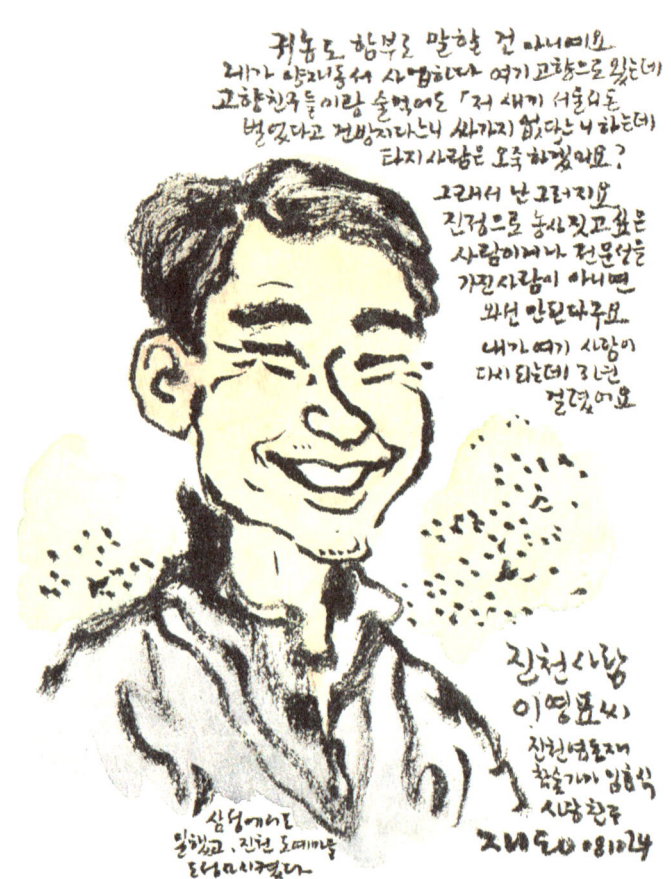

진천 사람 이영표 씨

귀농한 사람에게 가장 큰 어려움은 시골마을 사람과의 인간관계라 한다.

심지어 20년을 살아도 여전히 '타지방 사람'으로 토박이 사람들과 구별 짓는다 한다.

친구 만화가 오세영 씨도 안성에서 그나마 이웃들과 어느 정도 친하게 되기까지 5년이 걸렸다 한다.

술 먹자 할 때 작품 때문에 못한다고 하면 당장 왕따가 된다고 하니……

새마을구판장 주인

이분은 우리 동네 지하 슈퍼 주인이다. 사회운동에도 참여했고 생각이 깨어 있는 사람이다. 내가 가끔 들리면서 소주광고 포스터를 얻어가기도 했다. 이분의 독특한 아버지는 어릴 때 서당에서 공부를 조금 하셨다고 한다.

그러던 중 동네에 대형 마트가 들어온다며 이제 어디로 가야 할지 모르겠다고 걱정을 했는데, 결국 대형 마트가 들어오고 이 슈퍼는 문을 닫았다.

어디로 간 것일까?

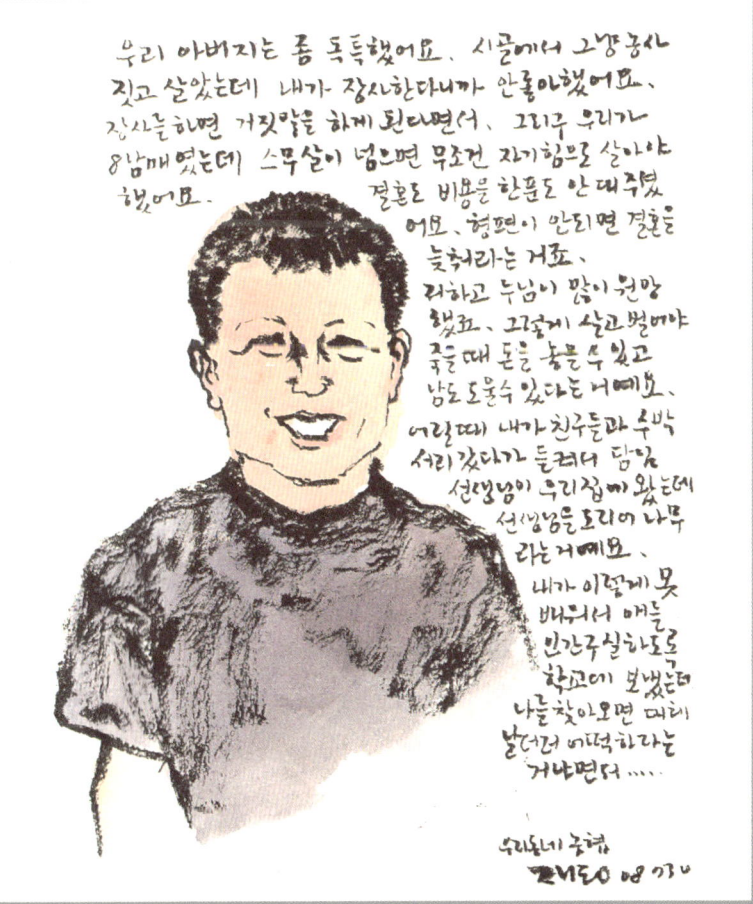

우리 아버지는 좀 독특했어요. 시골에서 그냥 농사 짓고 살았는데 내가 장사한다니까 안좋아했어요. 장사를 하면 거짓말을 하게 된다면서, 그리구 우리가 8남매 였는데 스무살이 넘으면 무조건 자기힘으로 살아야 했어요. 결혼도 비용을 한푼도 안 대주셨어요. 형편이 안되면 결혼을 늦춰라는 거죠. 그러고 누님이 많이 원망 했죠. 그렇게 살고 벌어야 죽을 때 돈을 좋은 수 있고 남도 도울수 있다는 거예요. 어릴때 내가 친구들과 수박 서리 갔다가 들켜서 담임 선생님이 우리집에 왔는데 선생님을 토리의 나무 라는 거예요. 내가 이렇게 못 배워서 애를 인간구실하도록 학교에 보냈는데 나를 찾아오면 때리 날려던 어떡하냐는 거냐면서 ......

우리동네 종협
빼빼로○ 영○○

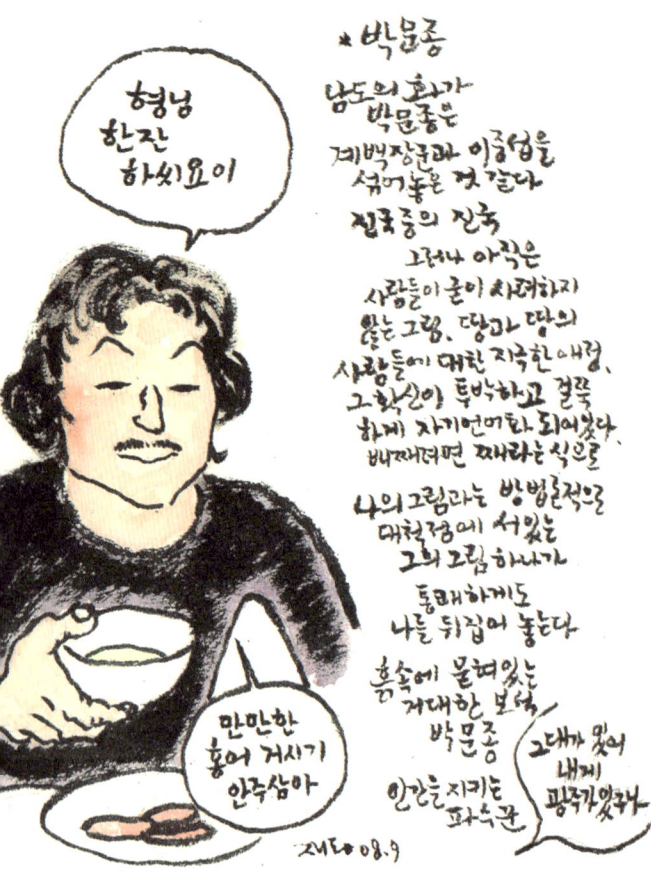

*박문종

남도의 화가
박문종은
계백장군과 이중섭을
섞어놓은 것 같다
질퍽 중의 진득

그러나 아직은
사람들이 눈이 와주하지
않는 그림. 땅과 땅의
사람들에 대한 지극한 애정,
그 확신이 투박하고 걸쭉
하게 자기언어로 되어있다
빼겨져려면 쩌럭는 식으로

나의 그림라는 방법론적으로
대척점에 서있는
그의 그림 하나가
통쾌하게도
나를 뒤집어 놓는다

흙속에 묻혀있는
거대한 보석
박문종   그대가 옆에
인간을 지키는 내게 광쪽가 있다
파수꾼

2010.08.9

형닝
한진
하쉬요이

만만한
홍어 거시기
안주삼아

남도 화가 박문종

광주의 한국화 화가 박문종은 80년대 말에 나랑 같이 '터같이'라는 그림패에서 활동한 적이 있는데 나는 투박한 듯하면서도 강력하고 깊은 그의 그림을 매우 좋아했다. 지금 역시 너무하다 할 정도로 상업성과는 거리가 먼, 진정성 하나로 '인간의 자긍심을 지키는' 그림을 그리고, 그런 삶을 살고 있다. 그를 생각하면 아득히 저 남도에 사람이 있구나, 막걸리와 함께 예술이 있구나, 하는 약간은 스산한 듯, 그리운 듯 그윽해진다.

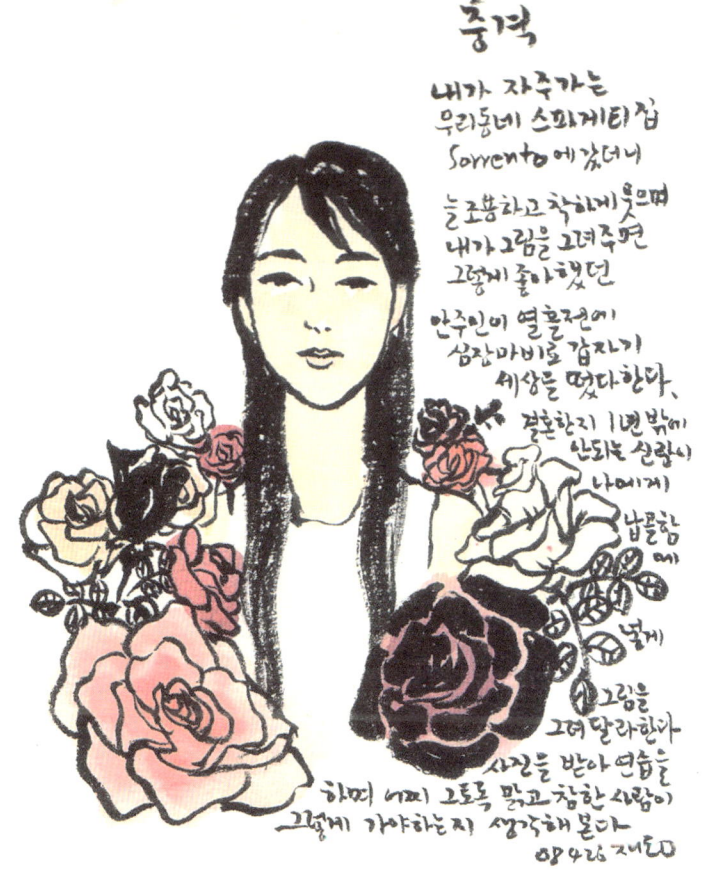

충격

내가 자주가는
우리동네 스파게티집
Sorrento 에 갔더니

늘 조용하고 착하게 웃으며
내가 그림을 그려주면
그렇게 좋아했던

안주인이 열흘전에
심장마비로 갑자기
세상을 떴다한다.

결혼한지 1년 밖에
안되는 신랑이
나에게

납골함 에

넣게

그림을
그려 달라한다

사진을 받아 연습을
하며 어찌 그토록 맑고 착한 사람이
그렇게 가야하는지 생각해 본다
08 4.26 재선

안타까운 충격

노량진역 옆 스파게티집 '쏘렌토' 안주인의 죽음은 충격이었다. 그의 남편은 같이 벌어서 집을 마련하자고 열심히 일했는데 너무 과로하게 해서 그렇게 됐다고 슬퍼했다. 나는 꽃과 얼굴과 함께 위로의 말을 담아 좋은 곳으로 가기를 바라는 글을 써서 주었다. 내가 처음 쏘렌토에 갔을 때 주인이 나를 알아보고 음식을 서비스 하길래 나도 답례로 그림을 그려주었더니, 또 서비스를 하고, 그래서 나도 또 그려주고…… 그렇게 그린 그림들을 게시판에 가득 전시를 해놓았고 그걸 이 안주인이 좋아했던 것이다. 그리고 얼마 안 있어 주인이 바뀌고나서도 쏘렌토 게시판에는 내 그림이 계속 바뀌면서 가득히 전시되고 있었는데, 지금은 쏘렌토 자체마저 문을 닫았다.

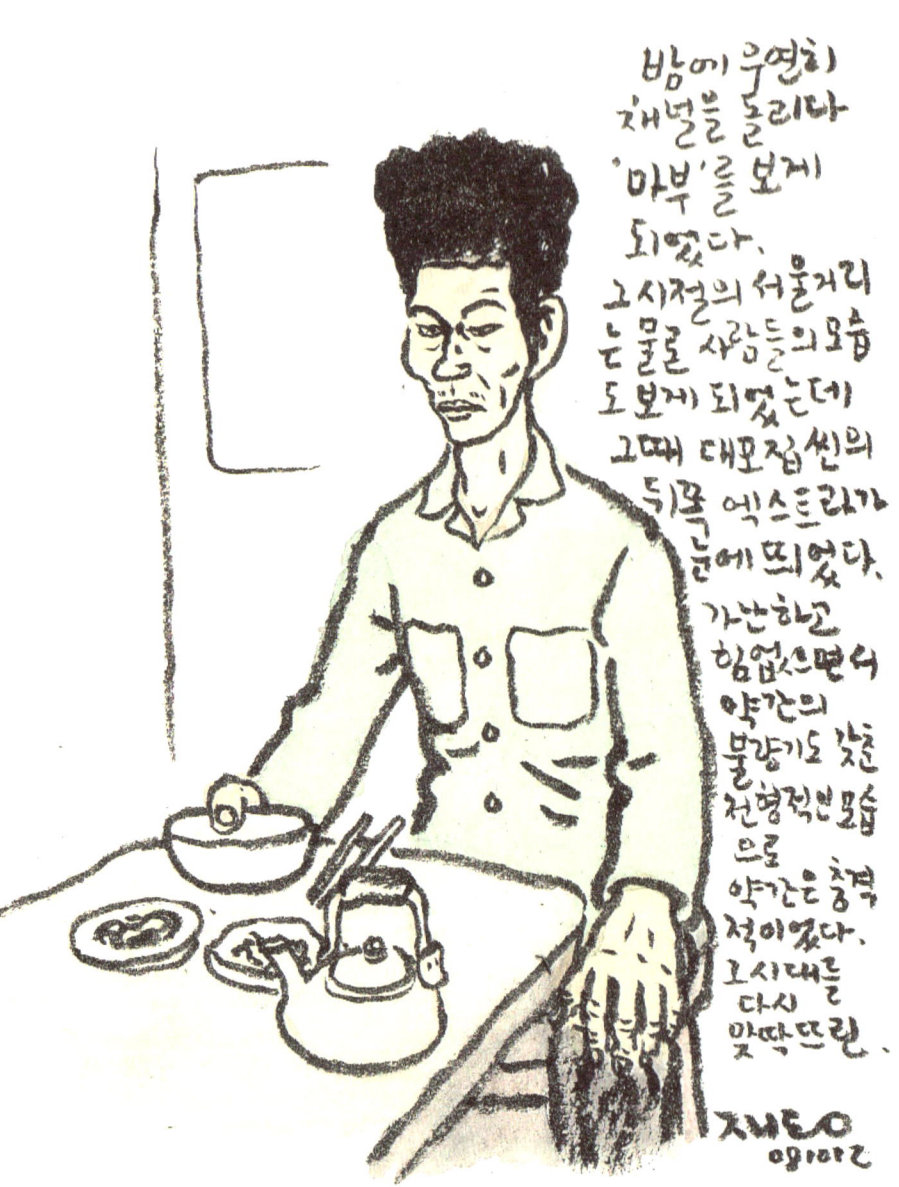

밤에 우연히
채널을 돌리다
'마부'를 보게
되었다.
그시절의 서울거리
는 물론 사람들의 모습
도 보게 되었는데
그때 대포집 씬의
뒤쪽 엑스트라가
눈에 띄었다.
가난하고
힘없으면서
약간의
물량기도 갖춘
전형적인 모습
으로
약간은 충격
적이었다.
그시대를
다시
맞닥뜨린.

재동
영이마른

● 박재동의 손바닥 아트

그림이
더 리얼하다

내가 애니메이션을 만든다고 이창동 감독에게 자문을 구하러 갔다. 이창동 감독은 "실사 영화와 애니메이션 그림 중에 어느 것이 더 리얼할 것 같아요?" 하고 묻더니 그림이 더 리얼하다는 것이다. 얼른 보면 실사 영화는 사람이 직접 나오니까 더 리얼할 것 같지만, 자기가 해보니 전혀 그렇지 않고 그럴 수도 없다는 것이다. 예를 들면 60년대 배경으로 영화를 찍어보면 지금은 60년대 인물이 없다는 것이다.

아이들도 모두 뚱뚱하고 인상도 관상도 영양도 문화도 모든 것이 바뀌어 이미 현대 우리나라 사람은 이미 50년 전과 완전히 다른 사람이 되어버렸다는 것이다. 그러면서 애니메이션은, 그림은 그게 가능하다고 말했다. 정말 맞는 말이다. 그러고 나서 옛날 영화를 보니 그 얼굴들이 정말 많이 달랐다. 나는 그것을 늘 염두에 두고 작업을 하고 있다.

밤의
아가씨

청담동이었던가,
도산 사거리 근처였던가.
지수, 성환이, 상현이 들과 한잔하고 노래 부르고
늦은 밤 택시를 기다리는데
저 앞에 늘씬한 아가씨가 택시를 기다린다.
조금 궁금해진다.

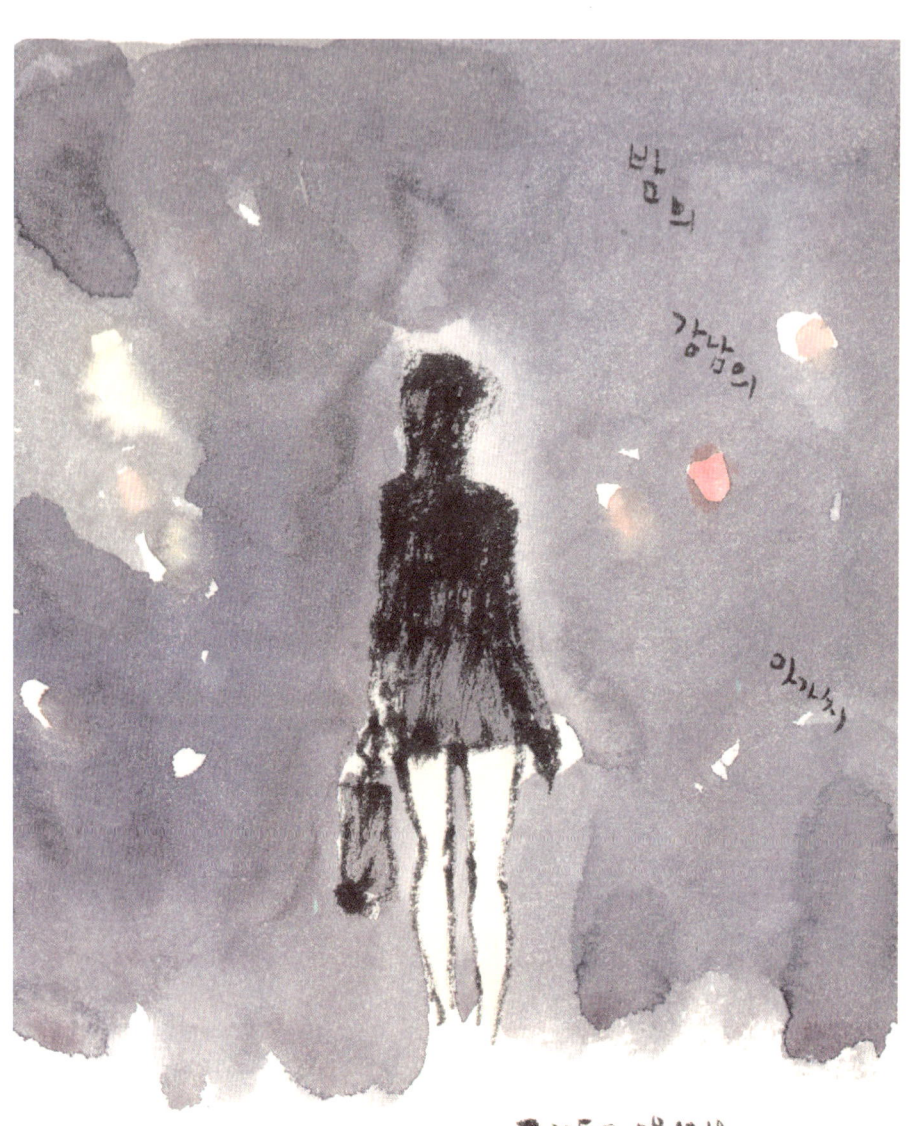

밤의

강남의

아가씨

조너도 야이이

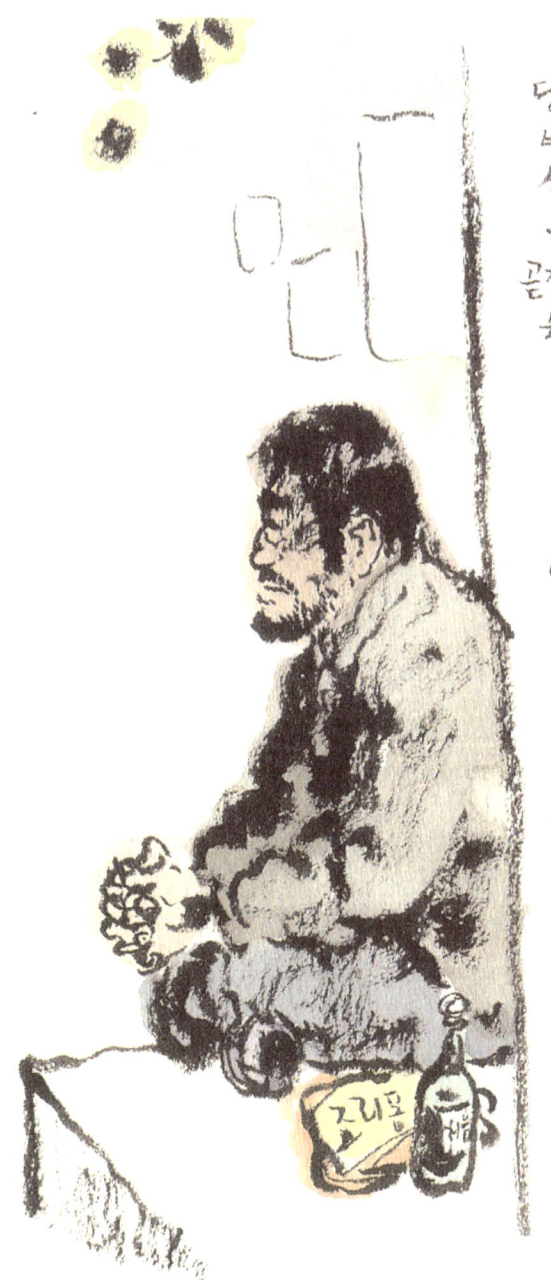

당신도 어렸을 땐
밥도 잘 먹고
씩씩하게
공도 잘 차고
곧잘 씨름도 했겠지만
친구 간만 의리도
있었겠지요

귀한 아들이며
아버지이며
남편이었겠지요

야심차게 사업도
했겠지요
그때가 꿈인지
지금이 꿈인지
모두가 꿈인지
모두가 현실인지

그러나 이 순간도
긴 삶의 여정 중
한토막이겠지요

언젠가 당신도
이 순간을 추억하며
웃을 날이
오겠지요

전기동 07.11.7

당신도
어렸을 땐

나랑 가까운 갤러리 〈자인제노〉의 화장실에도 걸려 있는 이 그림은 (나는 내 그림이 화장실에 걸려 있는 것을 매우 기뻐하는 사람이다. 많이 걸리면 좋겠다!!) 또 하나의 이야기가 있다. 몇 년 전 KBS 프로그램 〈파워인터뷰〉에 같이 출연했던 가수 이안 씨가 서울역 광장을 지나가는데 어느 노숙자가 돈을 달라고 했다. 그때 이안 씨는 돈을 주는 대신에 마침 갖고 있던 이 그림을 보여줬단다. 그랬더니 그 노숙자가 보고는 울었다고 한다. 이안 씨는 가게에 가서 빵이랑 먹을 것을 사다주었다 한다.

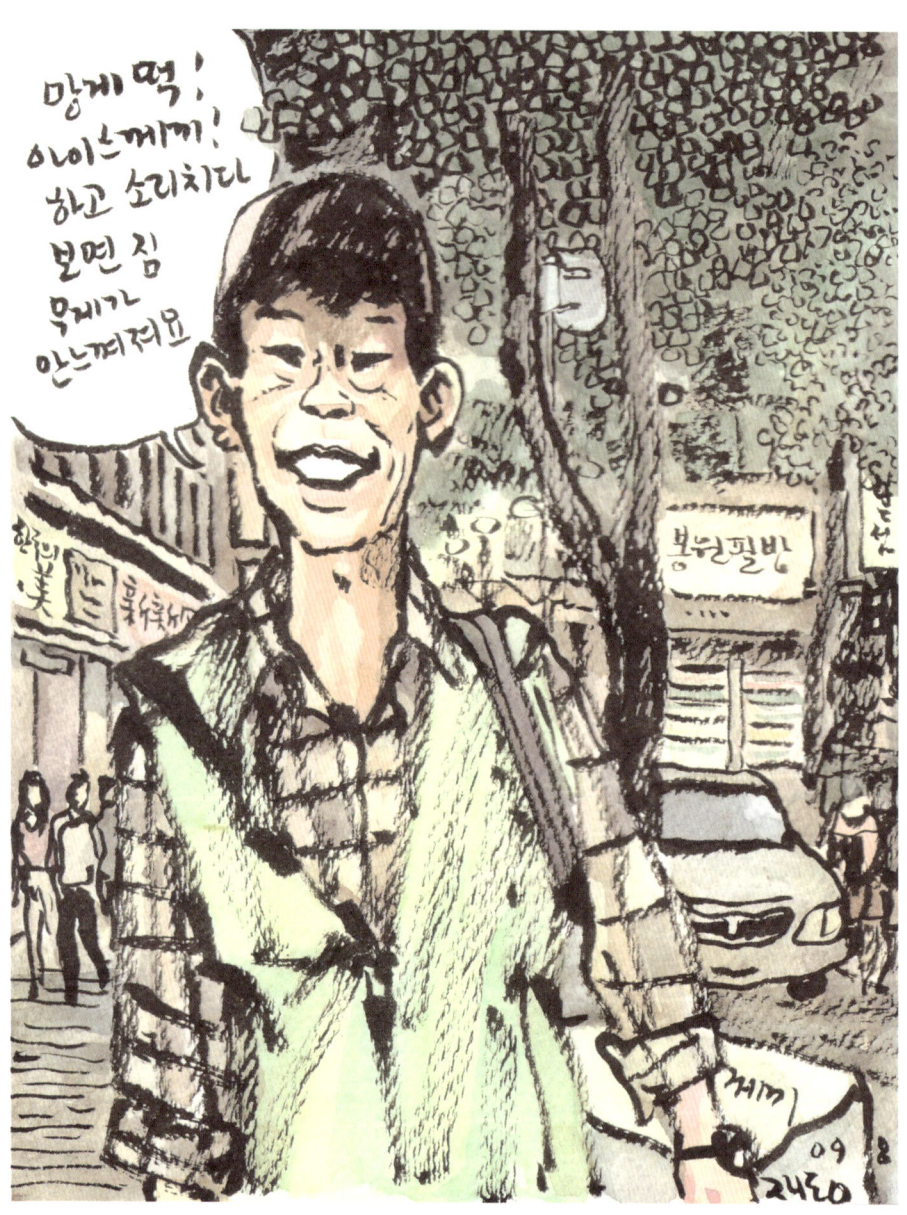

망게떡!
아이스께끼!
하고 소리치다
보면 짐
무게가
안느껴져요

봉남씨 파이팅!

"망개떡! 아이스께끼! 망개떡! 아이스께끼!"

늦은 시간 서울 인사동. 저렇게 소리치다 날 보더니

"아, 박, 박, 음…… 박…… 박재동 선생님이시죠? 하하하. 전에 저 위에서도 아이스께끼 사주시고 또 포장마차에서도 망개떡 사주시고."

(날 알아주니 기분이 좋아 스케치북과 펜이 절로 나온다.)

마흔한 살 김봉남씨, 이 사람은 언제나 웃으며 즐겁게 망개떡을 외친다.

"종각역 1번 출구에서 청진동, 피맛골, 조계사까지 돌고, 공평동, 인사동, 낙원동, 종로3가를 거쳐 대학로까지 해서 하루 일과를 끝내거든요. 처음엔 소리치고 웃고 하는 게 어려웠는데 팔아야 하니까 소리도 치게 되고 또 웃고 다니다보니 많은 사람들이 웃음 바이러스라고 격려해줘요."

께끼통 매어도 성식하게 밀고 휠기치게 항상 웃고 다니는 모습을 보니 요즘 답답한 세월에 한가닥 시원한 실바람이다.

여러분도 혹시 이 사람을 보거든 께끼나 망개떡 하나 사주시기 바란다.

김기봉이라는
나무
한 그루

노량진역 맞은편 하나은행 앞에는 나무 한 그루가 앉아 있어. 원래 전북 무주에 있었는데 23년 전 서울로 옮겨져 지금 16년째 이 자리에서 살고 있어. 여름에는 포도나무, 가을에는 감나무, 겨울에는 귤나무로 바꿔가며 지낸다네. 이름은 김기봉. 쉰다섯 살.

인천서 집 올리기 5년, 3년 목수 일, 그리고 여기 과일나무 되어 돈 벌어서 동생 장가 보내고 집 한 채 마련해주었다네. 자신은 아직 홀아비여. 재작년에 돌아가신 노모 사진 모셔놓고 2년째 아침마다 밥·국 차려 촛불 켜놓고 절하고 있어. 3년까지 할 작정이라네.

"허허, 여그가 과수원이여. 봄 여름 가을 겨울 과실이 다 나니 시골보다 낫제. 재미난 일? 장사 잘되면 재미나지. 괴로운 일? 뭐 돈 벌어 돈 있는데 괴로울 일 뭐 있어. 없어. 바라는 거? 여자나 하나 생겼으면."

감을 매우 좋아하는 나, 오늘도 이 나무 아래 들러 감을 따 간다네. 도시의 감나무, 행복해. 싱싱한 이 나무의 웃음을 보는 것도 즐거움이여. 추워지는 날, 독자들께 노량진의 이 웃음을 선물하고 싶구려.

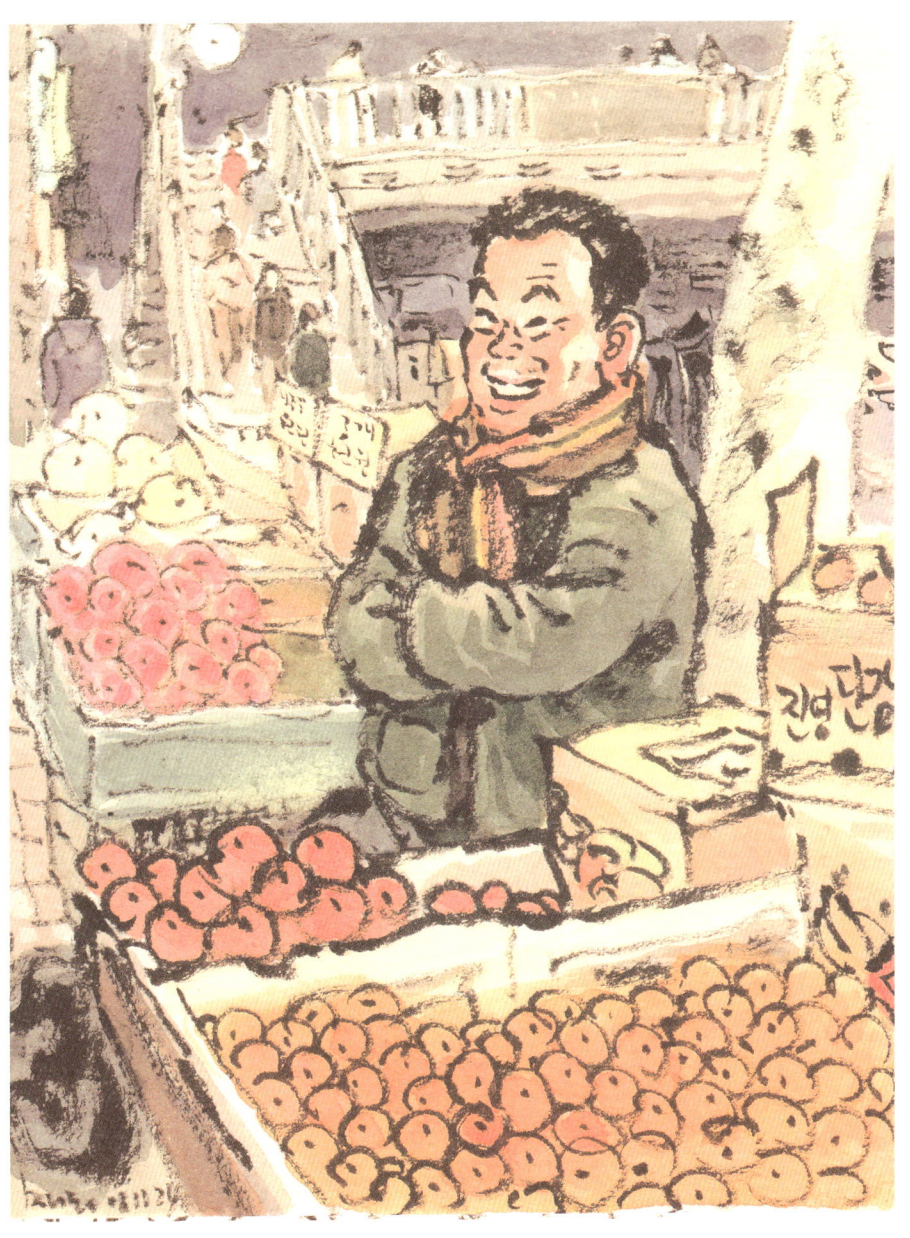

손바닥 만인화

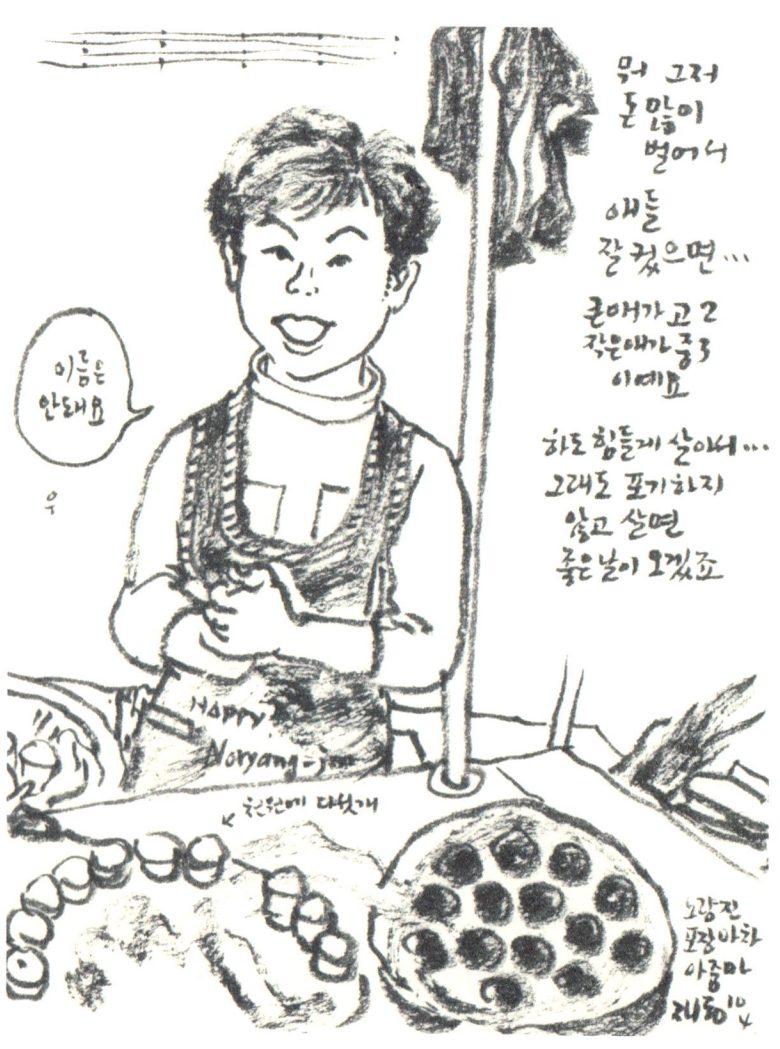

● 박재동의 손바닥 아트

이름은 안 돼요

노량진 학원가에는 길거리 포장마차가 많다. 나는 특히 풀빵이나 오뎅 같은 걸 파는 가게를 보면 마음이 간다. 우리 어머니가 했던 장사이기 때문이다. 나 역시 풀빵을 구웠고 팥빙수를 갈았고 오뎅을 팔았다. 냄새엔 유독 기억이 많이 머물러 있나보다. 풀빵 냄새를 맡으면 그 시절의 장면이 그대로 떠오르니까. 그래서 나는 이런 포장마차들을 소중히 생각한다. 그중 한 집에 들어가 빵을 먹으며 말을 건네본다. 힘들지만 열심히 살아가는 모습이 좋은데 한 가지 가슴 아픈 것은 이름을 밝히기 싫어하는 것이다.

옛날에 들었던 이야기다. 프랑스에서는 길거리 청소부가 대통령을 부러워하지 않는다는 것이다. 자기는 길을 깨끗하게 하는 자기 일을 하고 대통령은 대통령으로서 자기 일을 하기 때문에 마찬가지라는 것이다. 그게 매우 부러웠던 적이 있고 아직도 마찬가지다. 아니 더 절실히 필요한 생각이 아닐 수 없다. 우리나라는 아직 직업에 귀천이 있다고 생각하고 있고 이런 일은 루저의 일이라고 생각하고 있다. 만두 파는 사람이 좋은 만두를 만들어 사람들을 행복하게 해주겠다는 생각을 한다면 그 직업은 귀한 것이고, 돈이 된다면 쓰레기라도 넣어 팔겠다는 사람은 천한 직업을 가지고 있는 것이다. 나는 그 일의 목적과 내면의 기쁨이 척도가 되는 세상이 오기를 바라고 있다. 우리 어머니는 자신이 해온 일에 대해, 이렇게 돈을 벌어 가족들을 부양할 수 있다는 사실이 너무도 신기하고 감사했다며 자랑스럽게 회고하셨다.

그리고 이런 장사가 사실상 겉보기보다 짭짤하기도 하다.

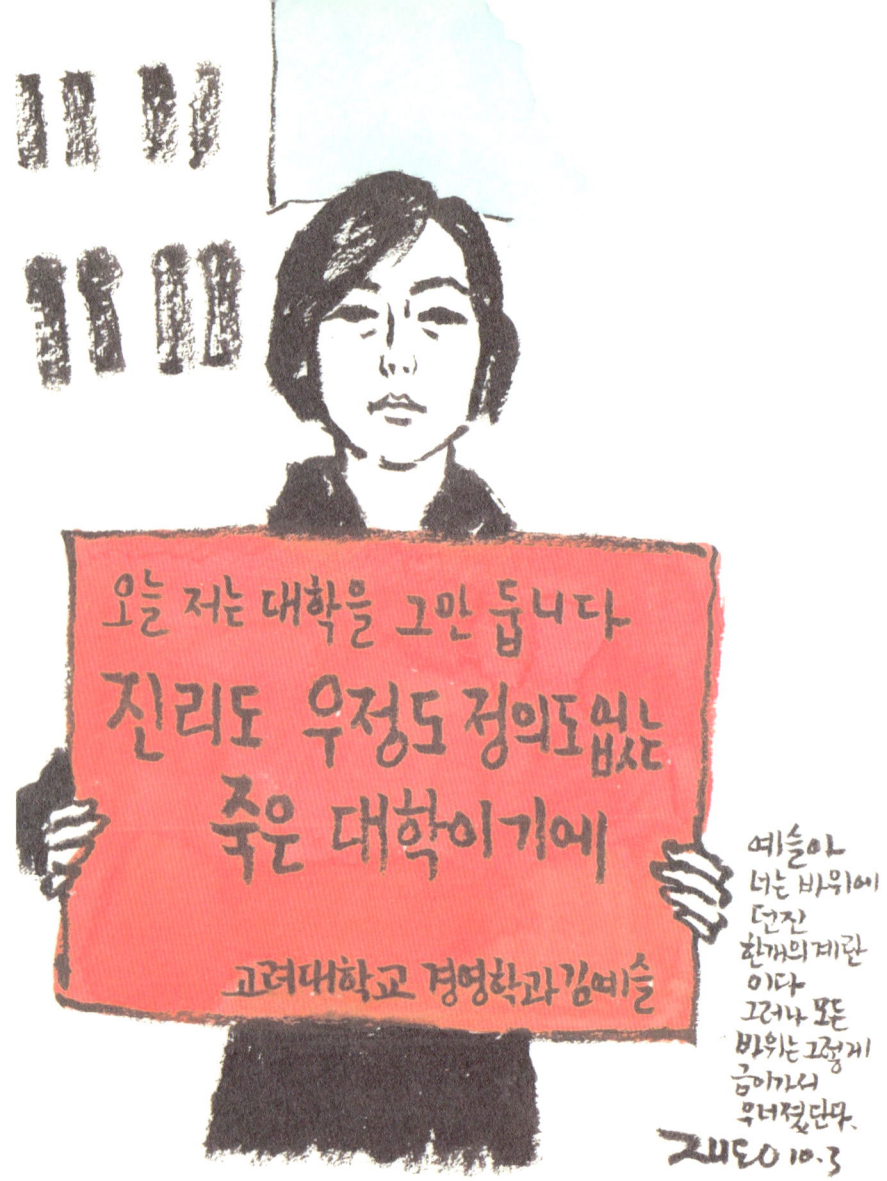

오늘 저는 대학을 그만 둡니다

진리도 우정도 정의도 없는
죽은 대학이기에

고려대학교 경영학과 김예슬

예슬아
너는 바위에
던진
한개의 계란
이다
그러나 모든
바위는 그렇게
금이가서
무너진단다.
재동 10.3

오늘 저는
대학을 그만둡니다

지금 대학교는 말이 대학이지 고등학교다. 옛날처럼 졸업하면 취업이 잘되는 특혜가 있지도 않고, 누구나 들어가는 곳이어서 안 나오면 불이익을 받는다. 교육내용도 고등학교 때처럼 권위적이거나 주입식이 많아 자신의 길과 꿈을 찾기 어렵다. 졸업을 해도 취업이 불안정하기 때문에 스펙쌓기에 바빠 도저히 우정을 쌓을 수 없다. 대기업에 복속되지 않으면 안정된 삶을 살기 어려워 젊은이로서 진정 추구해야 할 자신과 사회, 진리에 대해 고민할 겨를도 없는 것이다.

불투명한 미래, 과다한 경쟁, 인간관계의 파손으로 자살자가 속출하고 있다. 카이스트에 이어 내가 있는 한예종에서도 학생들의 자살은 큰 걱정거리다.

이렇게 질주하는 사회 속의 이 대학이라는 기관차에서 뛰어내린 용기 있는 젊은이가 있다. 예슬이다. 나는 예슬이를 그리지 않을 수 없었다. 이 젊은 선각자의 아프고 장렬한 용기가 내 가슴을 쳤다. 예슬아! 힘내서 진정한 자신을 찾고 가야 할 방향을 잡아 예속되지 않는 자유인이자 지성인으로서 꾸준히 나아가길 바란다. 너의 행동은 결코 헛되지 않을 거니까.

고무밴드 김영주

기타리스트이자 작곡가 고무밴드 김영주 씨에게 이름이 왜 '고무밴드'냐고 물었더니 멤버가 늘었다 줄었다 해서 고무밴드라고 한다. 물론 사람들에게 고무밴드처럼 친숙한 음악을 들려주고 싶은 뜻이 같이 담겨 있다. 2005년도 즈음에 내 사무실이 양재천에 있을 때 거기 너구리가 나타났다. 우리 '오돌또기' 멤버 유승배 감독이 너구리 사진을 찍어 홈페이지에 올렸더니 그전부터 알고 지내던 김영주 씨가 너구리를 위해 양재천에서 음악회를 하잔다. 우리는 포스트를 만들고 구청에 얘기해서 전기를 끌어오고 영주 씨는 사람들을 모아 어느 날 밤에 너구리 콘서트를 열었다. 그때 참가한 음악가는 고무밴드를 비롯해 신용택, 이성원, 그때 듀엣으로 활동하다 지금은 따로 활동하는 나M과 정재영 부부, 그리고 지금은 가야랑으로 활동하는 이예랑, 이사랑, 그리고 그 어머니 변영숙 여사…… . 정말 잊을 수 없는 순수하고 아름다운 밤이었다. 고무밴드 김영주 씨는 몰라서 그렇지 세계적인 수준의 음악가이기도 하다. 2005년도 음악가들이 자신의 음악을 올리는 다운로드 닷컴에서 영주 씨가 작곡한 〈하이킹〉이란 기타곡이 6개월간 세계 1위를 차지하였다. 멋진 벗이다.

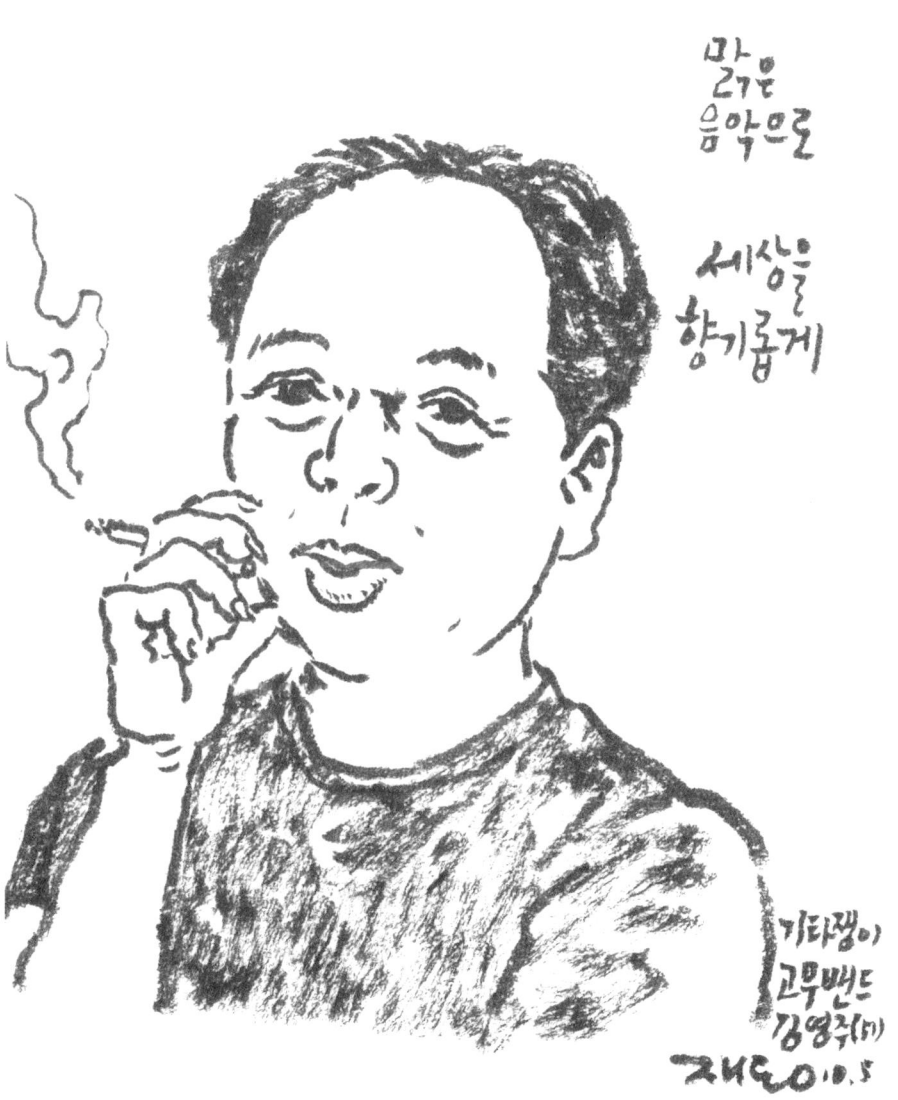

맑은
음악으로

세상을
향기롭게

기타쟁이
고무밴드
김영주(?)
2016.10.5

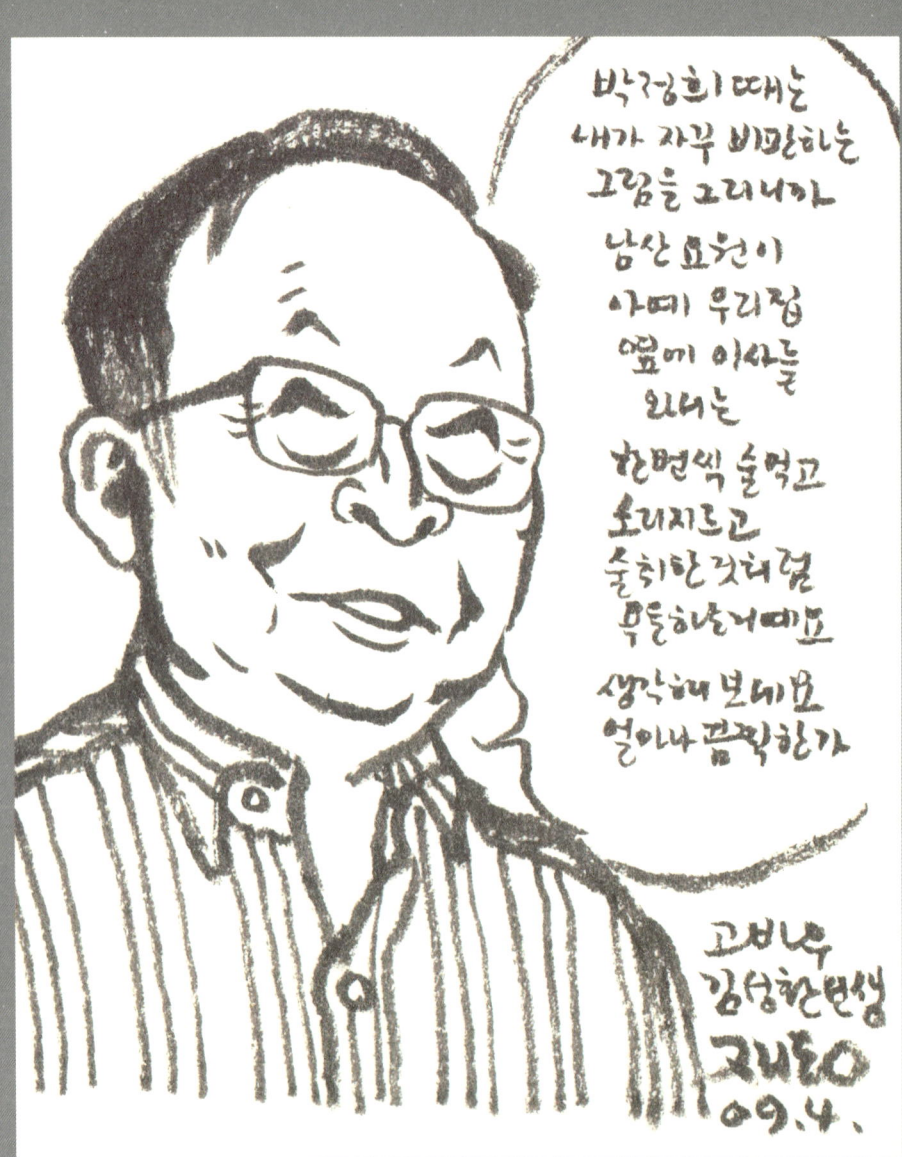

고바우 선생

고바우 김성환 선생은 요즘 아이들은 몰라서 그렇지 우리나라 신문 만화의 살아 있는 역사이시다. 이승만 시대부터 탄압을 받아오다 박정희 시대에서는 절정을 맞는다. 언제나 꿋꿋하고 의연할 뿐만 아니라 매우 영리하기도 하다. 탄압을 할라치면 "해라, 외신이 좋아할 걸?"하고 오히려 기다리기도 했다 한다. 고바우만화 연재를 1만 4,319회 하였는데, 이는 세계적으로도 유명한 일이다. 우표 수집의 대가이기도 하다.

내가 초등학교 4, 5학년 쯤, 우리학교 문 앞에 고바우 문방구가 있었다. 그 시절 이미 고바우는 매우 유명하여 "고바우 영감이 고개를 넘다가 고개를 다쳐서 고약을 발랐더니 고대로 낫디란다" 하는 노래를 불렀을 정도였다. 나는 김성환 선생이 그때 영감인 줄 알았는데 알고 보니 서른한두 살 무렵이었다. 놀라운 일이다.

열아홉 살 때 6·25가 났는데 일부러 전쟁터 깊숙이 자원해서 종군화가가 되어 포탄 터지는 전쟁터에서 스케치를 했다. 지금 120점 정도가 국립현대미술관에 소장되어 있다.

김성환 선생은 신문 만화 은퇴 이후 풍속화를 열정적으로 그리시고 후배들을 위하여 '고바우 만화상'을 만들어 격려하셨는데, 이홍우, 이현세, 박수동, 김우영, 황미나, 이두호, 허영만, 신문수, 오세영 등이 받았고, 나도 2010년에 10회 수상자가 되었다. 고마운 일이다.

송강호

나는 인물을 그리면서 자주 그 사람이 한 말을 같이 쓴다. 단지 그림으로서의 '인물화'가 아니라 이 시대를 살아가는 한 인간을 만날 수 있기 때문이다. 때로는 무성영화와 유성영화의 차이 같은 즐거움을 느끼기도 한다. 이것을 많이 모아서 고은 선생의 '만인보'가 있듯 '만인화'라는 장르를 개척해보라는 얘기를 듣기도 한다. 재미난 이야기인데 약간 따라하는 느낌이 있어 과히 기분이 좋지는 않다.

이날은 이창동 감독의 영화 〈시〉 시사회에서 그렸는데 송강호 씨 외에도 전도연 씨, 이현승 감독, 윤정희 씨 등등을 그렸다. 그런데 송강호 씨는 한마디만 해보라는 말에 이렇게 "죽으면 끝"이라고 간단하게 대답했다. 처음엔 이게 무슨 뜻일까 하여 궁금했는데, 눈 앞에 살아 숨 쉬며 손에 쥐일 것 같은 그의 연기를 보면서 지금은 이런 생각이 든다. 그는 매순간마다 '지금 죽는다'고, '이 순간 밖에 없다'고 생각하고 최선을 다하고 있는 것이 아닐까?

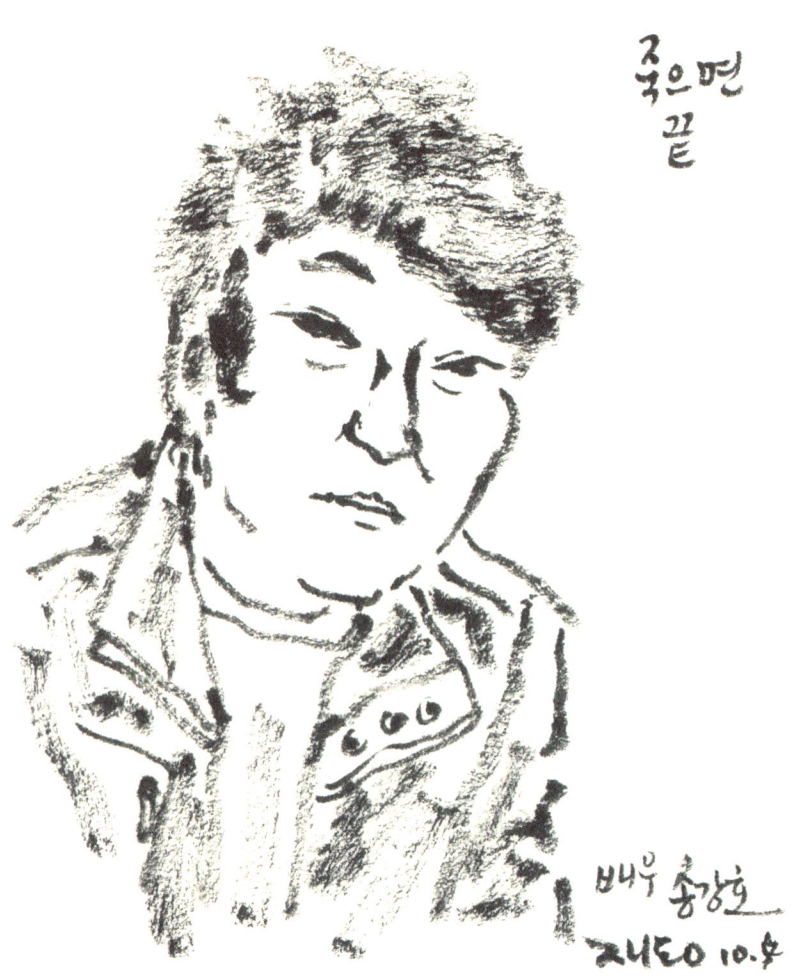

죽으면
끝

배우 송강호
2450 10.8

드릴 것이
있어서

우리동네 노량진역 앞 육교 위에는 갖가지 물건 파는 사람들과 함께 구걸하는 사람들이 있다. 다른 곳을 돌고 오는 모양으로 한 달 혹은 몇 달 주기로 다시 오곤 한다.

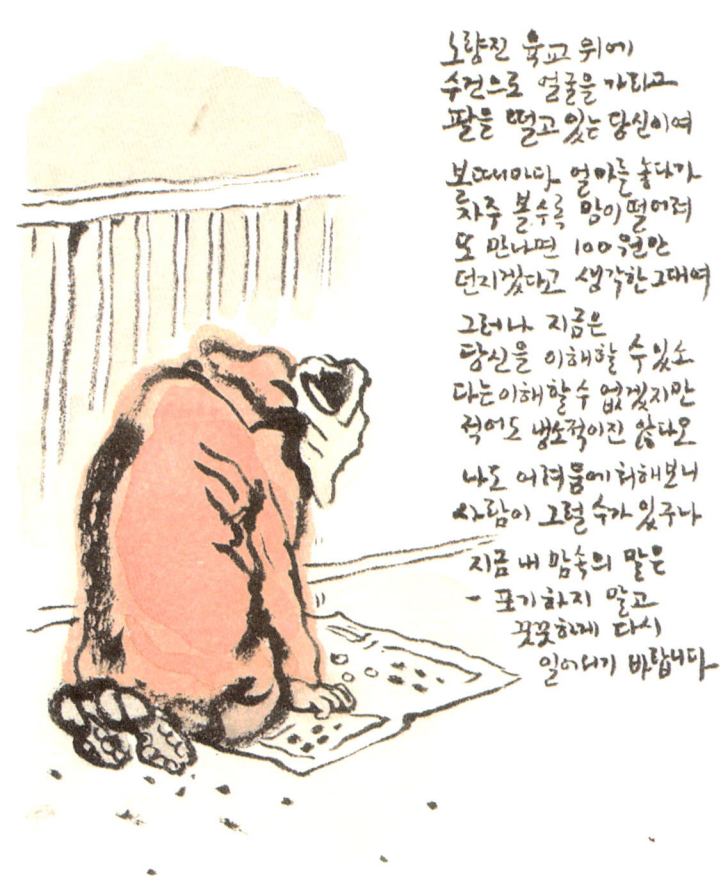

노량진 육교 위에
수건으로 얼굴을 가리고
팔을 떨고 있는 당신이여

볼때마다 얼마를 줄다가
차츰 볼수록 망이 떨어져
또 만나면 100원만
던지겠다고 생각한 그대여

그러나 지금은
당신을 이해할 수 있소
다는 이해할 수 없겠지만
적어도 냉소적이진 않다오

나도 어려움에 처해보니
사람이 그럴 수가 있구나

지금 내 맘속의 말은
- 포기하지 말고
꿋꿋하게 다시
일어나기 바랍니다

2020 09.12.

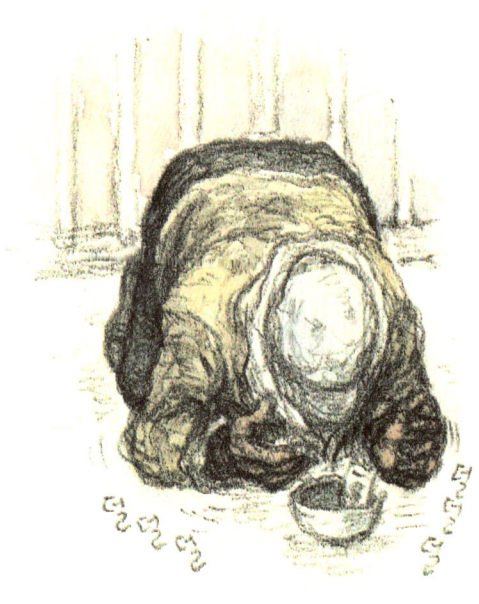

노랑진 육교위
한 남자
엎드려 몸을 떨고
있어 만원을 넣어
주었지.

며칠후 그사람
도 손을 떨고있어
오천원을 주었어.

다음 또 만나면
삼백원을 주고
그다음이면 2백원,
그 다음건
주지 않으리

손 떨린다고 손고 있구려
다음엔 자리를좀
옮겨 보시지.

그러며 가다
수건으로 얼굴을 가린
그 남자의
인생과 자존심이
생각나

갑자기 울음 먹은째
멈춰오네

2000 07.9

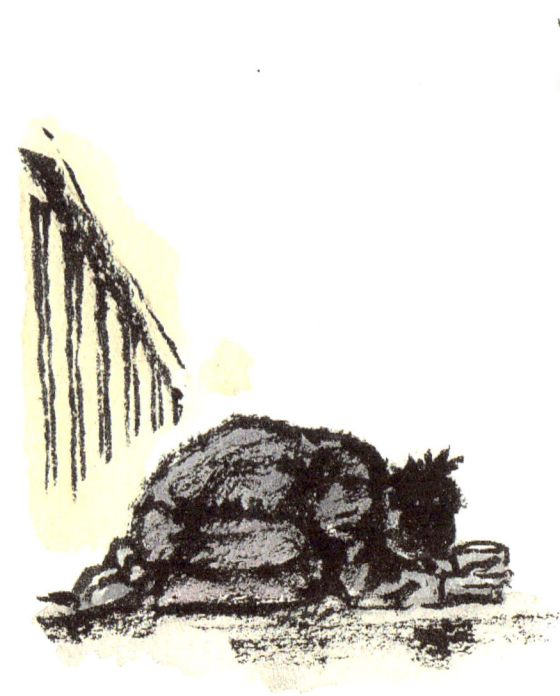

당신께
드릴수있는
돈이

나는
있습니다

얼마나
다행한
일입니까

제동
07. 10. 7

● 개미 할머니

키가 작고 빼빼마르고 등이 굽은
할머니 하나가 계란판. 박스편것등을
묶어 끌고 간다. 다리를 약간 전다.
흡사 허리잘록한 개미가 제몸보다
열배나 큰 짐을 몰고 가는것같다.
그걸 보는 내허리도
개미처럼 가늘어진다.

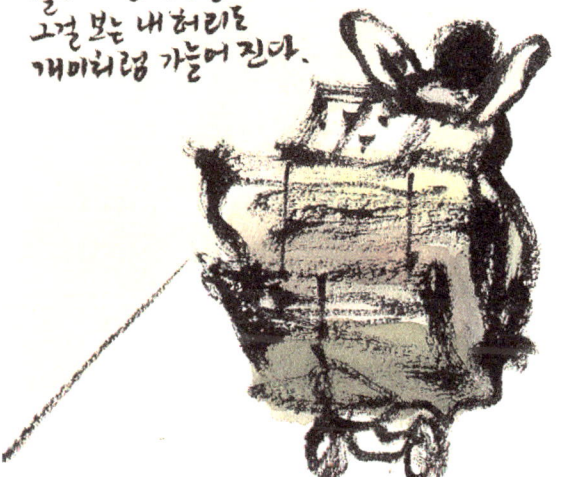

지난여름
08.01.8

달리는 작은 찻집
택시 이야기

택시를 타면 이야기를 많이 듣는다. 기사들의 이야기를 담아놓고 싶어진다.

삶의 기록이자 한 시대의 역사 기록이기 때문이다.

민심의 바로미터가 되기도 하다.

때로는 약간의 논쟁을 하기도 하고, 내리면서 후회하기도 한다.

택시는 사람 사는 얘기 오가는 달리는 작은 찻집…….

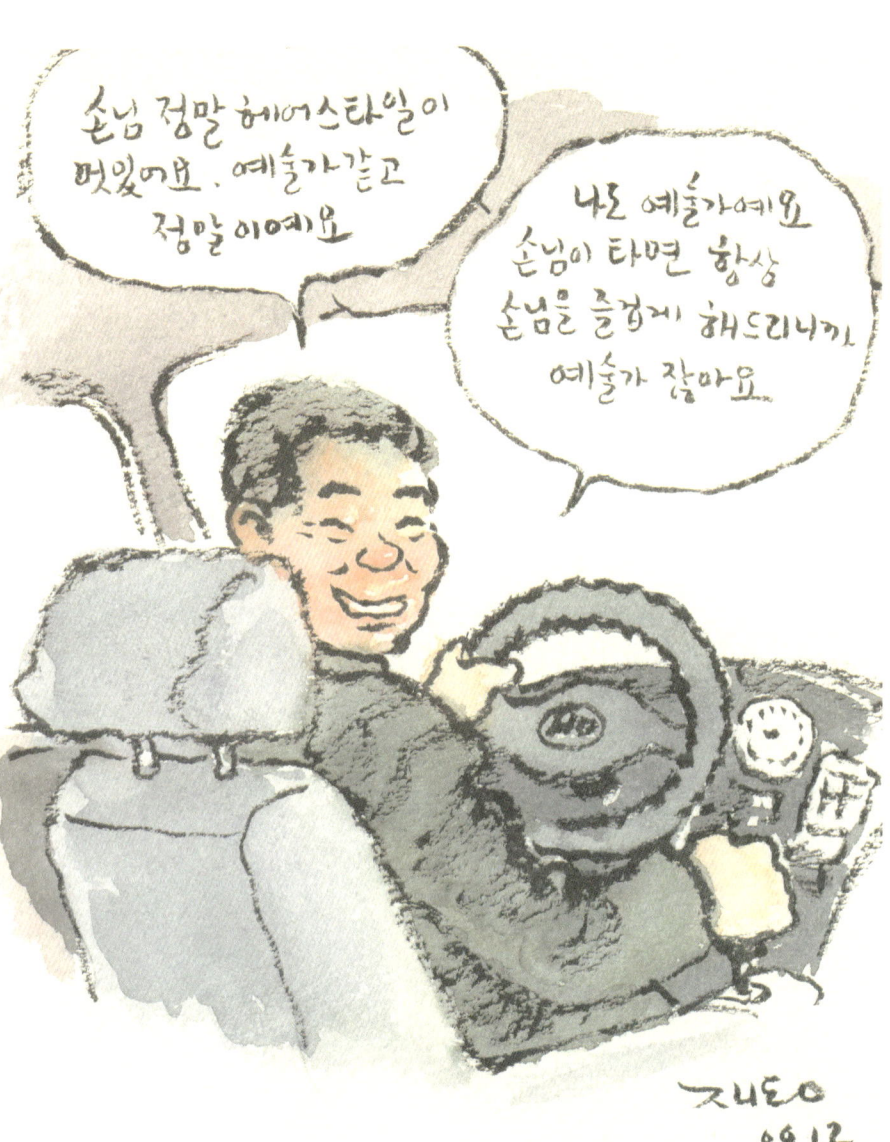

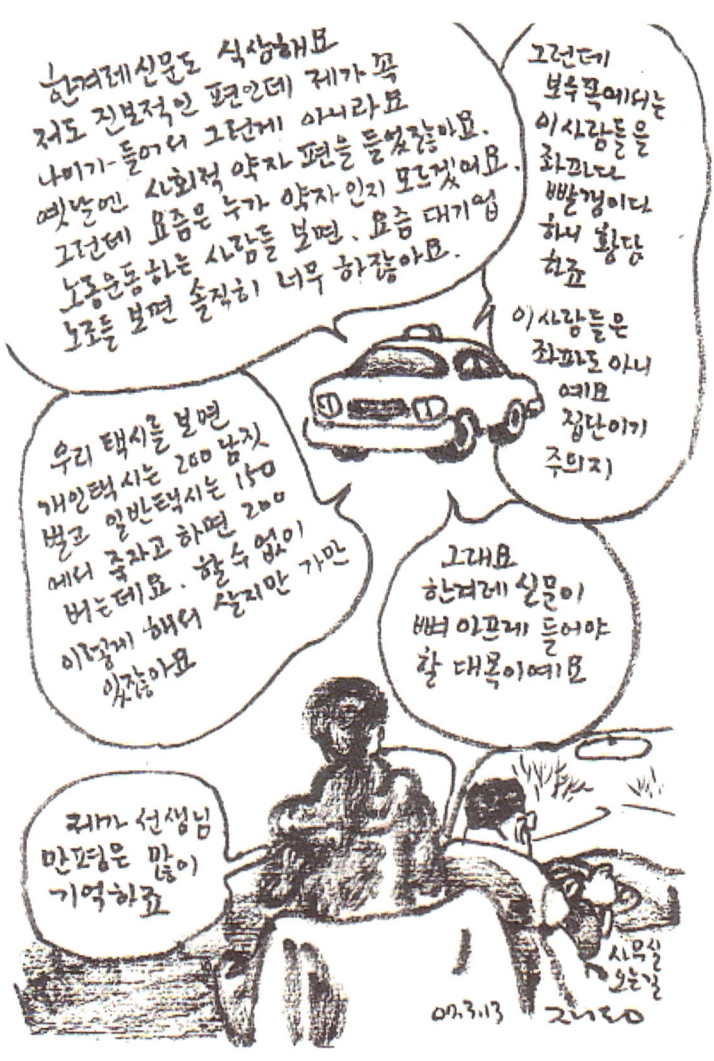

제목 no. 08.3.12

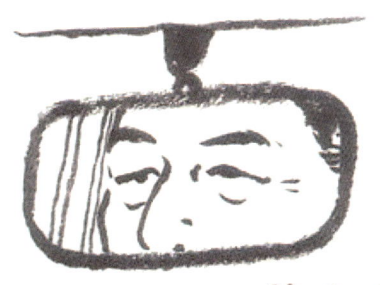

사람이란
동정심을 갖고 살아야
되는데 꼭 그렇지도
않더라구요

얼마전에 밤 1시가
되어 어떤 노인이
탔어요、택시비가 좀 모자란다며
서초구청까지 가자는 거예요、거야
뭐 그렇게 하시라고하며 가는데 이야기를
하는 거예요、자기가 함평어 농사지어나
서울나 꼰돈 450만원을 택시에나 잃어버렸대요
신고얘기는 확실하게 않고 서초구청에가서 차비를
얻어가야 한다는 거예요、또 함평까지 택시로
가면 얼마냐고 물걸래 30만원쯤 해드려 했다
했더니 집에 고놈이 있을지 모르겠다 해서 생각
해보니 버스로 가면 될거다 싶어 버스비가 3만원
이라 해서 제가 그럼 번돈 4만 5천원을 드리면어
중에 쓰토시고 내려가시라고 했더니 고맙다고
손을 잡고 전화번호를 가르쳐 달라는 거예요、자기
속으로 내속꼈다는걸 뭐 더 고맙더라하서 번호를 가르
쳐드렸더니 이튿날가면 시간이 가도 전화가 안오는 거예요
고맙다는 말한마디 기다리고 좀 했는데、실망가
됐어요、그뒤로 이런일은 다시 안하기로 맘먹었어요

손바닥 만인화

91

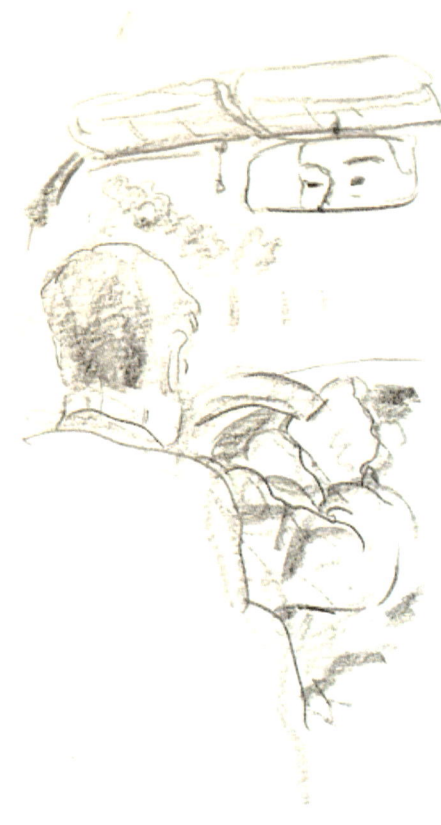

이명박 령각가
서민들 잘살게
해준다면서
거꾸로 가고있어요

서민위하는 길은
간단해요
아파트값 잡아주고
임대료 잡아주면
돼요

그게 제일 큰 고통이죠.

근데 지금 강북
아파트 값이 벌써
8천만 9천만원이
올랐어요

언론에 나오는거보다
실제로는 말도 못해요

이어서 나온얘기   2008. 4

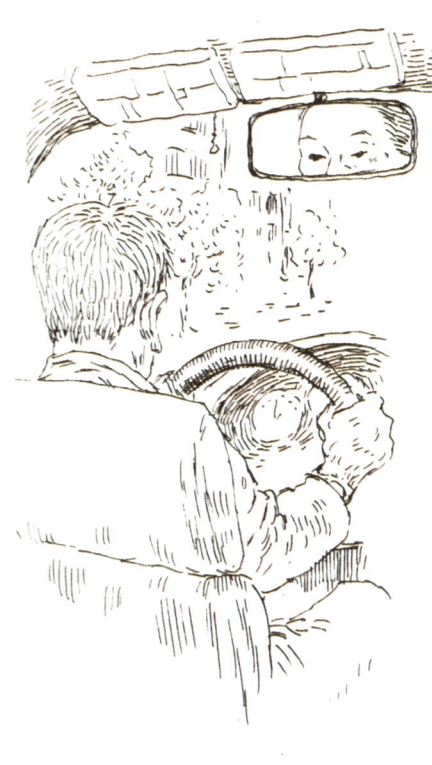

내가 중학교때
집이 미아리 엿었는데
학교가 혜화동이엿어요
그땐 전차를 타고 다녔죠
전차표가 2원이었고.

근데 호떡이 하도 먹고
싶어서 한달치 회수권을
주고 사먹겠어요.
4개를 주는데 금방 다먹고는
차비가 없어 학교까지
걸어가는데 심심하니까
영어단어를 외우며 갔죠
그랬더니 성적이 1등으로
올라가더라구요

그걸 보더니 내 친구엄마가
아들을 나하고 학교 같이
다니라고 보내더라구요.
과자도 사주면서
그애도 성적이 상위권으로
올랐어요.

사무실 가는길에 도너츠를 나눠 먹었더니 술술
이야기가 풀려 나왔다 ……
08.4.
그녀들.

만화 많이 좋아했지요
형이 중1때가? 두살차이인데 꼼짝 못했지요
하도 많이 맞으니깨- 죽으라면 죽는 시늉까지 했다니까요
하루라도 안맞으면 불안해서 못견뎠죠. 나중엔 요령이 생겨
가지고 형 기분이 안 좋아보이면 아양을 먼저 살살 떨고 ....
하루는 눈 쌓인날에 만화책을 빌려오라는 거라, 강건너 산골
15리 길을 고무신에 양말 다젖어가며 산을 넘어
빌려 왔더니 이새끼 내가 분명 빌려왔잖아
하면서 얼러 터지고 다시 울면서 빌리러 갔죠

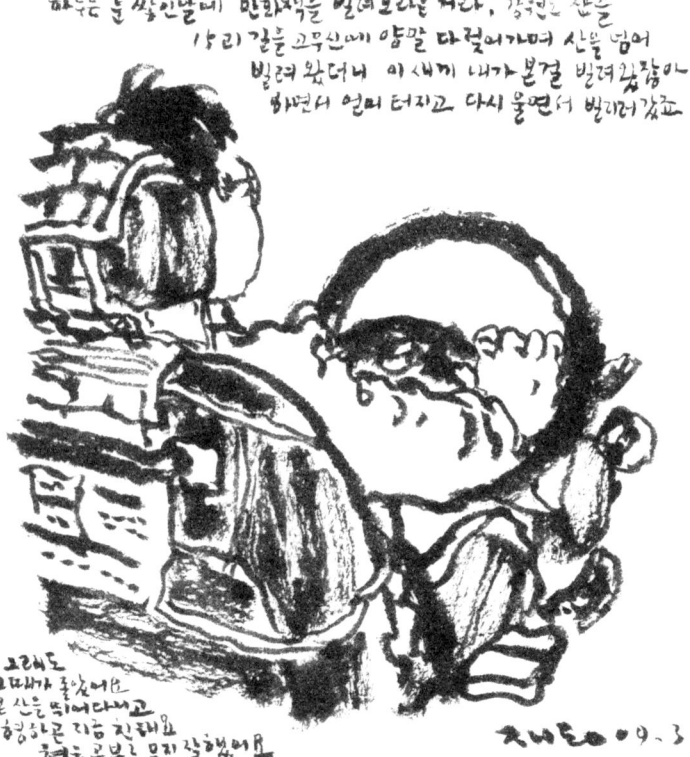

그래도
그때가 좋았어요
온 산을 뛰어다니고
형하고 지금 진해요
형은 공부를 무지 잘했어요

처내동 009. 3

제가 원래 건설회사에 있었는데 IMF때 잘렸어요. 연봉높은 사람부터 내보내니까. 처음 3개월은 좋더만요. 친구들 만나고 술마시고 등산가고 낚시가고. 3개월 지나니까 동네사람들이 아저씨 취직 안하세요? 하는 거예요. 그 다음 6개월 지나니까 밖에 나가기가 싫더라구요. 엘리베이터도 사람 없을 때 기다렸다가 혼자타고. 한번은 옥상에서 내려다 보는데 택시가 보이더라구요. 저걸하면 어딜가도 쉽게 갈수있겠다 해서 시작했죠. 근데 이게 쉽지가 않아요. 3년을 몰라 사고가 나서 회사에서 잘려났죠. 그래도 시작한거 다시 3년을 무사고로 더 해서 개인택시를

얻었어요. 1억주고. 그동안 얼마나 고생을 했던지 길만 알아도 행복하다 싶어요. 골구 돈받고 구경다니고, 손님은 돈 주면서 깎지도 않고 더 주면서 고맙다하지 이렇게 생각하니 행복한거예요. 많은 사람 태우니 정보도 엄청 빠르고 배울러도 얼마나 많은지 몰라요.

희재씨 만나러 사호로 향하는 길

재호 10.3

어릴때는 시골서 온데를 다니면서 개구리 잡고 손바닥 만한 삼베 주물하나 입고
개울에서 붕어 미꾸라지 잡고. 지금도 꿈을 꾸면 그때가 그대로 나와요. 천국이 따로
없어요. 무릉도원이 거기예요. 14살때 우리집에서 하면 밥외를 한지에 지고 두시간을
걸어 조치원 장에 가서 팔았죠. 얼마나 배가 고픈지. 돈이 없으니 사먹을 수도 없고, 그때는
참외를 먹는다는 건 생각도 할 수도 없었죠. 5시쯤 돌아오면 그때 밥을 주더라구요. 얼마나 제물에
와서 여동생들 하나 남아 내가 엄마 걱정했죠. 내가 요강도 다 닦고. 중학교는 안보내줬어요. 집안
사정으로 보면 갈 수 있는데 (제물가) 안 보내주더라구요. 앞길이 너무 깜깜해서 아줌네 친구랑
의논했어요. 그 전에 아버지한테 「아버지. 저도 도시로 나가 기술배우고 돈벌게 해주십쇼」그랬더니
「조금 기다려라」하고 그만이었어요. 다시 물어 볼 엄두도 안났죠. 아버지라면 그땐 그랬으니까요.
그러다 너무 깜깜해서 얼마후에 다시 말씀드렸는데 그때도 기다려라는 말씀 뿐이었어요.
그래서 친구랑 대전으로 갔어요. 나는 그동안 10환짜리를 안쓰고 모아둔 170환이 있어서 비상금으로
쓰고. 대전에 친구 누나집에 갔는데 친구누나집이 자장차 유리, 시트같은거 갈아끼우고 수리해
주는 곳이었어요. 목차장 옆에 있었어요. 거기서 기술을 배우면 될 듯했고. 제가 있는게 너무
좋은 거예요. 밥을 양껏 먹을 수 있었거든요. 집에 있을 땐 제물한테 좀 더 달라고 못하거든요.
밥 배불리 먹고 마음 편하니까 1 달만에 키가 한뼘쯤은 커졌어요. 나도 깜짝놀랐어요.
못이 짧아지면서 못입겠더라구요. 친구누나가 옷을 사줬어요. 근데 그동안 집에서는 난리가
났죠. 애가 없어졌으니까. 수소문하다가 내친구집에 가서 물으니, 대전에 애 누나집에 같이
가서 돈벌고 있으니 걱정 마라고 하니 안심했죠. 한달쯤 지내 추석이 와. 친구 누나가 못해주면서
집에 인사가라고 해서 덩지로 갔어요. 제물이 붙잡더라구요. 그래도 올라오려서 한 6년쯤도 일하
다가 군에 갔다오더니 서둘러 돌아왔죠. 제물 이웃이 하는 푹줏간에 갔는데 아버지가 푹줏간은
안된다해서 문전만하다 하고 일을 했지요. 근데 이 푹줏간이 돈이 되는거더라구요. 항일랑이다
뭐다 고기요릿집에 배달해다나. 새벽 5시에서 통금있는 12시까지 배달했는데 힘들어서 버티
다가 나중엔 안되더라구요. 그래서 그런만큼 기쁘고 가게
를 내었죠. 그때 친구형 누나가 여자를 소개시켜줘서
편지하다가 사귀었는데 키가 작고 예쁘지 못하고 결혼
하기로 했죠. 허나 엄마가 늘 보러왔을때 먼저 돌려
하고 나중이 싫물리라고 했더니 안된다고 내려왔어요.
마산에 놀러가 놀다시 오나왔어요. 사랑야기는 하고
같이 몸을 섞으면 결혼하게 되지 않겠느냐고 했더니
계속 오빠집에 간다고 파하더라구요. 그래서 내가
고향 우리는 아직 깨끗한 사이니까 괜찮으니 너는 네
길로 가라고 했죠. 그랬더니 생각하더니 그날은 오빠집
에 안가더라구요.

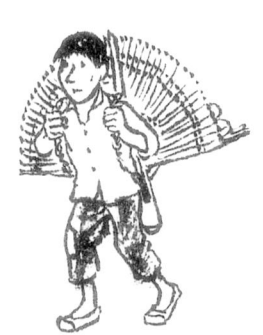

TAXI 에서

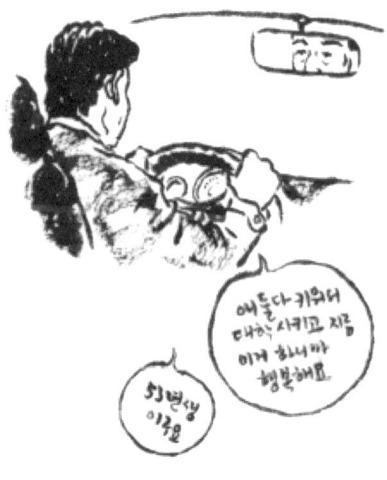

그러구 나서 마산으로
내려 보내면서 기어
기다리자라. 나중에 (데)
려려 가겠다 했죠.
그래놓고 지내는데
그때 가게일이 너무
어렵고 불쌍하게 되고
우리집에도 키가 너무
작다하고 그러구러
편지를 점점 안하게
되어 소식이 끊어졌죠.
나는 나중에 가게를
음식점으로 바꿨고 그러
면서 소개로 지금 마누라
를 만나게 됐죠. 첫애를
낳았는데 1.5kg라. 그걸
살릴 수 없다고 병원에서 내가라
하더라구요. 내가서 그걸
키웠어요. 마산 셋째를
낳다가 크다고 큰 이불을
맞혀놓고 결혼한다고 기다
리다 내가 안왔어가 약을
먹고 죽으려 했다는 얘기가
들리고. 그게를 맘에
걸렸어요. 그러다 내가
에어떤 생님하고 결
해서 잘 산다는 얘기를
들으니까 맘이 편해
지더라구요.

지나오 2009. 5. 6

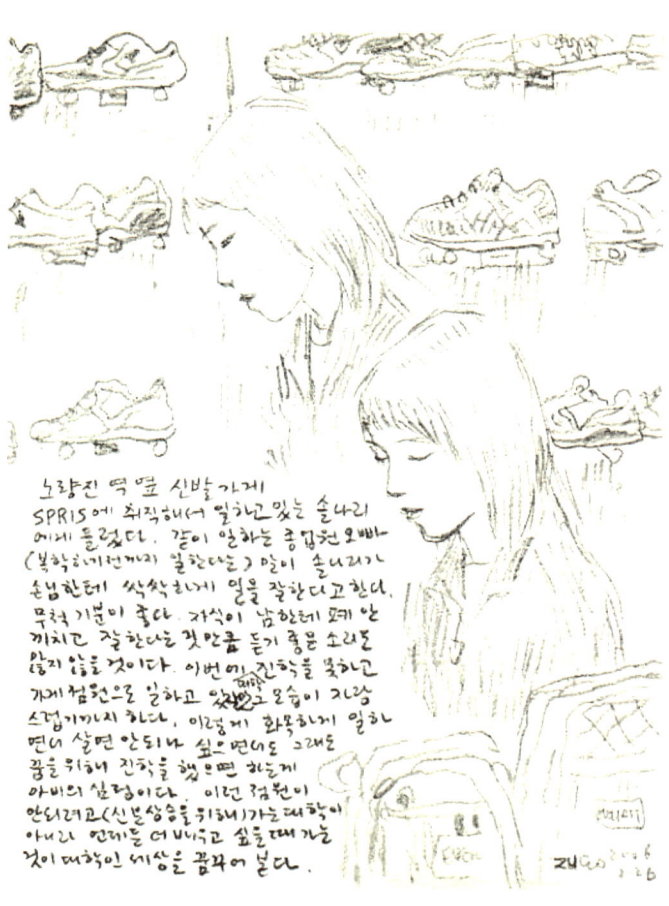

노량진 역 맞은편 신발가게
SPRIS 에 취직해서 일하고있는 솔나리
에게 들렀다. 같이 일하는 콩담원 오빠
(복학하기전까지 일한다는) 말이 솔나리가
손님한테 싹싹하게 일을 잘한다고한다.
무척 기분이 좋다. 자식이 남한테 폐 안
끼치고 잘한다는 것 만큼 듣기 좋은 소리를
않지 않을것이다. 이번에 진학을 못하고
가게 점원으로 일하고 있었고 우승이 자랑
스럽기까지 하나. 이렇게 화목하게 일하
면서 살면 안되나 싶으면서도 그래도
꿈을 위해서 진학을 했으면 하는게
아비의 심정이다. 이런 점원이
안되려고(신분상승을 위해)가는 대학이
아니라 언제를 더 배우고 싶을 때 가는
것이 대학인 세상을 꿈꾸어 본다.

재동 2006
2.26

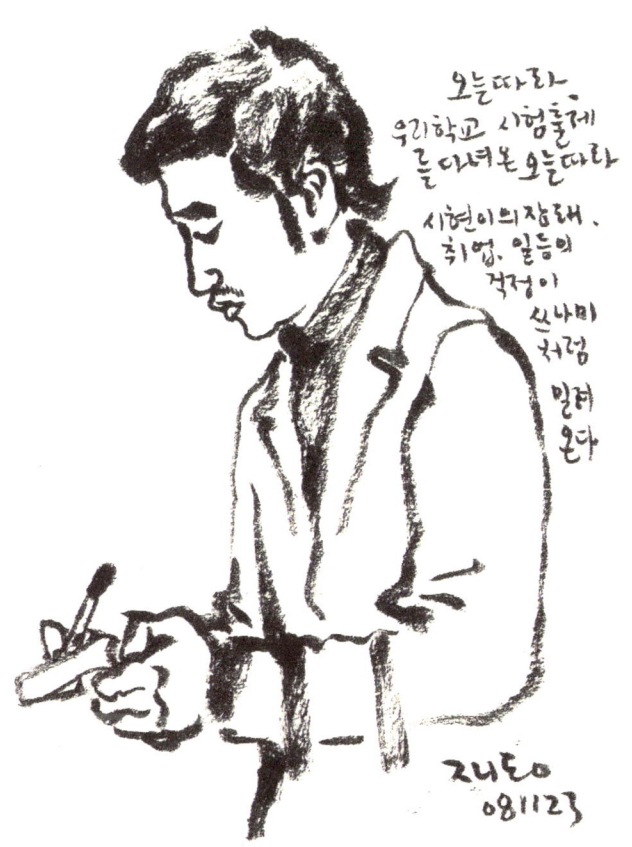

오늘따라,
우리학교 시험출제
를 다녀온 오늘따라

시현이의 장래,
취업. 일등의
걱정이
쓰나미
처럼
밀려
온다

래동
081123

솔나리와 시현이

자식의 장래에 대한 걱정을 하다보면 정말 끝도 없이 밀려온다. 다른 사람이 자식 걱
정을 하면 "너무 걱정 마세요. 다 제 갈 길 찾아갈 거예요"라고 하면서 정작 자기 자식
은 태산같이 걱정하는 것이다. 이 그림을 보고 다른 사람 역시 나에게 너무 걱정이시
라고 했다. 자기도 그렇다면서. 하기야 '당사자만큼 장래에 대해 깊이 생각하고 고민
하는 사람이 누가 있겠는가' 하고 생각하면서 걱정을 않기로 했다. 한다고 뭐가 달라
지는 것도 아니고 지켜보면서 내가 도울 수 있는 것만 돕는 방법 밖에 없지 않은가.

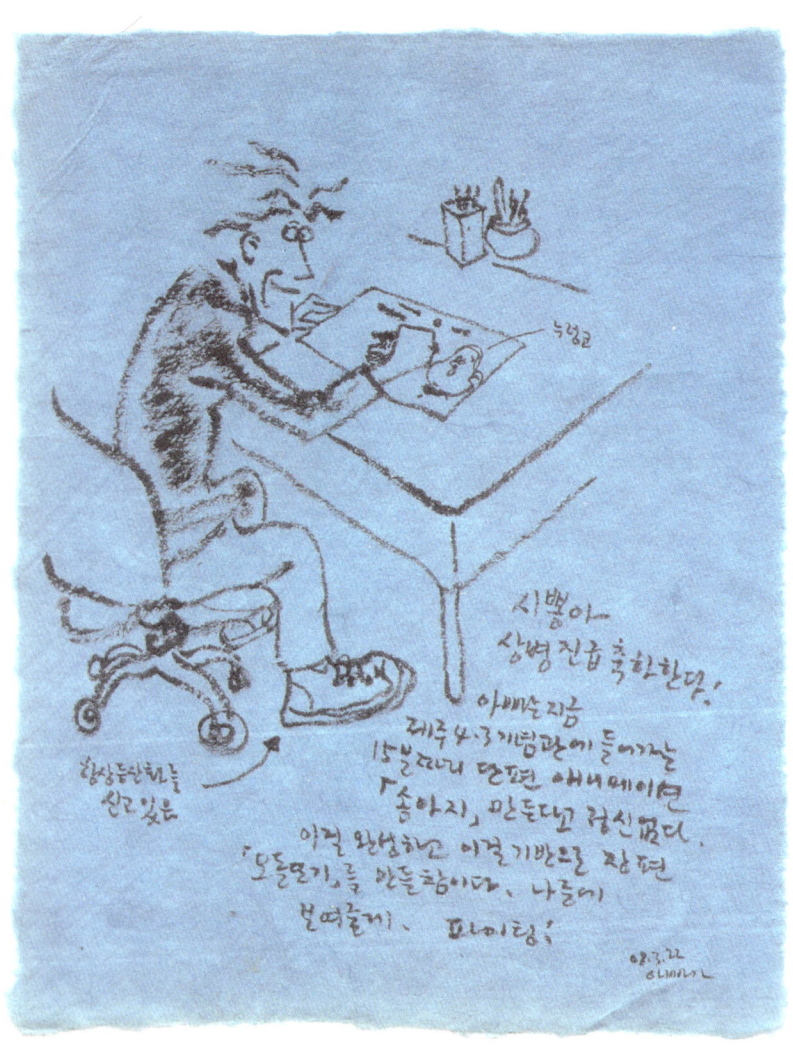

시뽕에게 보내는 편지

내 아들 시현이가 군에 갔다. 나는 가끔 편지를 했는데 생각만큼 많이 못했다. 내가
대학시절 서울 있을 때 아버지는 얼마나 자상하게 편지를 해주셨던가. 나는 우리 아
버지(시현이 할아버지)가 군대 두 번 간 이야기를 써 보내기도 하였다.

시뽕에게 온 편지

내 별명이 한때 '빠동'이었다. 2003년엔가 만화가들이 (부부 동반도 하고) 프랑스 앙굴렘 만화 페스티벌에 갔었는데, 인천공항에서부터 내가 여권을 안 갖고 와서 난리를 치고 프랑스에서도 하도 실수를 많이 해 "빠흐동(죄송, 실례), 빠흐동!"을 입에 달고 다녔더니 빠동이가 된 것이다. 내가 그림 그리고 싶은 게 너무 많아 천년을 살아야겠다고 편지를 썼더니 시현이가 이런 답장을 보냈다.

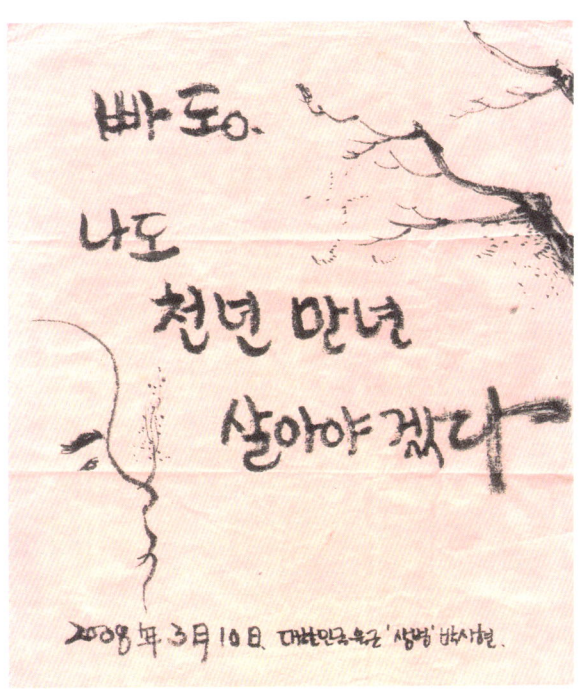

다시 답장

그래서 나도 이런 답장을 보냈다. 시현이는 내가 시뽕이라고 부른다.

옛날에 친구 상덕이가 딸 가영이를 어를 때 "뽀보봉"하던 것이 귀에 남아 우리 애들
도 시뽕, 솔뽕(솔나리)이라고 부르는 것이다.

시현이가 군대서 체력 단련을 해서 배에 王자를 만든 사진을 보내왔었다.

그걸 보고 나도 시뽕처럼…….

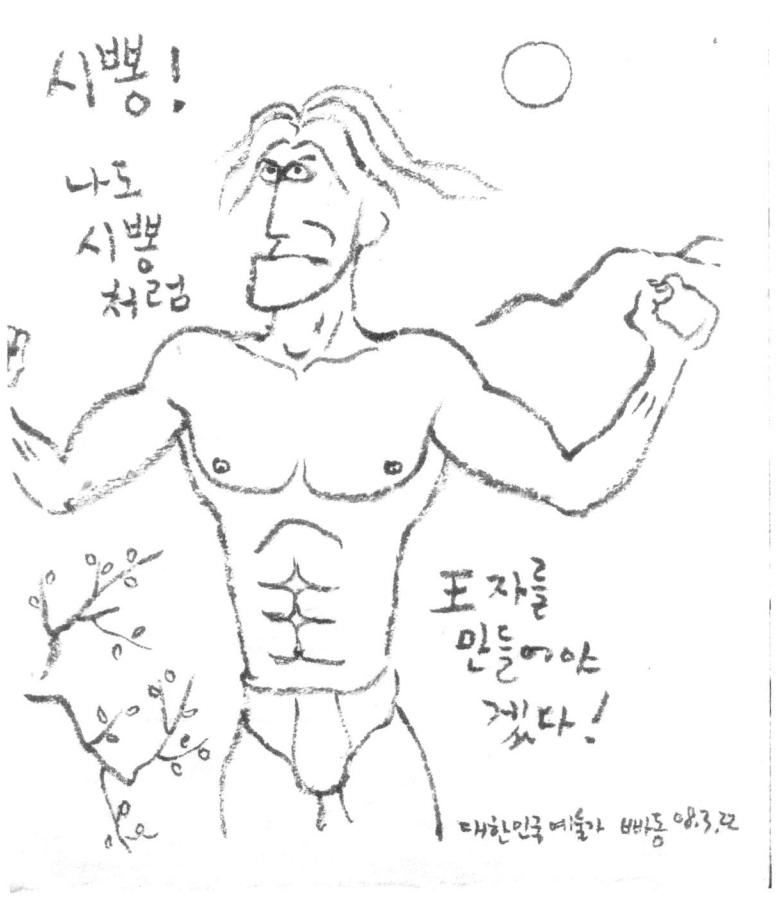

여보게
조카

우리 큰이모 이름은 신계송. 6·25 때 결혼한 지 얼마 안 되어 이모부를 보도연맹 사건으로 잃고, 어린 외동딸 우리 누나 화자를 키우며 이름 그대로 계수나무와 소나무처럼 외롭고 꼿꼿하게 살아오셨다. 여기저기 오일장마다 '반통이'를 이고 다니며 실이랑 바늘이며 방물을 팔았다. 그 화자 누나는 총명해 교사가 되었고 참 좋은 매형도 만났다. 은퇴한 지금도 서예가가 되어 잘 살고 있다.

보도연맹이란 '국민보호지도연맹'의 준말이다. 해방 후 좌익 활동에 가담했거나 도와 준 일이 있는 사람들을 구제하는 정책으로 그들의 가입을 받아 반공 교육을 시킨 다음 대한민국 국민으로서의 떳떳한 생활을 보장하려 시행되었다. 많은 사람들이 등록되어 교육이 다 끝나고 과거행적이 깨끗이 정리되었을 때 6·25가 터졌다. 인민군이 남하하자 정부는 보도연맹 가입자들이 순식간에 적의 편에 설지도 모른다 생각하고 모두 잡아들여 처형해버렸다.

물론 우리 이모부도 처형되었다. 게다가 이모부는 친척인 경찰이 가입 실적 할당량이 부족하자 별일 있겠냐 하고 적어 넣었던 케이스다. 반세기가 넘도록 이 원통한 일을 외로운 가슴에 품고 사시던 이모가 돌아가셨다. 전후 민간인 학살에 대한 진상규명 운동이 일어나고 보도연맹 사건이 대표적인 억울한 사건으로 명예회복운동이 일어나긴 했으나 강력하진 못했는데, 유달리 울산 보도연맹 가입자 유가족들이 열띠게 노력한 결과 결국 얼마 전에 명예회복이 되었다.

얼마나 감격적인 일이던가! 이모는 그 사실을 알기 전에 돌아가셨고 장례 일로 지쳐 나무 등걸처럼 곯아떨어진 저 조카가 알 수도 없는 일이다.

우리 이모 저 세상에서나마 그 소식을 듣기를 바라본다.

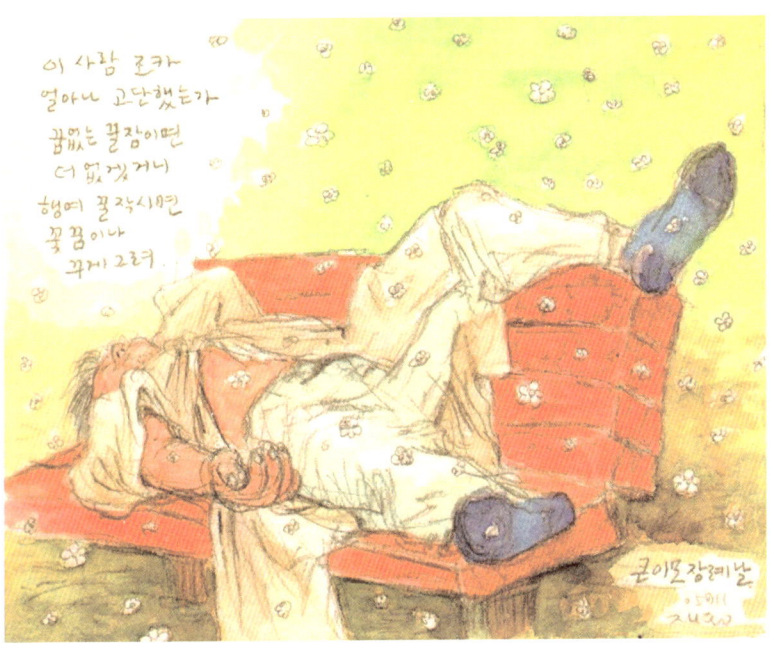

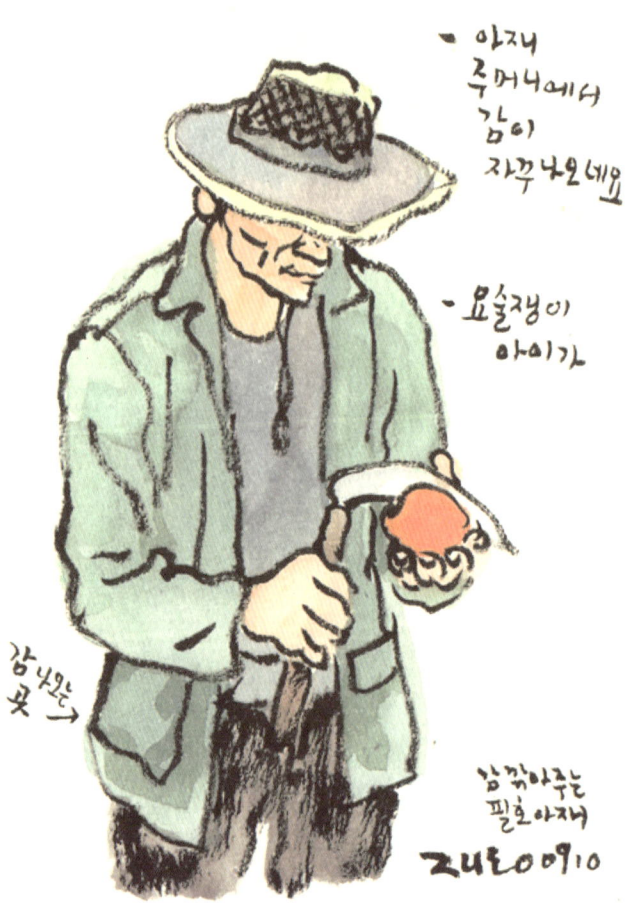

아재
주머니에서
감이
자꾸 나오네요

- 요술쟁이
아이가

감 나오는
곳→

감 깎아주는
필호아재
2네00910

필호 아재

필호 아재는 설화식으로 표현하면 키가 팔 척 거인에다 광대뼈가 한 주먹쯤 되고 눈이 사발만 한데다 손은 야구 글러브만치 큰 사람으로 내 어렸을 적 가장 무서워한 아재였다. 아재가 학도병으로 전쟁터에 나가 인민군 포로가 되어 2년이나 혹독한 고생을 하고서 두 눈만 번득번득하는 해골이 되어 돌아온 이야기는 우리 마을에서는 전설처럼 유명하다. 나는 아재가 돌아가시기 전에 그 모든 이야기들을 기록해놔야겠다고 늘 마음먹었는데 몇 년 전 명사의 고향을 가보는 프로그램이 있어 옳다구나 하고 같이 가서 필호 아재의 그 이야기를 녹음하고 필기해 놓았다. 정말 그 고생은 우리가 상상조차 할 수 없는 가혹하고 기막힌 이야기였다.

한겨울에 초가집 한쪽 벽이 무너진 채로 지낸 이야기며, 바위틈에서 겨울을 난 이야기며, 어떤 장교가 탈출을 했다가 사방 천지가 눈밭이라 도저히 살 길이 없어 도로 돌아와 자수한 이야기며, 그중에도 그때 유행한 노래 〈고향설〉(한 송이 눈을 봐도 고향 눈이요. 두 송이 눈을 봐도 고향 눈일세……)을 포로와 인민군이 같이 불렀던 이야기며…….

죄 없는 청년들이 전쟁터에 끌려 들어와 같이 싸우는 비극을 내내 통한으로 생각하던 필호 아재는 우리 고향 서사마을의 기둥이셨다.

필호 아재 장례날은 매우 추웠는데 나는 그 정도도 견디지 못하고 뒤켠에서 와달달 떨었다.

거대한 고목이 죽어 서 있는 그늘 그 옆에 새 나무가 나고 또 나고…….

필호 아재 장례식에서

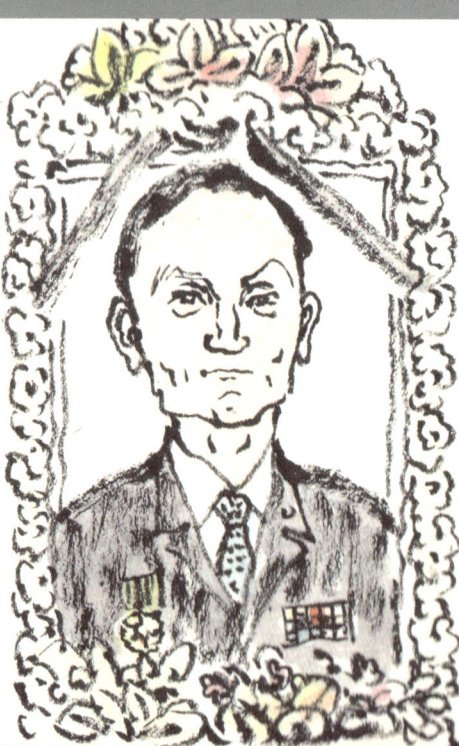

필호 아재가
돌아가셨다.
78세.
이번에 입원
하셨단 소릴 들었
을때 아무래도
불안 했는데
결국 부고를 받고
말았다.
6년 전에도 폐가
나빠 몹시 고생
하다 나았기 때문
이다.

작년 가을만 해도
경운기를 몰고 그많은
농사를 다 지셨고
나랑 TV촬영도 했
고 이번 추석때도
괜찮았는데
좀 갑작 스럽다.

어렸을 적의 나는 밥투정을 심하게 했다. 할아버지 할머니의 비호아래
아무도 말릴 수 없는 몽니와 땡깡을 날마다 부렸다.
난 아무도 무서워 하지 않았는데 단 한사람 필호 아재만 무서웠다.
6.25때 인민군 포로로 잡혀가서 죽을고생을 하고 해골이 되어 돌아
왔기 때문에 꼼작할 수가 없었다.

피란때 상기에서
재도미음

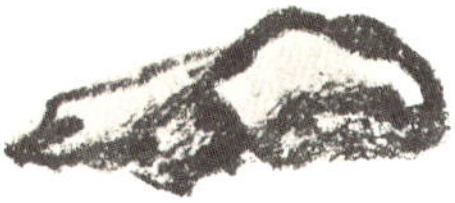

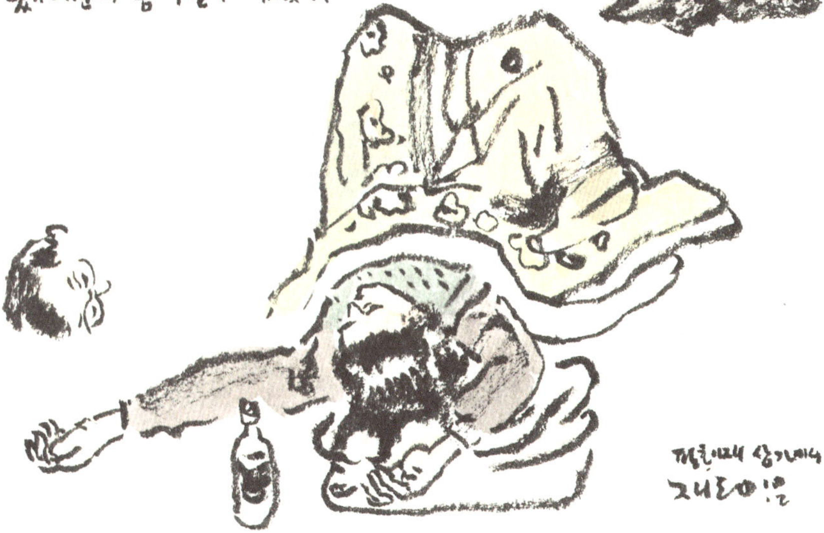

어느 여름밤, 그날도 밥상앞에서 몽니를 부리고 있는데 필호아재가 나타났다.
뭔가 불길한 느낌이었다. 「재동이 이놈이 또 밥투정하네, 똥구당(변소)에
빠자 봐야 겠다」 먼저 아재는 나를 옆구리에 끼고 변소로 데려갔다. 나는
자존심이 있어 끝까지 땡깡을 부렸는데 막상 변소 항아리에 머리를
거꾸로 집어넣자, 다시는! 다시는! 하며 싹싹 빌었다. 나는 그후로
밥투정 버릇을 완전히 고치고 지금도 아무거나 감사히 잘먹는다.

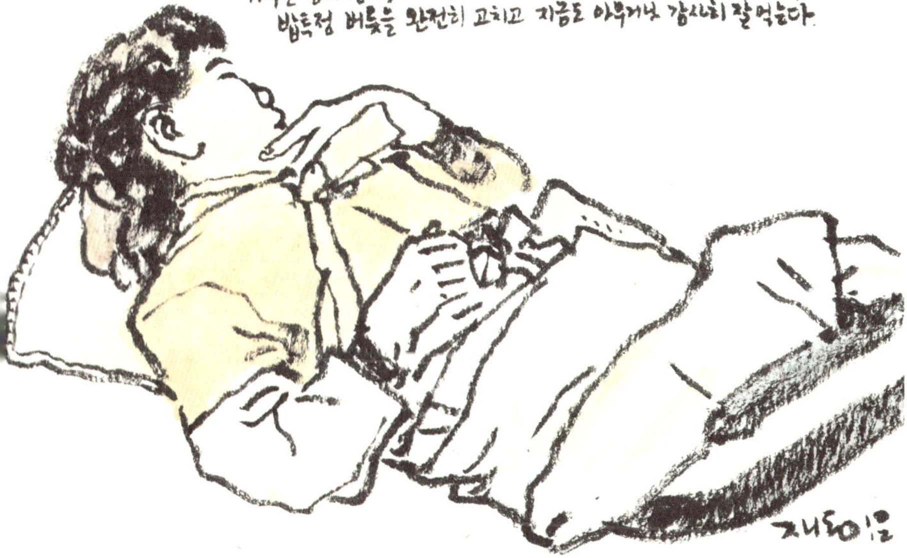

재도미음

1950년 8월 15일날 전쟁이 난줄도 모르고 내고향 서사사람들은 영서초등학교에
8.15기념식 한다고 모두 모였다. 그때 군트럭이 오더니 젊은 사람들을 골라 막그걸
태웠다. 그리고는 학도병이 되어 전쟁터로 나갔다.
필호아재가 열일곱살 때였다.

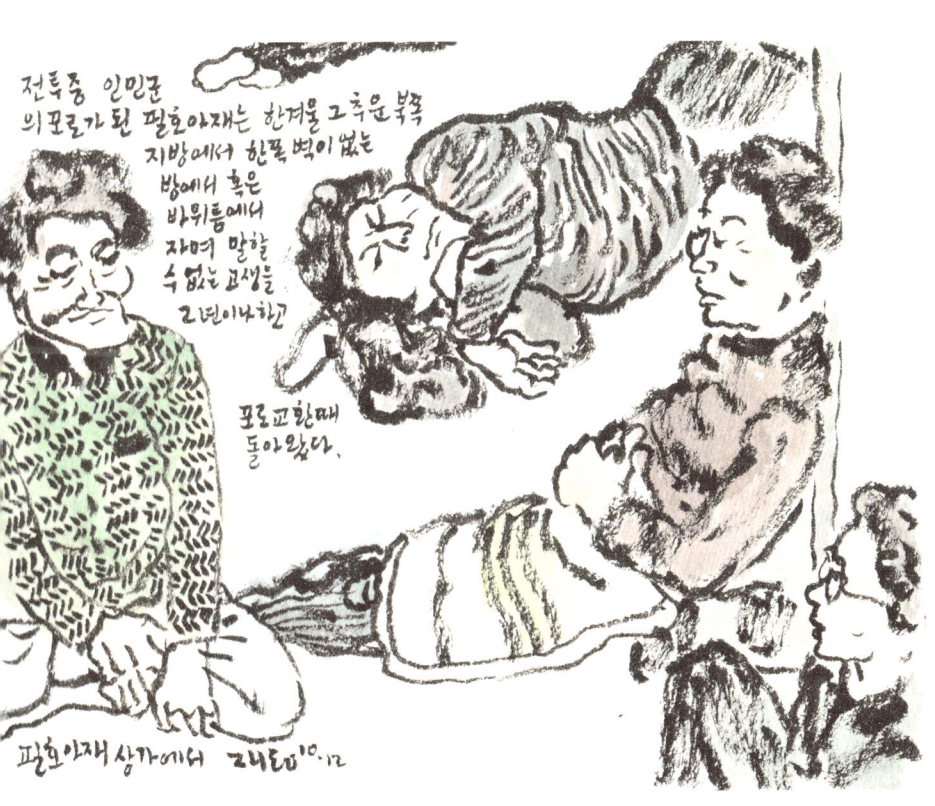

전투중 인민군
의 포로가 된 필호아재는 한겨울 그 추운 북쪽
지방에서 한쪽 벽이 없는
방에서 혹은
바위틈에서
자며 말할
수 없는 고생을
2년이나하고

포로교환때
돌아왔다.

필호아재 상가에서 2대1ㅇ0.ㅇ12

돌아와서는 「거기더도 안죽고 살았
는데 여기서 못사나」하면서 부지런히
일하며 살림도 일으키고 문중일과 마을일도
열심히 했다.

오십이 되면 농사를 물려 줄 수 있겠지
했는데 바통 받을 후배가
없어 칠십이 넘어도
농사를 짓는다며
허허 웃었다.

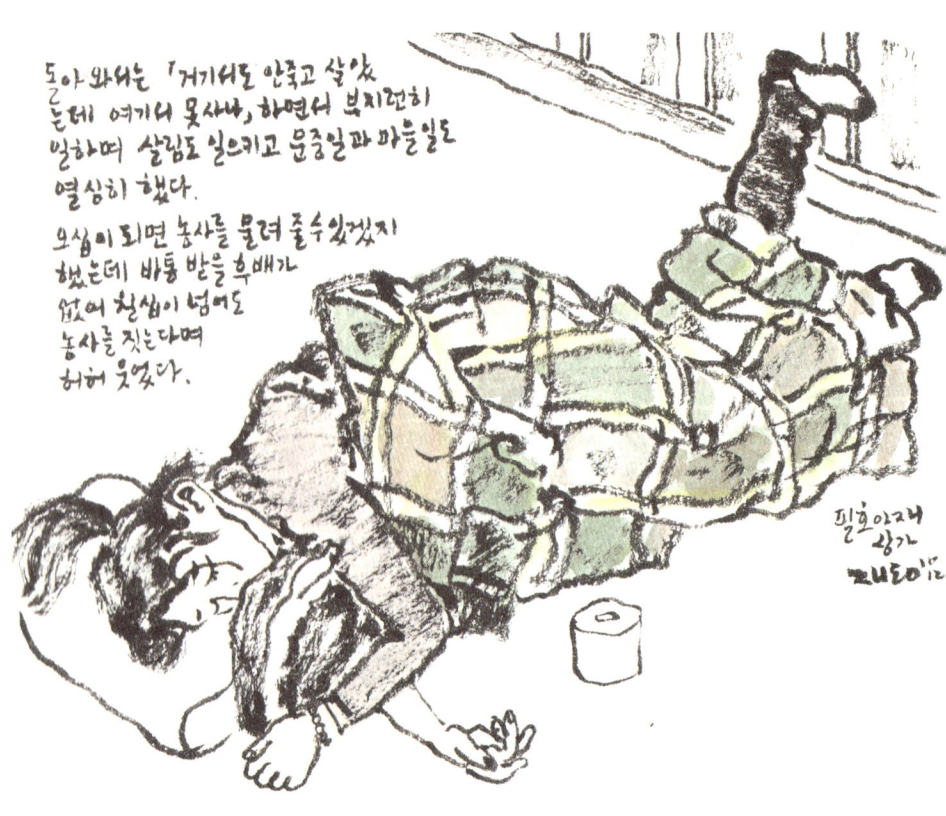

필흔이재비
장가
그바든이도

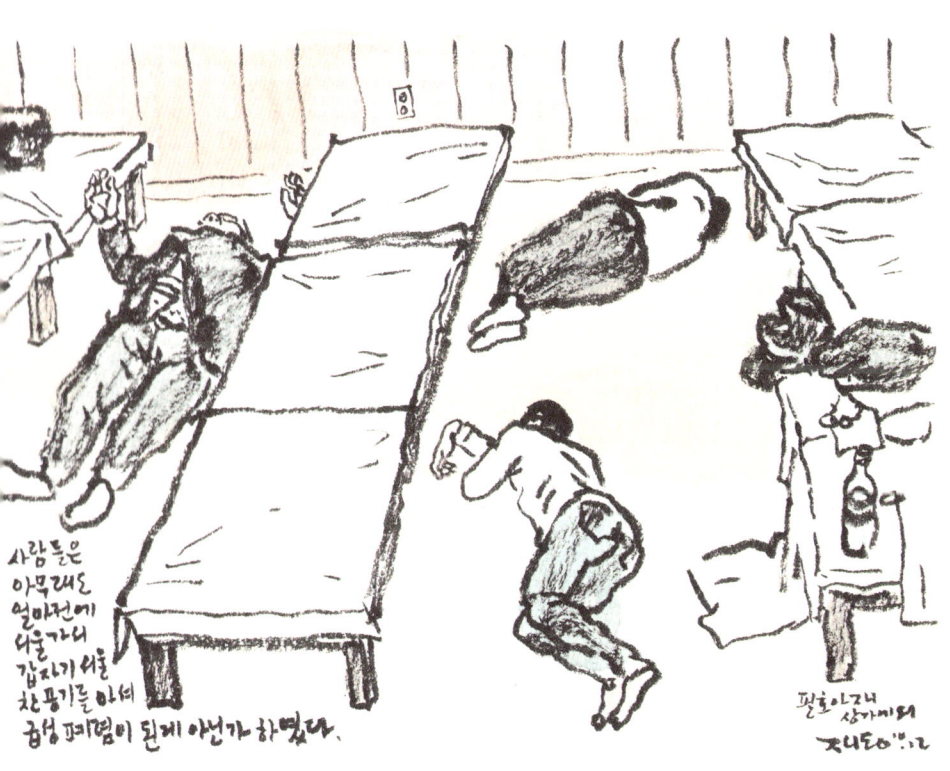

사람들은
아무래도
얼마전에
더운가니
갑자기 이릏
찬풍기를 아니
흉낭 페렴이 된게 아닌가 하였다.

팔호아그나
상가씨도
지나도 '70.12

손바닥 만인화

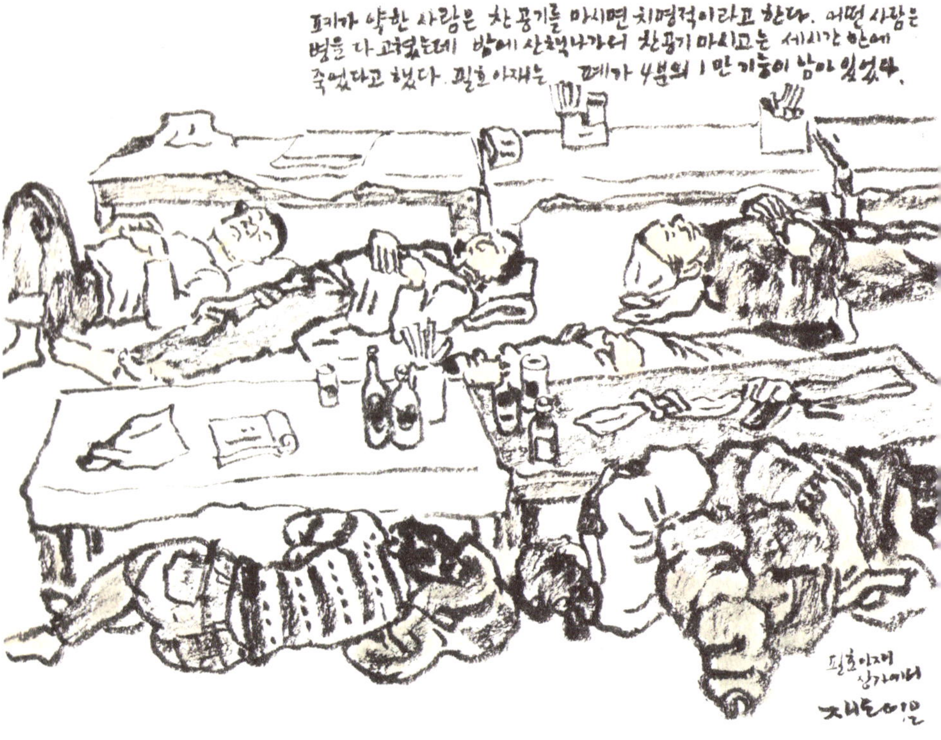

폐가 약한 사람은 찬 공기를 마시면 치명적이라고 한다. 어떤 사람은 병을 다 고쳤었는데 밤에 산책나가서 찬공기 마시고는 세시간 안에 죽었다고 했다. 필호아재는 폐가 4분의 1만 기능이 남아 있었다.

필호아재
상가에서
채도연운

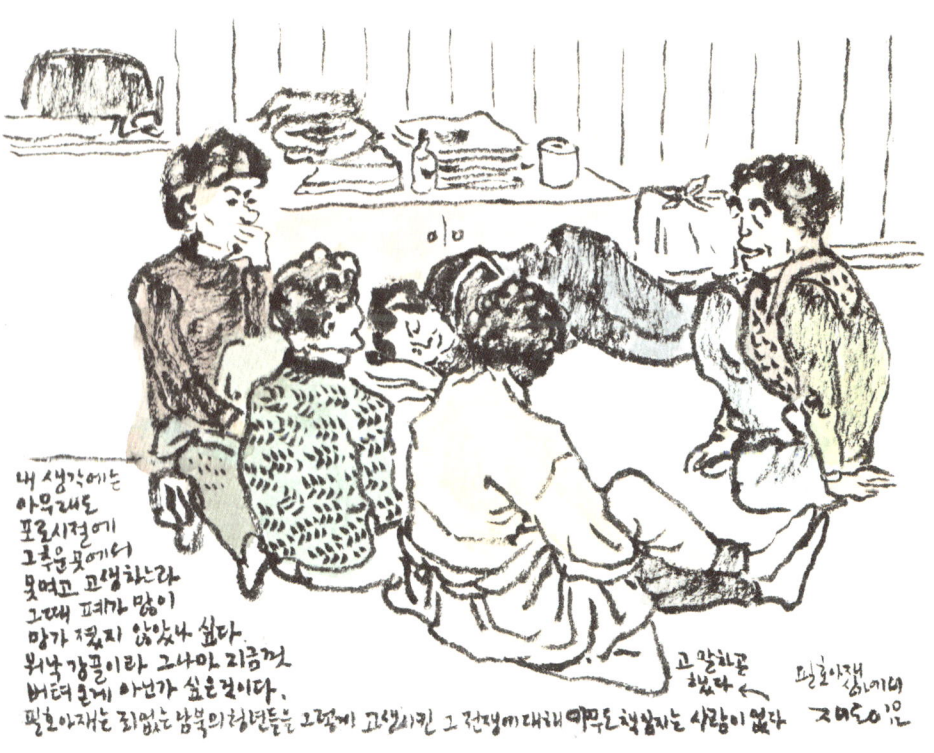

내 생각에는
아무래도
포로시절에
고추운곳에서
못먹고 고생하느라
그때 펴가 많이
망가 지잖지 않았나 싶다.
뭐낙 강골이라 그나마 지금껏
버텨 온게 아닌가 싶은것이다.

고맙하고
했다 ← 필호아
                 필호아젠네
                 저먼이요

필호아젠는 죄없는 남북의 청년들을 그렇게 고생시킨 그 전쟁에 대해 아무도 책임지는 사랑이 없다

죽어서
살아난
그대여

당신을 지지했고 좋아했고 기뻐했지요.
박수 보내다가 걱정하고 실망도 하다가
'아직도 그대는 내 사랑' 되뇌며 속상해도 했지요.
사람은 누구나 잘잘못이 있기 마련.
그래도 그래도 분명히 이 손에 만져지는 건
그대의 따스한 한아름 꿈.

죽어서 오히려 살아난 그대여
그대의 던진 몸이 그 무언가를 부수고 있는 것 같아.
상대를 멸절해야겠다는 그 끔찍한 적대감,
인간임을 파괴하는 그 풍토.
그 어느 편에서든
이제 부서지기를 간절히 간절히 난 바란답니다.

이제 당신이 몸을 버리니 이 가슴에 남는 것은
아, 따뜻한 사람의 냄새, 진실의 향기……
갈수록 짙어지니 웬일인가요.

● 박재동의 손바닥 아트

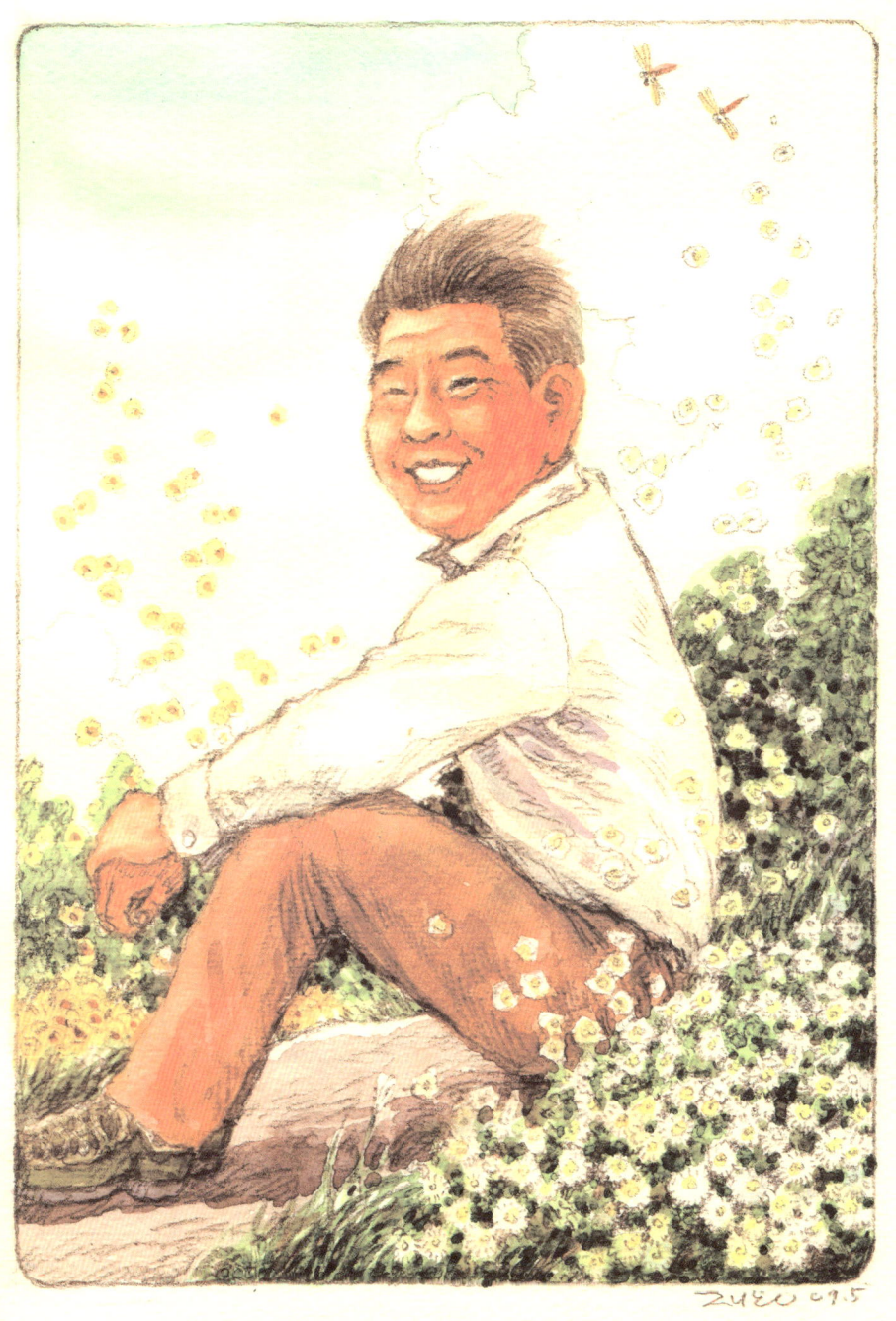

손바닥 만인화

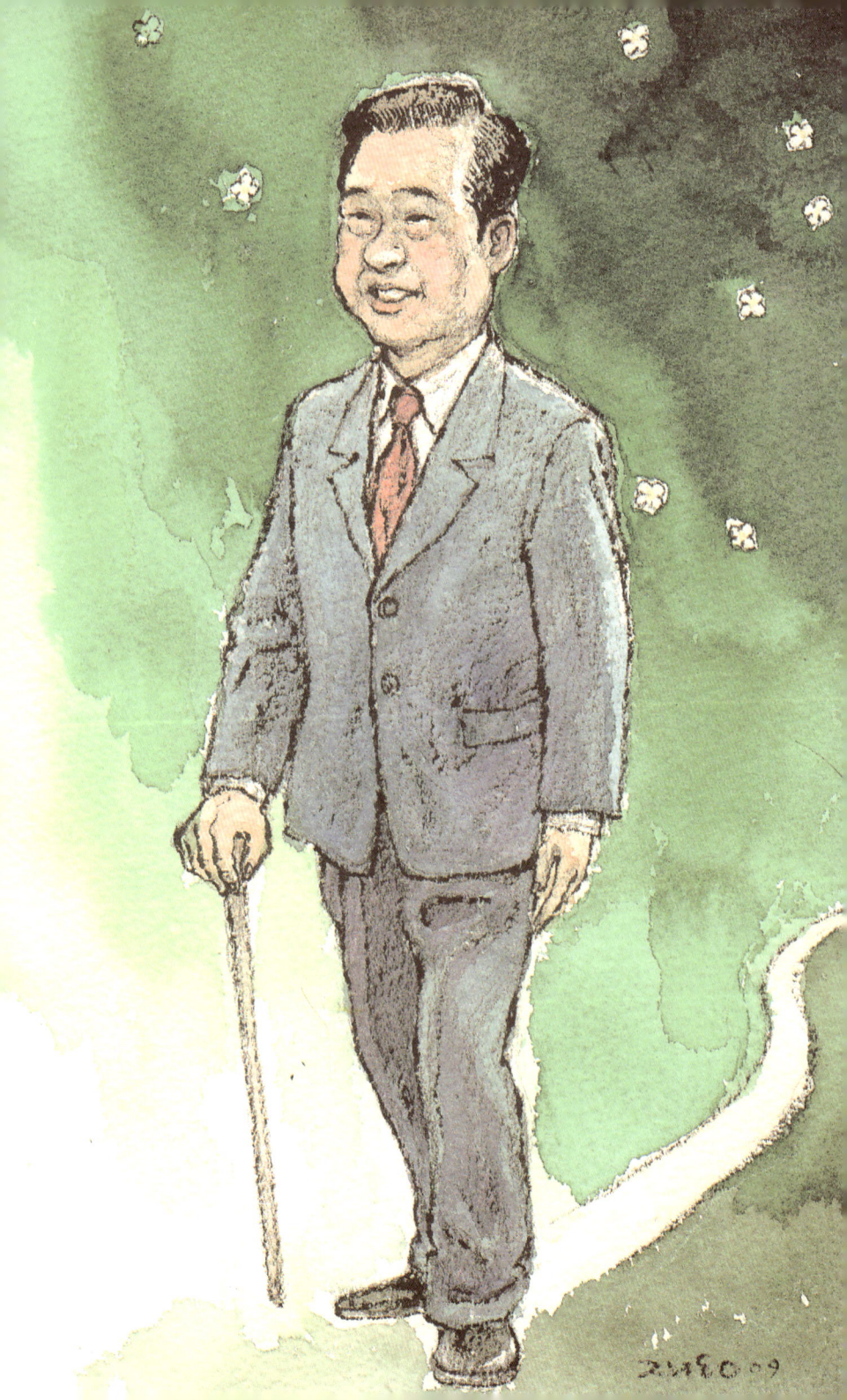

당신의
절룩거림으로

어느 시민이 방송에서
말했디지요

당신의 절룩거림으로
우리가 바로 설 수 있었다고요.

그렇게 선 걸음으로
이제
당신이 간 길을
따라갑니다.

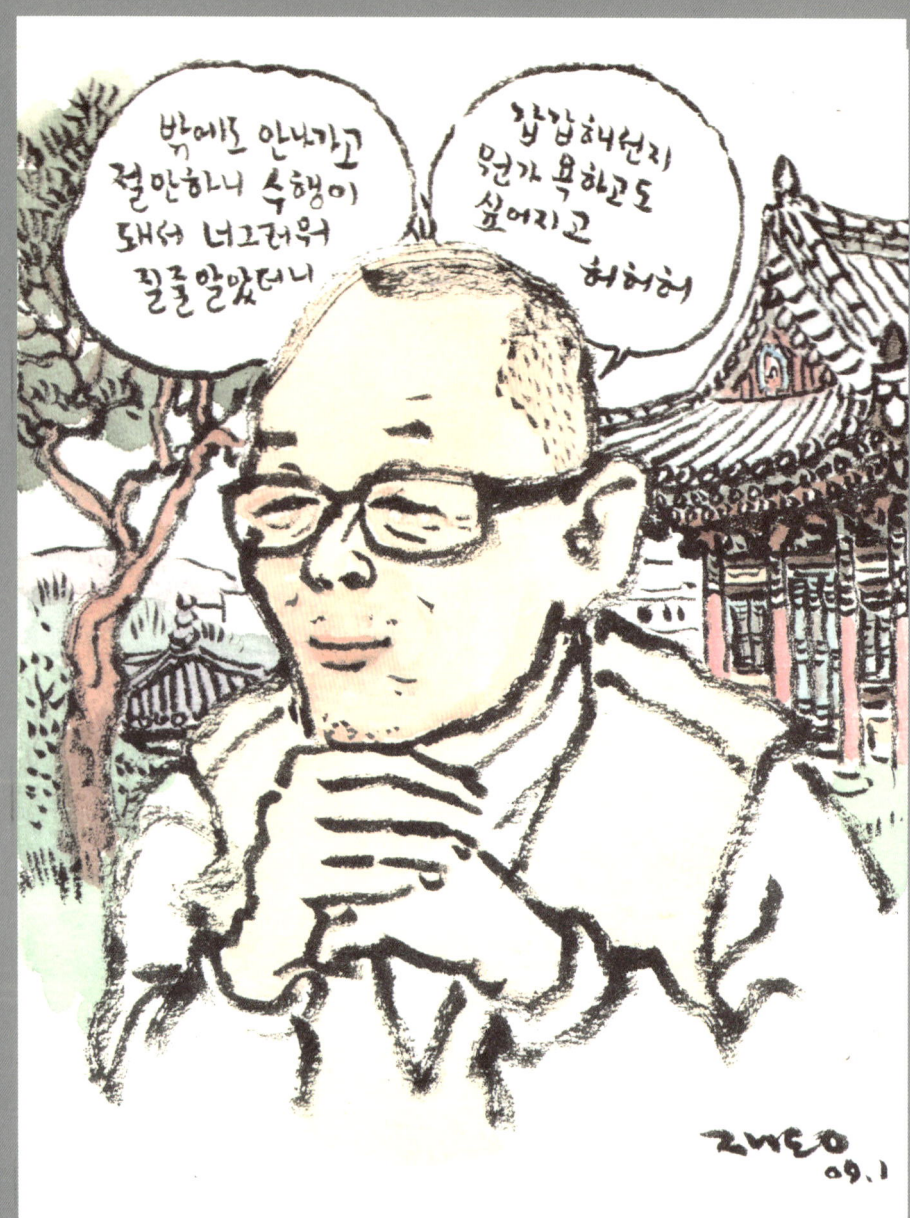

● 박재동의 손바닥 아트

명진 스님

한 10년쯤 됐을까, 명진 스님과의 통화.

"아이고 박 화백님, 내가 나이가 오십인데 아직 장가도 못 가고 이러고 있습니다. 하하하."

언제나 툭 트이고 호방하신 명진 스님을 얼마 전에 다시 뵙고 그 얘길 했더니

"지금 육십인데 아직도 못 가고 있습니다. 이제 아마 틀린 것 같애, 하하하."

서울 강남 삼성동 봉은사 주지로 계신 명진 스님은 천일 동안 문밖 출입을 삼가고 매일 1천 배를 하고 계시다. 그 기도를 8개월 정도 남겨 놓고 있다.*

"첨엔 좌파 주지가 왔다고 수군거렸는데, 이백 일 지날 때까지 그대로이다가 삼백 일 지나니까 지켜보는 태도였고, 사백 일 지나니까 수그러지기 시작하더군요."

그런데다 재정을 완전히 투명하게 해버리니까 '주지 스님 멋쟁이'라고 한단다. 떠났던 신도들도 놀아오고 시주도 늘어났다고 한다.

확실하고 꾸준한 실천으로 강남 민심을 돌려놓은 명진 스님. 어려운 때일수록 이런 꾸준하고 진정성 있는 실천이 필요하지 않을까 싶다. 특히 진보정치 세력들도 말뿐이 아니게 말이다.

지금도 명진 스님은 1천 배를 하고 계실 텐데 나는 …… 아 ……

생각하지 말자, 힘들어진다…….

* 2년이 지난 지금 명진 스님은 봉은사를 떠나 월악산 아래에서 안거하고 계신다. 얼마 전에 자신의 수행일대기『스님은 사춘기』를 내셨다. 가끔 통화하며 지낸다.

완도의 열살짜리 성호변 이희재는 김 맡들고 소먹이는 일을 거들다 하루는 배를 타고 읍내에 온다. 읍내엔 처음 보는 국화빵이 있어 너무나 먹고 싶었다. 돈을 내고도 북적대는 아이들 뒤에서 기다리다 국화빵을 달라고 하니 주인이 모르고 돈도 안 내고 빵 달란다며 막무가내로 쫓아버린다. 너무도 억울해 눈물을 훔치며 걸어가는 희재 앞에 만화가게가 보였다. 처음 보는 책, 만화! 희재는 아버지를 졸라 만화책을 한 권 샀다. 너무나 좋아 만화책을 꼬옥 안고 돌아왔다. 국화빵의 억울함도 눈 녹듯 사라져버렸다. 이후 이희재는 '간판스타'로 우리나라에 본격적 리얼리즘 만화의 뿌리를 내렸고 아동만화 '악동이'로도 유명한 우리 만화계의 큰 기둥이 되었다.

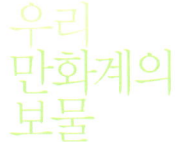

우리
만화계의
보물

나랑 동갑내기 만화가 이희재 씨는 부드럽고 따뜻하고 자상하면서 그 안에 성실함과 굳셈을 갖추고 있는 우리 만화계의 보물이다. 2009년도 부천 만화 페스티벌 때 이희재 특별전이 열렸고 거기에 이희재 씨의 어린 시절 얘기부터 지금에 이르기까지 해왔던 작품이 전시되었다. 그의 고향 완도 그림은 더없이 정겹고 아름다워 그 그림 앞에서 나는 부러움을 감추지 못했다. 더구나 이 그림 오른쪽에 있는 윤복이의 일기 『저 하늘에도 슬픔이』의 만화 포스터는 너무나 따습고 아름다워 우리나라 회화사에서 저만한 그림이 또 있을까 싶은 정도이다. 희재 씨의 그림은 묘사나 표현이 아니라 대상이 희재 씨의 품속에서 완전히 녹았다가 마치 알처럼 다시 탄생한 그런 그림이다. 또 한번 부럽지 않을 수 없다.

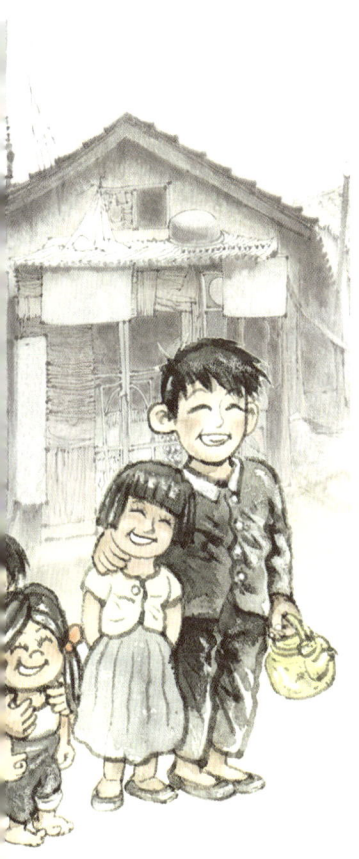

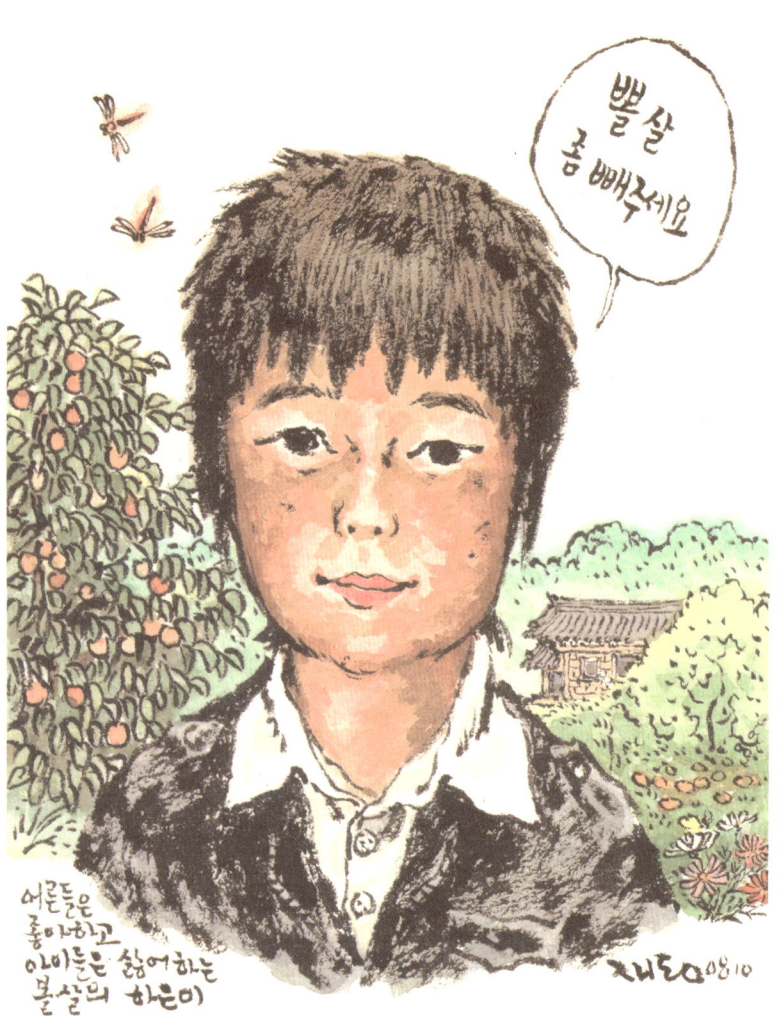

● 박재동의 손바닥 아트

하은이

강원도 양양군 강현면 사잇골엔 까만 얼굴에 볼과 다리가 탱글탱글한 5학년 하은이가 살고 있다. 하은이랑 이웃 마리아 선생님네 집도 같이 지었던 아빠 황시백 선생이 돌아가셨다. 암으로.

"아, 정말 어제는 열네 시간을 절을 했는데, 아, 정말 죽는 줄 알았어요. 독일서 형도 아직 못 오고 삼촌이랑 한꺼번에 오십 명도 받고 아, 정말 죽는 줄 알았어요."

"지금 당장은 없어도 괜찮은데 영원히 아빠 못 만난다고 생각하니까⋯⋯ 아, 눈물 날 서 같애⋯⋯ 아, 징말 그리울 거 같애⋯⋯."

"삼촌! 부탁이 하나 있어요. 아빠를 한 장 그려줘요. 마음속에서 아빠를 본다고 했잖아요. 꼭요!" (이런! 아까 맘속에서 불러보면 만날 수 있다고 했더니!)

난 이튿날 하은이가 오기 전에, 감다시피한 영정 사진의 눈을 크게 띄우고 팔 위치도 고치면서 마치 안 보고 그린 것처럼 그렸다.

좀 있다. "됐어요?"

하고 보더니 하은이가 고개를 끄덕이며 웃었다. 성공이다. 하은아, 아빠 대신 말을 하마. 늘 명랑하고 건강해라. 그리고 크거든 사람을 사랑하면서 살아라. 힘들어도 노력해봐라. 사랑 안에는 모든 것이 다 있단다. 아빠도 거기 있고.

아이의 웃음

이 그림은 〈한겨레〉 2009년 5월 6일치에 실린 최민식 선생의 사진을 보고 다시 그린 것이다. 나는 최민식 선생의 사진을 좋아한다. 인간에 대한 집요한 그의 애정 때문이기도 하지만 그의 사진은 그 자체가 다시 피사체가 될 정도의 존재감과 카리스마를 가지고 있기 때문이다. 그래서 그랬다. 그림이 얼마나 사진만큼, 혹은 그 이상의 리얼리티를 만들어낼 수 있을까 하는 실험도 해볼 겸. 그러나 결국 그리다보니 그만 40년 전의 이 아이와 만나게 되어버렸다.

아아,

나는 지금 왜 남루한 이 아이에게 위로를 받는 것일까?
왜 이 아이를 사랑하는 것일까?
나나 내 자식이나 손자가 이렇게 크길 바라지도 않으면서.
내 형편이 지금 더 나은 것을 확인해서일까?
카드 빚도 없었던 그때, 더 이상 가난해질 것도 없었던 그때
더 잘살 수 있을 것이라는 희망, 그 희망을 나는 보는 것일까?
아니면 웃음 속에서 새어 나오는 인간 본연의 어떤 것을 보는 것일까?
파란 하늘에 흰구름, 햇살 속에 피어오른다.

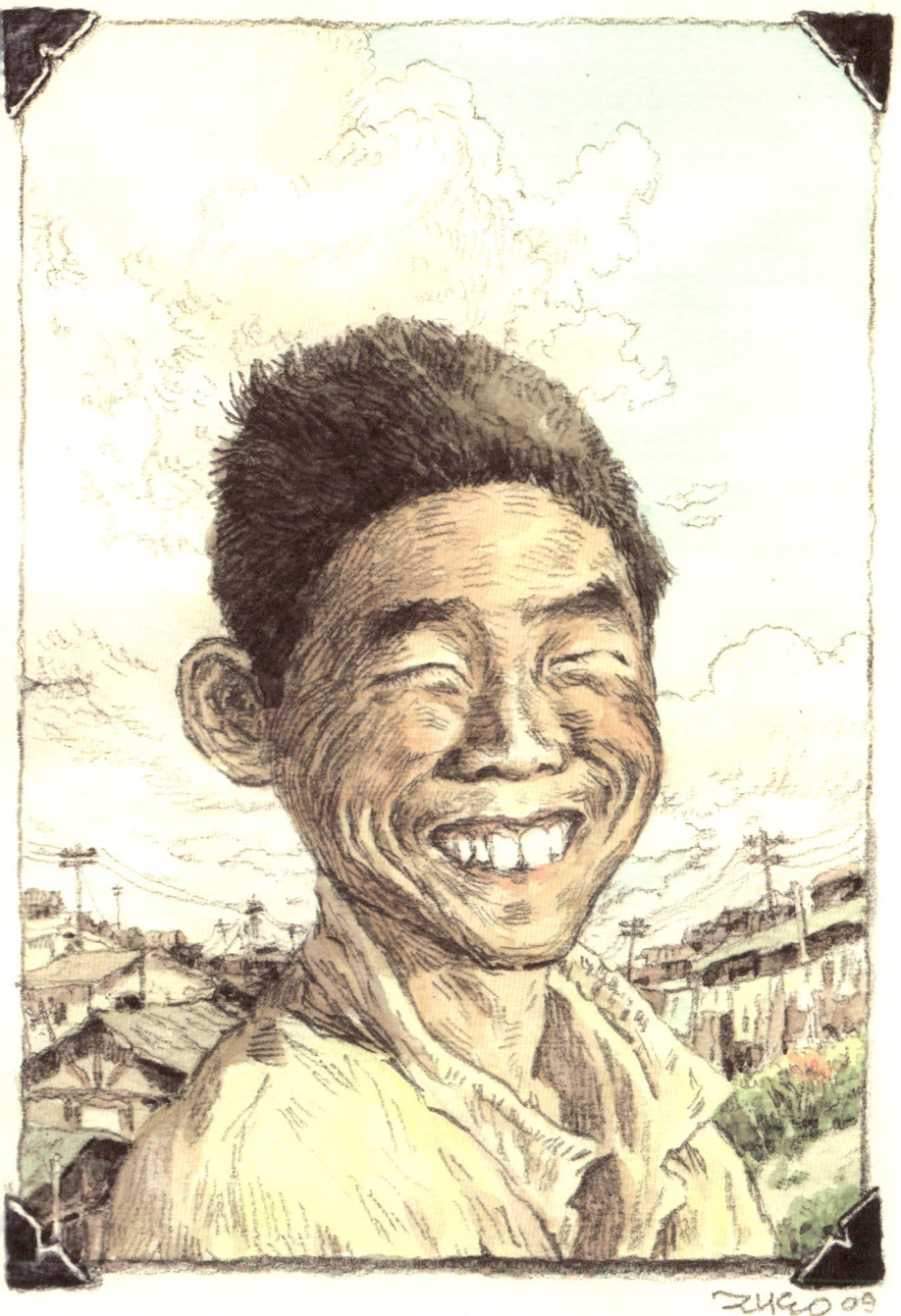

ZHAO 09

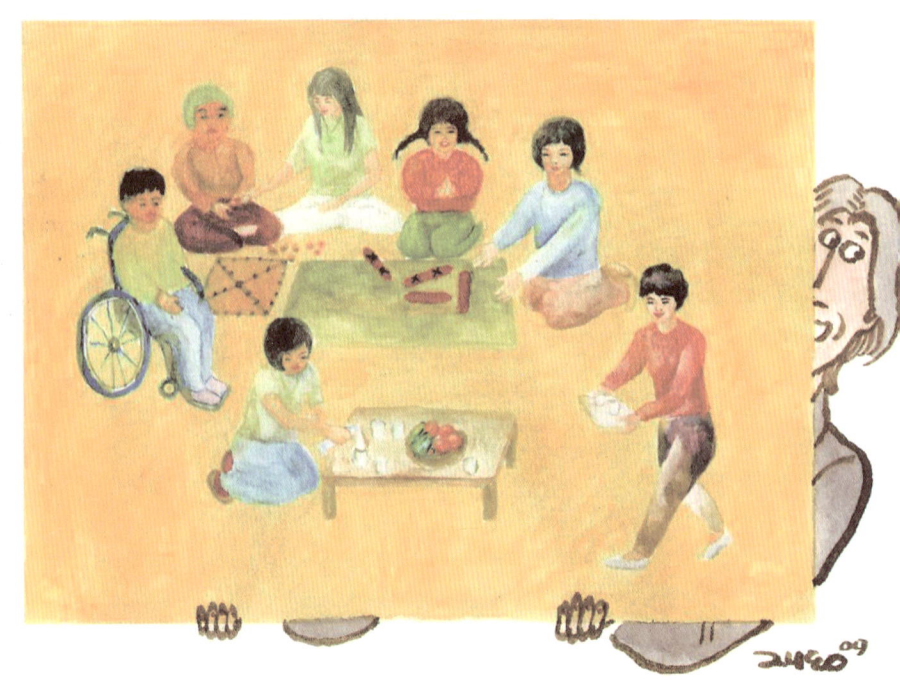

여든
청춘

〈한겨레〉 2009년 4월 29일치 '이 사람' 난에 이런 기사가 났다.

"이번에 여든이 된 한숙자 할머니가 75세에 그림을 시작하였는데 처음엔 이 늙은이가 무슨 그림을…… 하다가 점점 빠져들어 나중엔 밥 먹는 것도 잊고 그림을 그렸다"는 기사.

"그래서 그 그림들을 모아 이번 팔순 잔치 대신에 그림전시회를 했다"는 기사.

● 박재동의 손바닥 아트

아! 할머니의 딸 오한숙희씨에게 처음 그 말을 듣고 얼마나 놀랐고 기뻤던가!
노인들이 밴드를 하거나 문학, 수학 동아리를 하거나 연극을 하는 세상을 꿈꾸는 나
로서는 더더욱 반가운 일이었다.
이제 늙음도 없고 여생도 없고 오직 현재의 삶이 있을 뿐.
배움과 새로움이 있으면 청춘이고 없으면 젊어도 늙은이.
이제 새로운 삶의 개념이 시작된다.
그런데 할머니가 그렸다는 그림이 궁금하지 않으신가?
그래서 할머니의 그림(내가 들고 있는 노란 그림) 하나를 소개한다.
가족들이 둘러앉아 윷놀이하며 노는 장면,
아아, 참 따뜻하기 짝이 없구나.

다시 한 해가 가고 두 번째 개인전을 갤러리 〈자인제노〉에서 가졌다.
이번에는 더 많은 그림을 더 야심차게 그리셨다. 나는 그 상황을 보면서 이런 장면이
떠올랐다. 한 할머니가 있다. 어느덧 님은 백빌이다. 할머니 방에는 창문이 있고 그
창 너머엔 언덕이 있다. 언덕에서 어느 날 검은 그림자가 나타났다. 조금씩 조금씩 창
쪽으로 가까이 왔다. 드디어 창 앞까지 와서 할머니를 들여다본다. 그는 저승사자였
다. 창문을 열고 들어가려는데 할머니가 이젤을 펴고 캔버스를 얹고는 그림을 그리
기 시작한다. 그림에 몰두하는 표정을 본 순간 저승사자는 걸음을 돌리고 다시 언덕
을 넘어 사라진다. 그러면서 다른 사자를 불러 교체했다. 그는 하얀 삶의 천사였다.
천사는 할머니 옆에 와서 시중을 들면서 어깨를 주물러준다. 나는 그것을 보았다.
할머니에게서 죽음은 이미 사라져버렸다. 축하해요. 한숙자 어머님. 계속하세요.
그리고…… 딸 한번 잘 두셨어요.

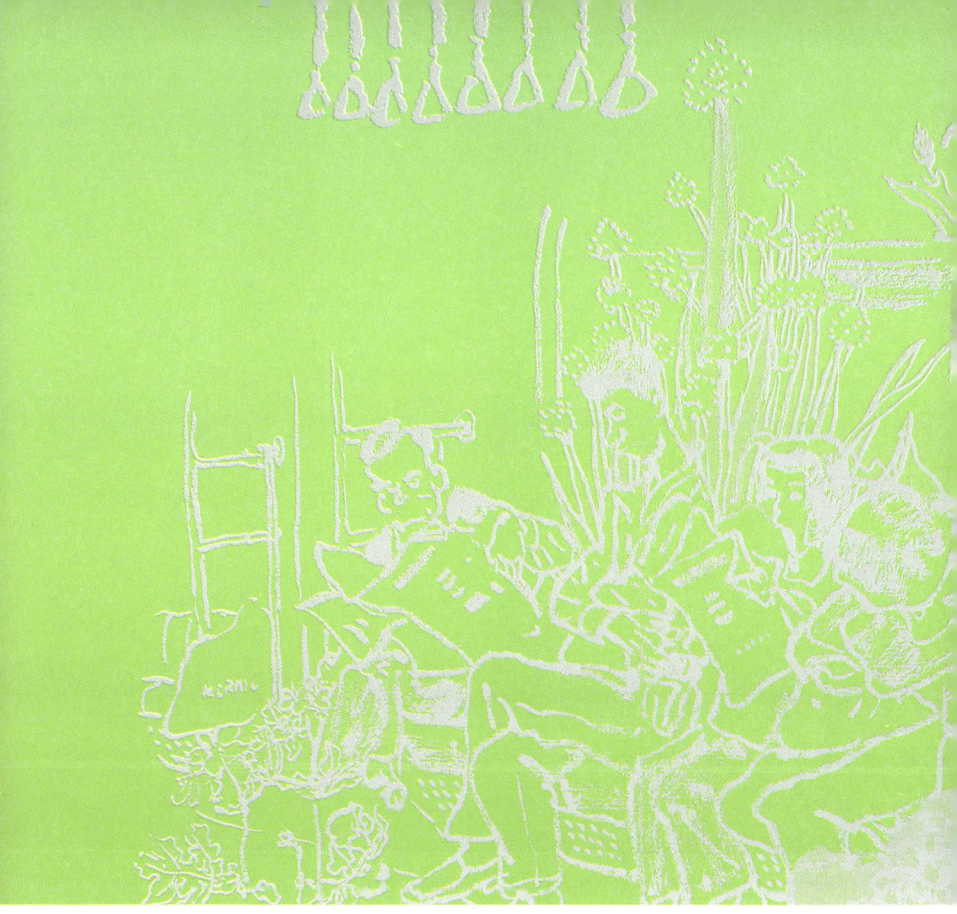

지하철에서
만난
사람。

난 지하철에서 그림을 많이 그린다.
버스에서는 사람들이 다 한 방향으로 앉기 때문에 대개 뒤통수만 보이고
게다가 흔들려서 눈이 아파 그리기 어렵다.
지하철은 아주 근사한 나의 화실이다.
모델들도 계속 바뀌가면서 출연해주고 있다.

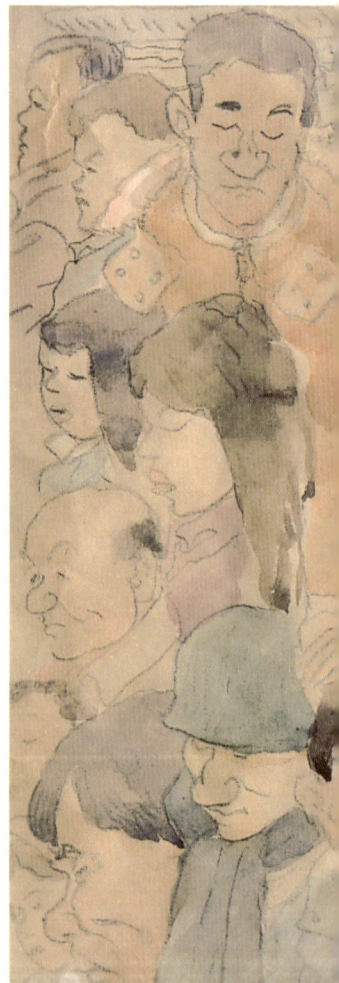

사람이야말로

난, 어째서 사람들의 얼굴에 이토록 관심이 많은 것일까? 첫 번째로는 사람들의 얼굴은 그들이(실은 우리들이) 생각하고 사랑하고 괴로워하고 미워하고 어려움에 무너지고 다시 이겨내온 그동안의 삶이 오롯이 담긴 그릇과 같은 것이어서고, 두 번째로는 이 세상에서 가장 변화무쌍하며 섬세하고 오묘한 최고의 조형물인 탓이고, 세 번째로는 그래서 그 삶과 표정과 형태를 소화하여 그려내기가 너무 어려운 탓에 대부분이 비켜가버리는 대상이어서 내게 더욱 매력 있는 소재이기도 하다. 아니, 그냥 쉬운 말로, 사람이야말로 가장 흥미로운 그림의 소재가 아니겠는가?

지하철에서 누리끼리한 대봉투에 승객들의 군상을 그리면서 '난 이런 종이에 이런 데서 이렇게 그려낼 줄 아는 괜찮은 화가야……' 하며 흐뭇했던 그림이다.

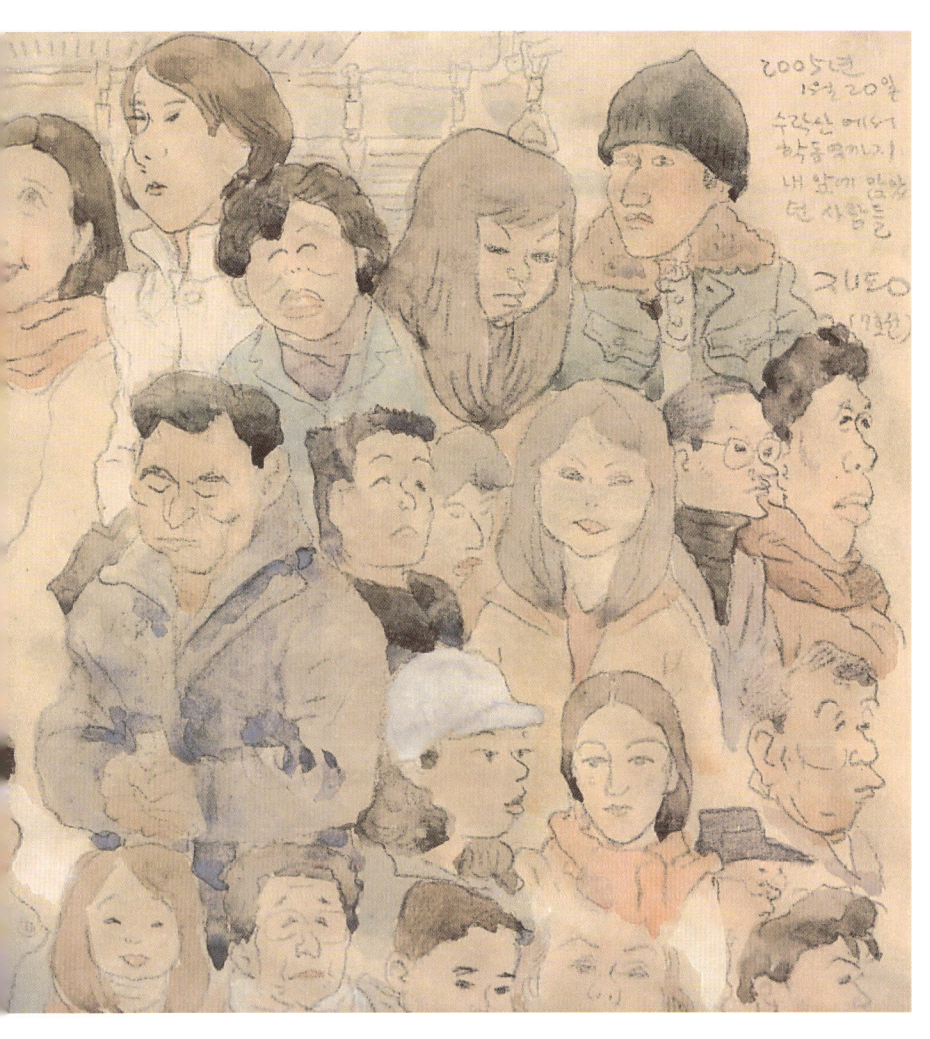

지하철에서 만난 사람

자는 척

난 지하철에서 그림을 많이 그린다. 버스에서는 사람들이 다 한 방향으로 앉기 때문에 대개 뒤통수만 보이고 게다가 흔들려서 눈이 아파 그리기 어렵다. 지하철은 아주 근사한 나의 화실이다. 모델들도 계속 바꿔가면서 출연해주고 있다.

아하…… 나의 젊은 시절, 이렇게 해본 적이 없었네. ……ㅉ

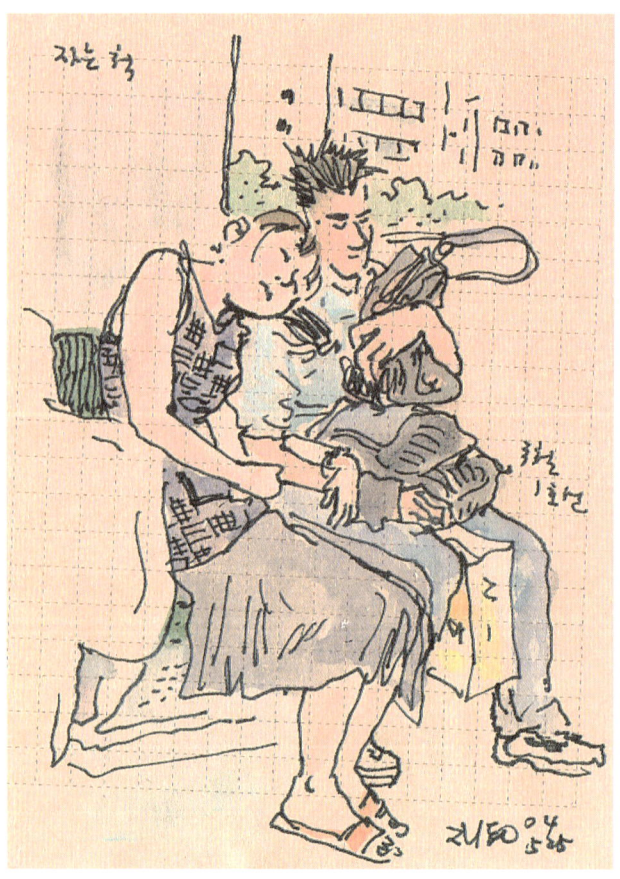

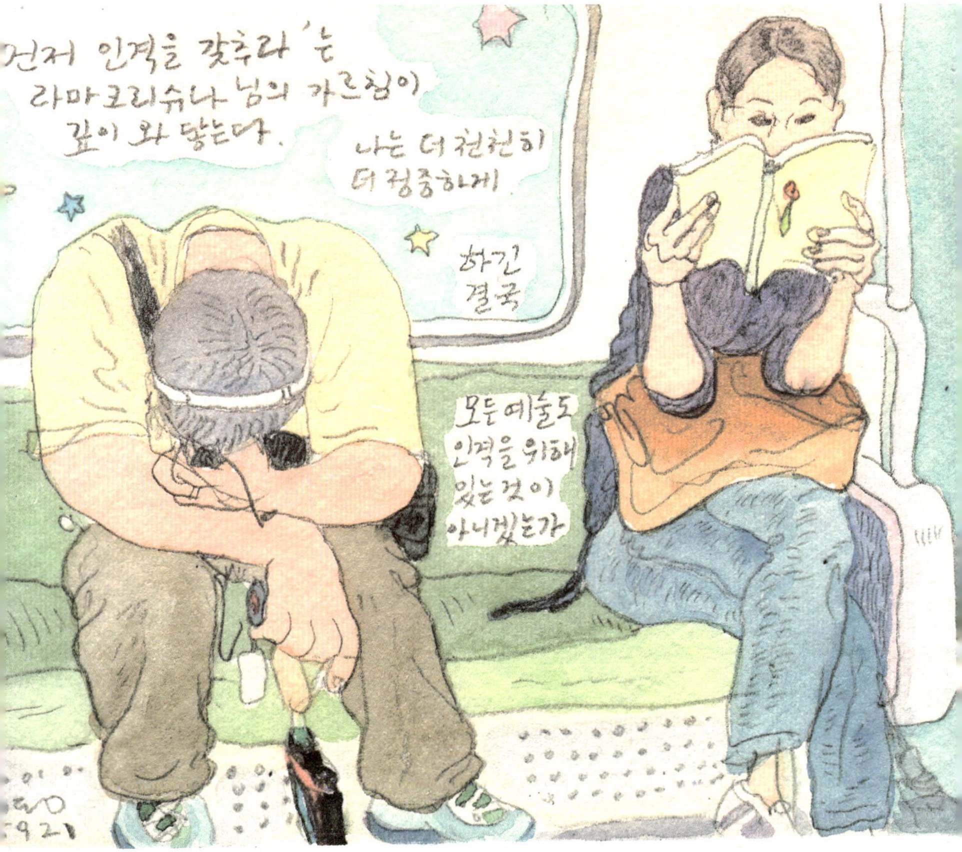

먼저 인격을 갖추라'는
라마크리슈나 님의 가르침이
깊이 와 닿는다.
나는 더 천천히
더 정중하게
하긴
결국
모든 예술도
인격을 위해
있는 것이
아니겠는가

먼저 사람이 되거라

이 그림을 다시 보고 다시 감회에 젖는다. 재능과 기술과 학문 등을 연마하는 것도 매우 중요하거니와 먼저 인격을 갖추는 일이 얼마나 중요한가를 아는 데 시간이 많이 걸렸다. 젊을 때 "먼저 사람이 되거라"는 이야기는 나한테 얼마나 진부한 잔소리로 들렸던가. 이 나이에서 생각해보면 이제야 와 닿는 이야기다. 사람됨 없이 쌓아진 모든 것들은 흔들리는 이빨처럼 무너져 위태롭더라. 그래서 요즘, 어떤 상황에서 행동 판단이 어려울 때 가끔 '무엇이 아름다운가'를 생각해본다.

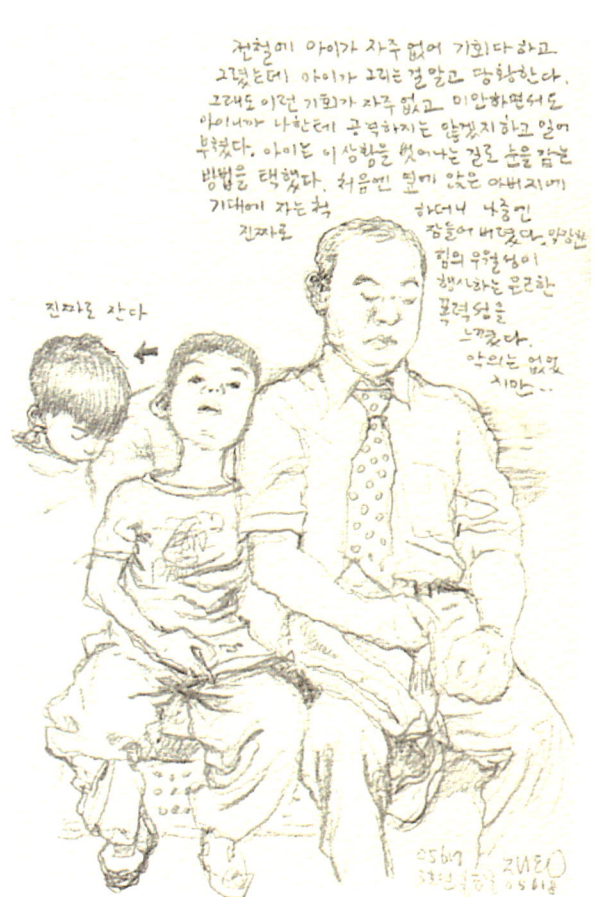

전철에 아이가 자주 없어 기회다 하고
그렸는데 아이가 그리는 걸 알고 당황한다.
그래도 이런 기회가 자주 없고 미안하면서도
아이네가 나한테 공격하지는 않겠지 하고 일어
부렸다. 아이는 이 상황을 벗어나는 길로 눈을 감는
방법을 택했다. 처음엔 옆에 앉은 아버지에
기대어 자는 척
진짜로

진짜로 잔다

하더니 나중긴
잠들어 버렸다. 막상은
힘의 우월성이
행사하는 은근한
폭력성을
느꼈다.
악의는 없었
지만‥

악의는
없었지만

나이가 권력이라고‥‥‥ㅉ

● 박재동의 손바닥 아트

얼마나
피곤했으면

아가씨! 조심조심!

지하철에는 조는 사람들이 많다. 조금이라도 에너지를 아끼거나 축적하려는 사람들이다. 그만큼 우리들의 삶은 고달프다. 이 아가씨는 특히 특이하게 메트로놈처럼 흔들리며 존다.

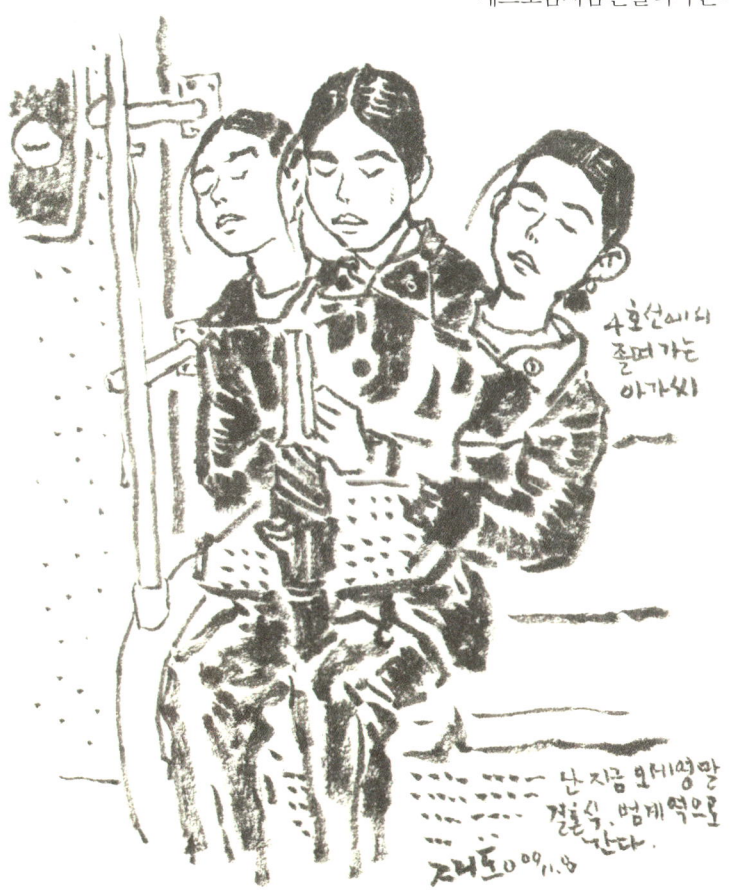

4호선에서 졸며 가는 아가씨

난 지금 외 이렇밤 결혼식, 범계역으로 간다.
조명 0 09.11.8

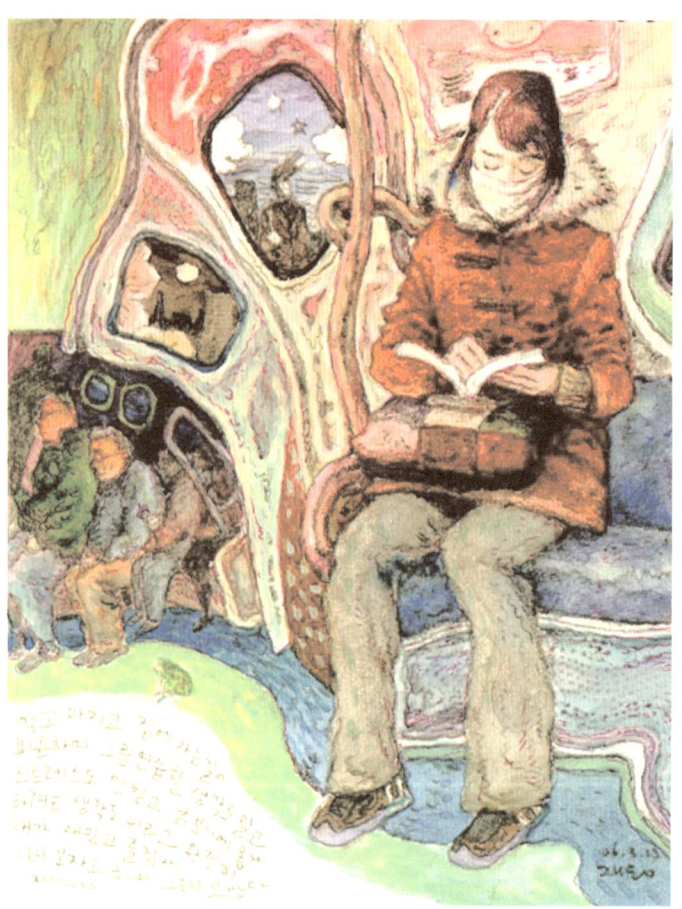

또 깜빡했네

맞아, 내가 재밌게 그려봐야 돼. 그걸 또 깜빡했네.

꽃이 피어 있는
지하철 풍경

난 가끔 서울의 거리에 거대한 꽃들이 피어 있는 그림을 상상한다. 그리고 지하철 안에도 이런 들꽃들이 피어 있으면 좋겠다는 생각에 그림을 그려본다. 이런 곳에서 나른히 졸고 싶다. 한국예술종합학교 신문 표지로 그렸던 그림이다.

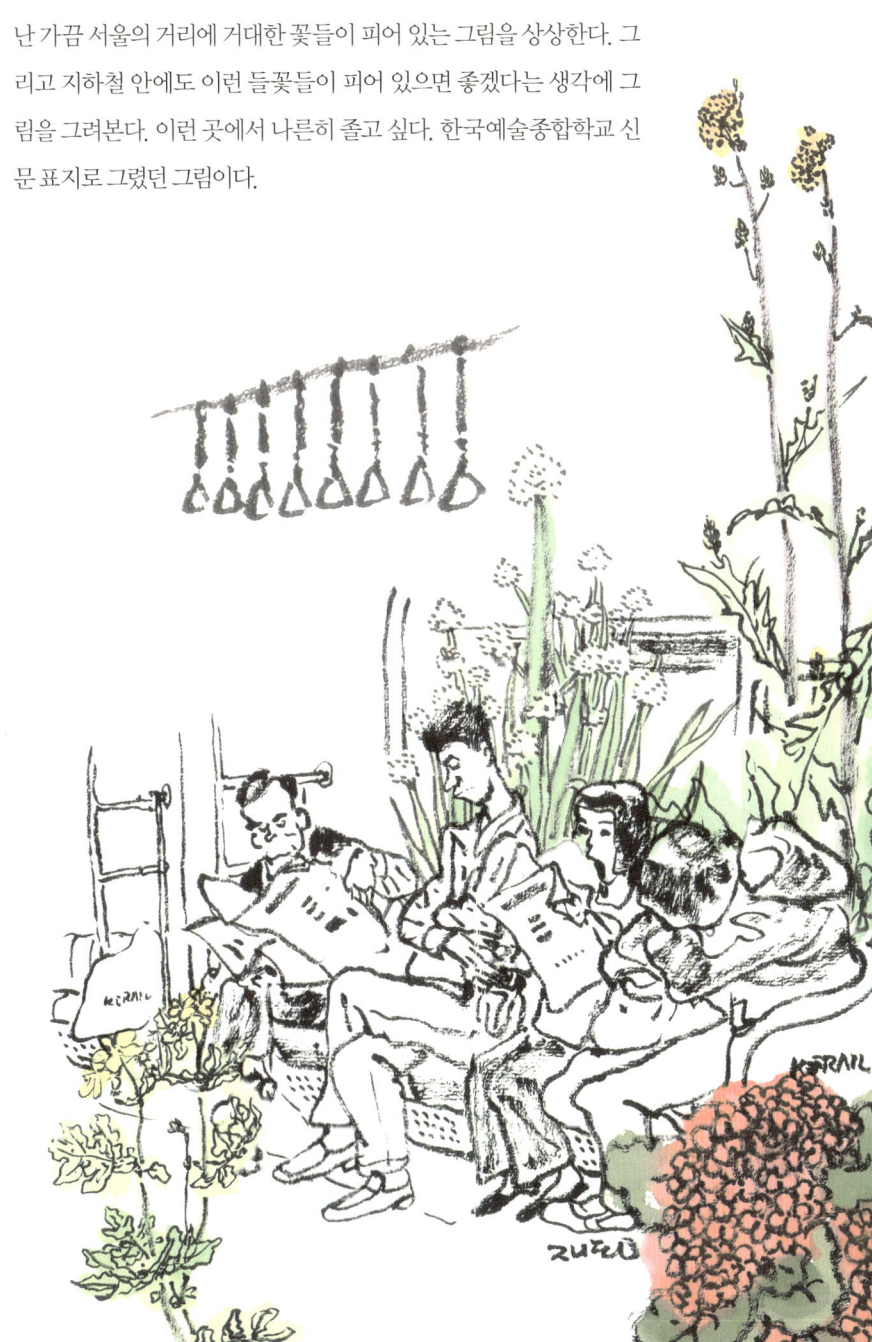

기다린다는 것

무언가를 기다린다는 것이…… 마음을 끄는 건 왜일까?

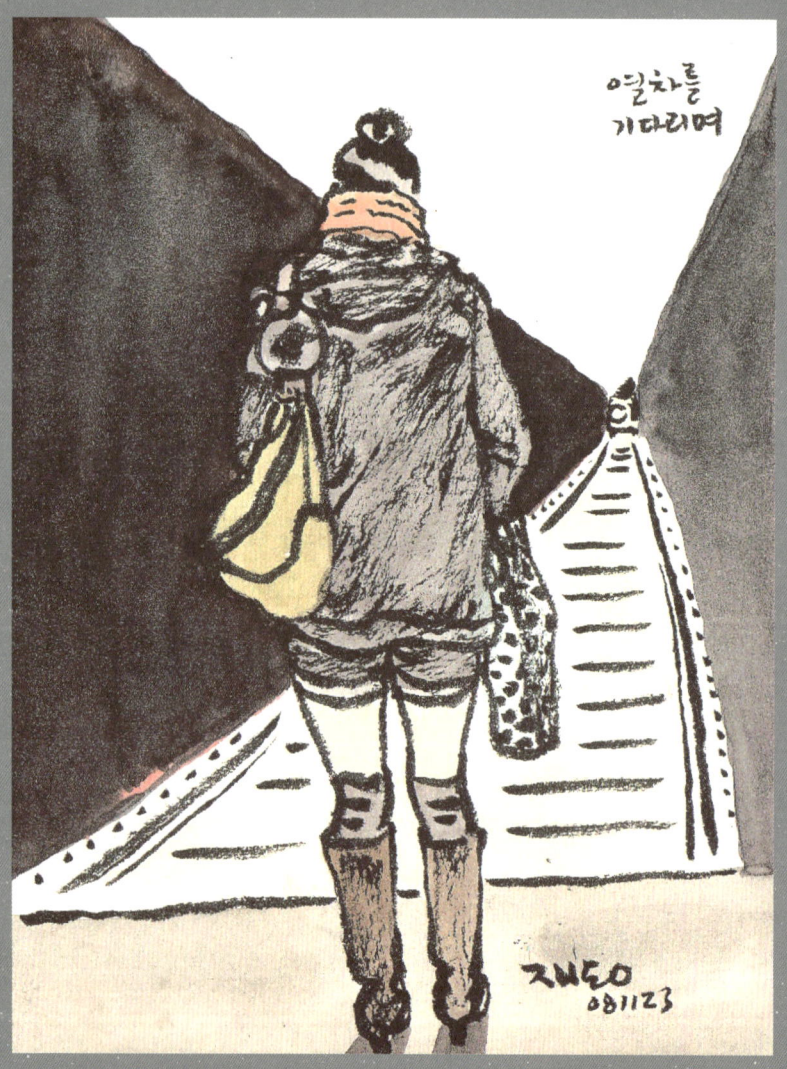

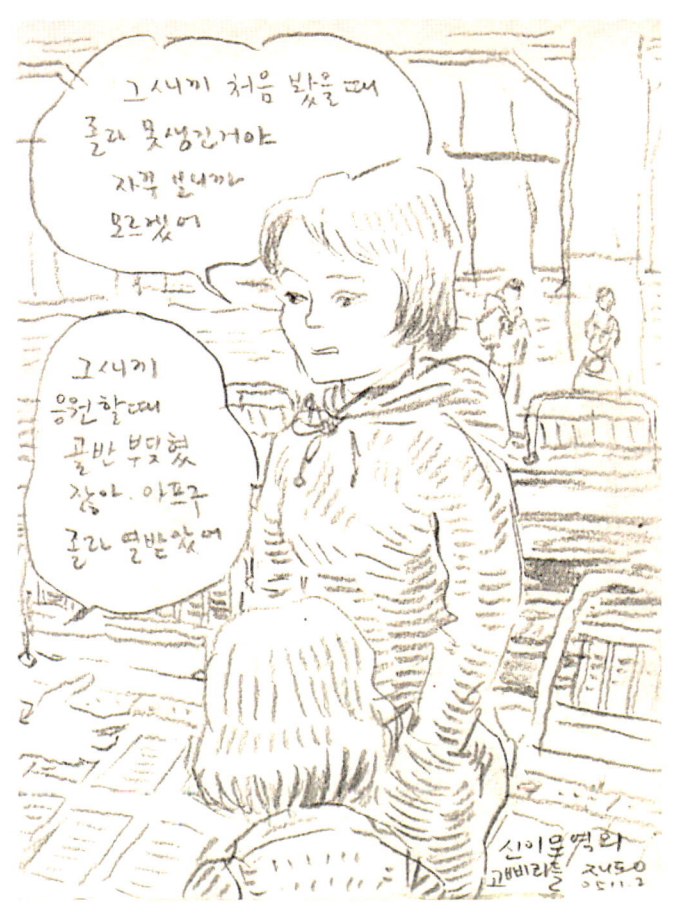

졸라 졸라

누구야, 그 새끼? ㅋㅋ

오죽 힘들면

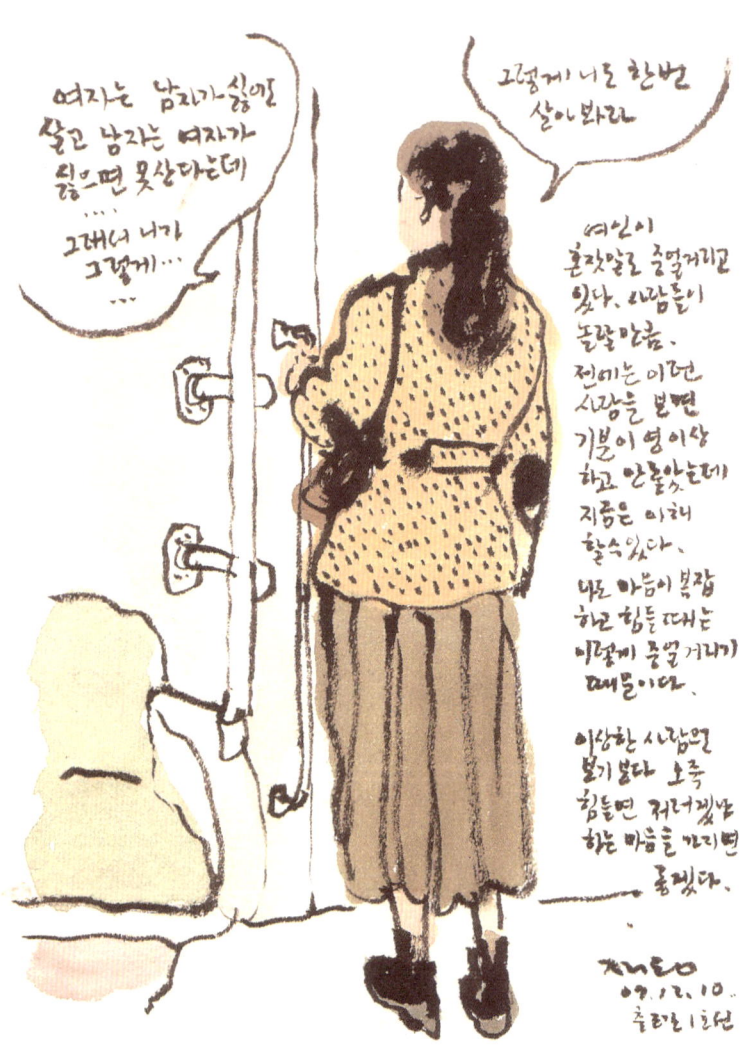

자기가
얼마나
어여쁜지 알겠지

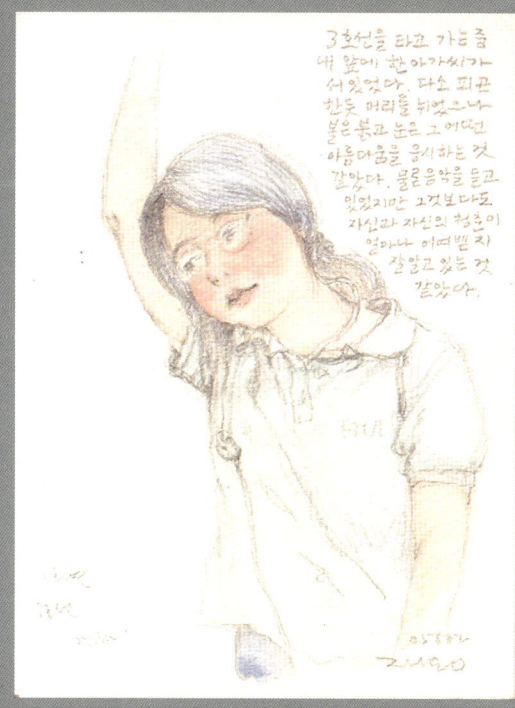

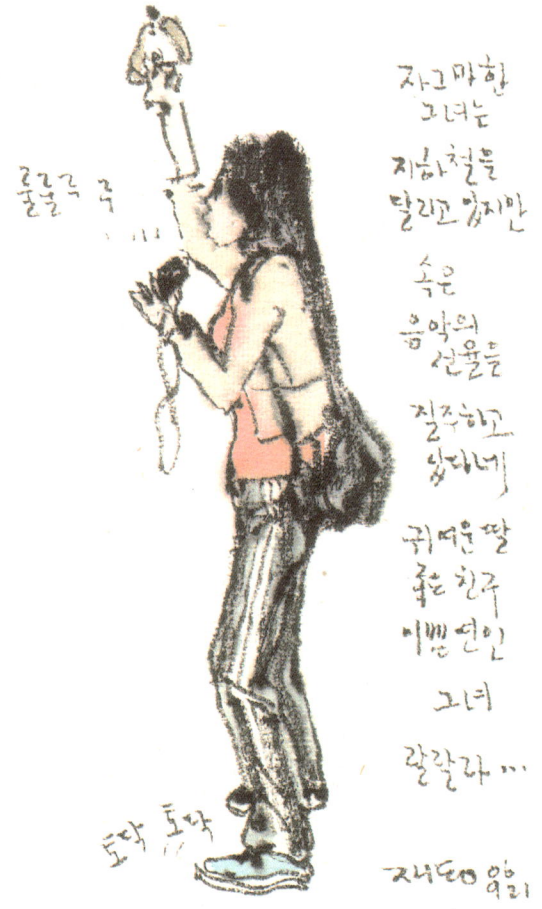

룰룰룩 룩

자그마한
그녀는
지하철을
달리고 있지만

속은
음악의
선율을

질주하고
있다네

귀여운 딸
좋은 친구
이쁜 연인

그녀

랄랄라 …

또닥 또닥

재동이 응리

룰룰루

난 음악을 싫어하진 않지만 구태여 찾아 듣거나 하지 않는 편이다. 게을러서 그런지 어릴 때 음악을 많이 접하지 못해서 그런지 모르지만, 어쩌면 나는 항상 내 내면을 응시하고 그 소리를 듣는 일에 익숙해서 그냥 가만히 있는 게 더 좋고 음악이 시끄럽게 느껴질 때가 많다. 그러나 요즘은 음악의 맛을 좀 알게 된지라 가까이 하려 애쓰고 있다. 영화를 하려면 더욱 그렇지 않은가. 한때는 초·중학교 수준으로 작곡도 해보기도 하고(내 곡 몇 개를 갖고 있다……ㅋㅋ) 어떻든 나는 음악가를 선망하고 멋진 음악에 경탄하는 길로 가고 있다…….

● 박재동의 손바닥 아트

까무룩 조는
아가씨

난, 이 나이 때 영어가 왜 그리 머리에 들어오지 않던지…….

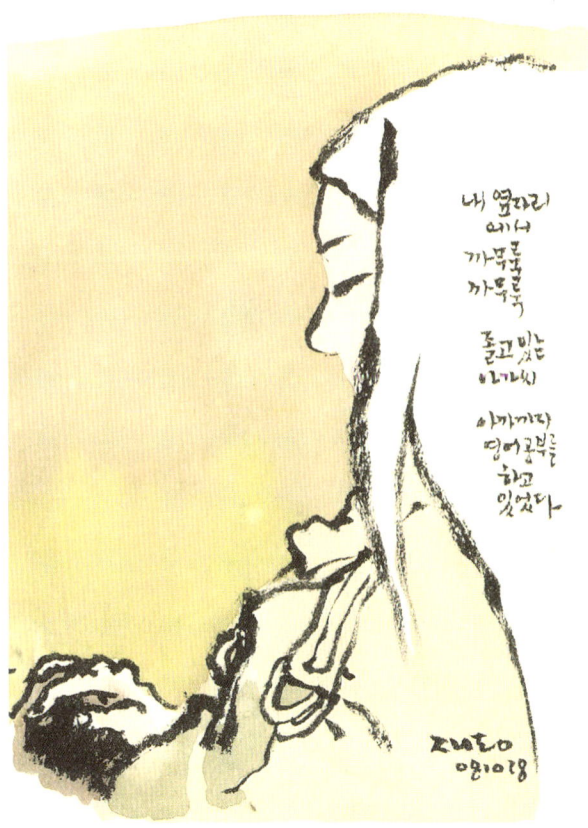

내 옆자리
에나
까무룩
까무룩

졸고 있는
#아가씨

아까까지
영어공부를
하고
있었다

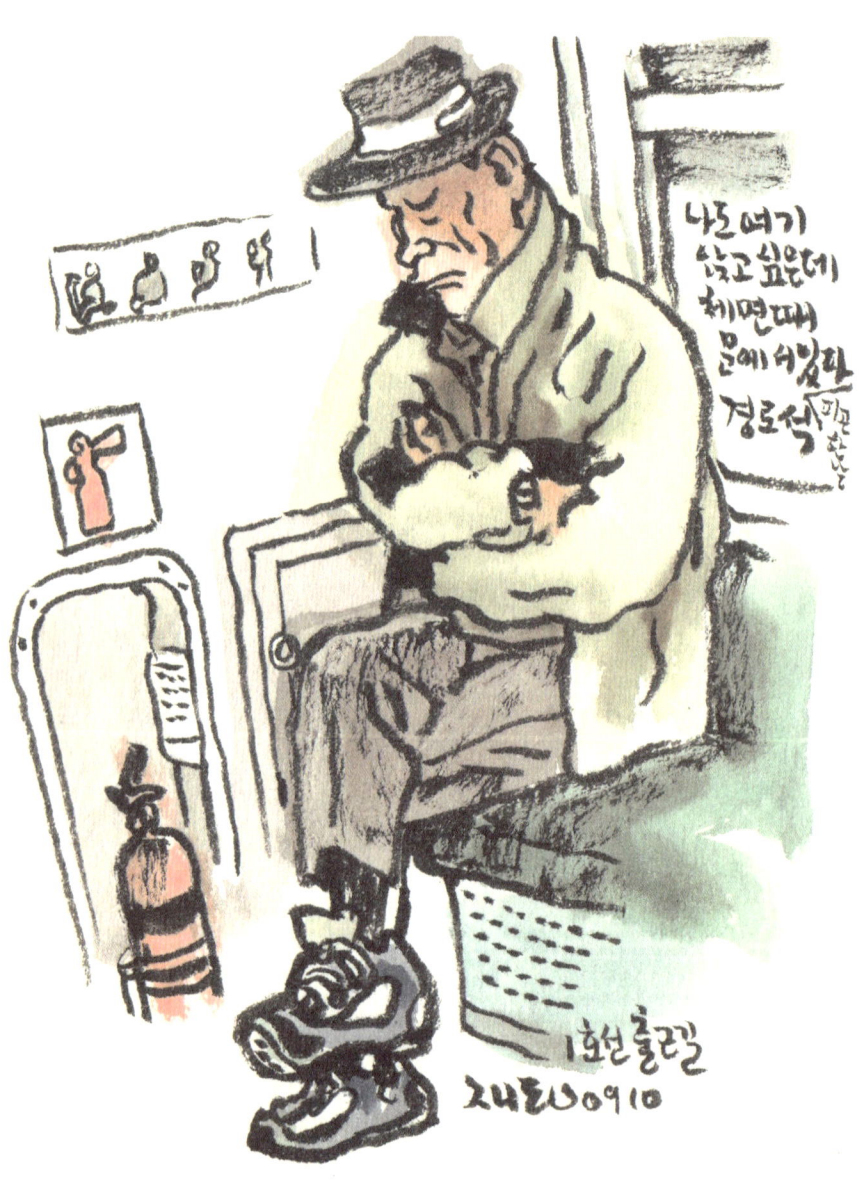

나는 여기
앉고 싶은데
체면때
문에 서있다
경로석 피고
한꽃

1호선 홀길
2내티0910

체면 때문에

나이가 어중간한 사람들은 어르신이란 말을 듣든가 자리를 양보하면 질색을 한다.

'내가 그렇게 늙어 보인단 말인가 말도 안 돼!'

내가 그렇다. 특히 경로석 앞에서는 노인의 반열에 들기 싫어 버틸 때까지 버텨본다.

그러다 도저히 피곤해서 못 견딜 때는 흰머리를 내밀면서 드디어 앉는다.

그러고는 '왜? 나 정도면 노인이잖아!' 하고 태도를 바꾼다.

그런데 가만히 보면 나이가 들든 젊든 다들 서 있는 걸 피곤해 한다는 것이다. 우리가 보기엔 20대 30대면 돌도 씹어 먹을 나이라 도대체 앉을 필요도 없을 텐데……, 참 이상한 일이야.

하긴 나도 언제나 지하철 자리 앞에만 서면 피곤했거든.

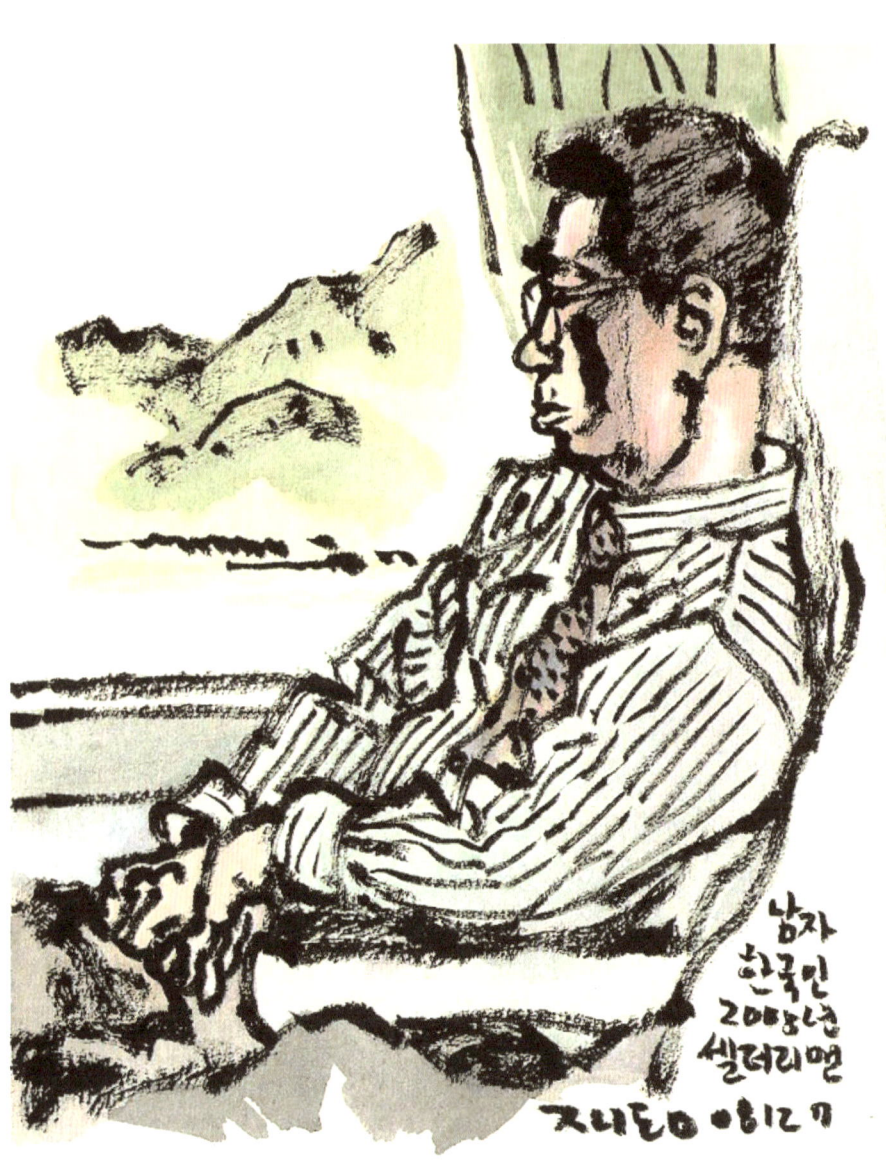

남자
한국민
2003년
샐러리맨

ᄌ니ᄃᄆ 이12ᄁ

한국 중년 남자의 얼굴

KTX에서 자면서 가는 남자.

저 거뭇한 얼굴은 과로와 압박감과 술로 거뭇해진 간이 겉으로 드러난 것이다.

문득 내 어렸을 적 50년 전의 한국 중년 남자의 얼굴이 떠오른다.

농사를 짓든 도시 생활을 하든 이렇게 지친 얼굴은 없었다. 노동과 부실한 식사로 얼굴들은 야위었지만 이런 얼굴이 이렇게 많진 않았다.

지금 편리한 집에 좋은 차를 타고 냉장고에 가득한 음식과 찾을 수 없이 많은 옷, 그리고 이런 빠른 기차를 탄 대가로 이런 얼굴을 하고 있는 것이다.

이런 생활을 계속하기 위해 이 '과로의 열차'를 모두가 타고 있다.

과로로 죽지 않는다면 수명은 길어져 언제까지 이 열차를 달려야 하는지 알 수가 없다.

아아, 햇살처럼 웃어본 지가 언제였던가!

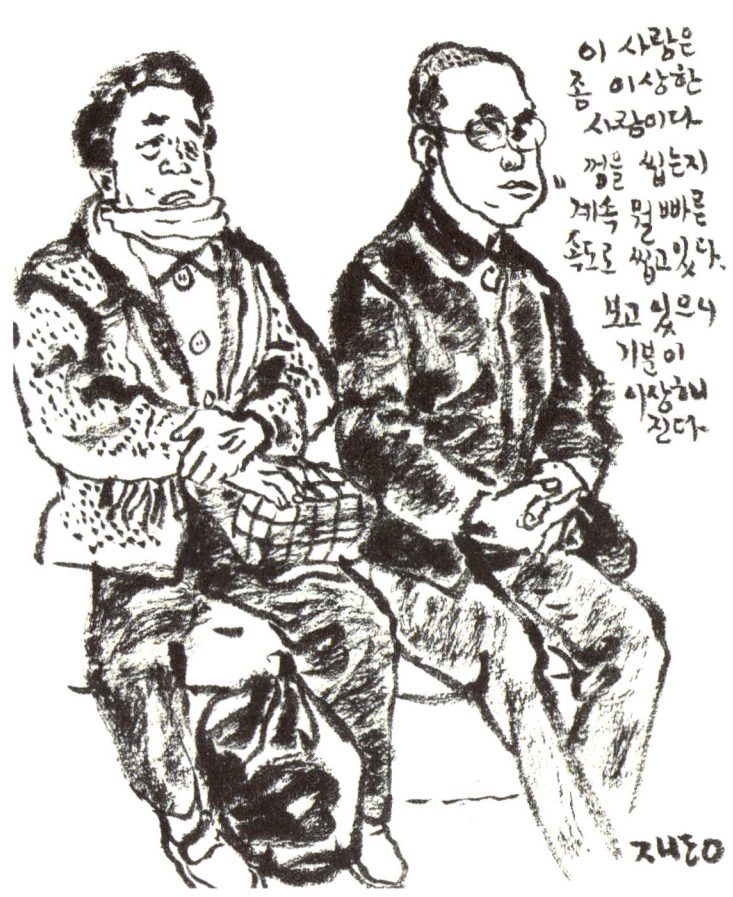

이 사람은 좀 이상한 사람이다. 껌을 씹는지 계속 뭘 빠른 속도로 씹고 있다. 보고 있으니 기분이 이상해진다.

재동

이상한 사람

지금 봐도 기분이 이상하다…….

사실 이상의 사실

나는 사실(寫實, realism)을 벗어나고 싶다. 어떤 화가들이나 만화가들은 처음부터 아예 리얼리즘에 다가오지 않고 넘어서서 재밌게 노닐고 있다. 가끔은 그게 부럽다. 그러나 난 이런 공부를 채무처럼 하고 넘어가야 한다고 생각하고 있다. 그러면서도 조금은 갑갑하게 생각한다. 그래서 넘어서버리려 하는데도 이 대상들이 품고 있는, 삶이 농축된 조형의 힘에서 벗어나지 못하고 마는 것이다. 그러나 언젠가는 벗어나고 말 것이다. 내공이 쌓이고 쌓인 후에는. 그래서 내가 궁극적으로 원하는 그림은 '사실 이상의 사실'이다.

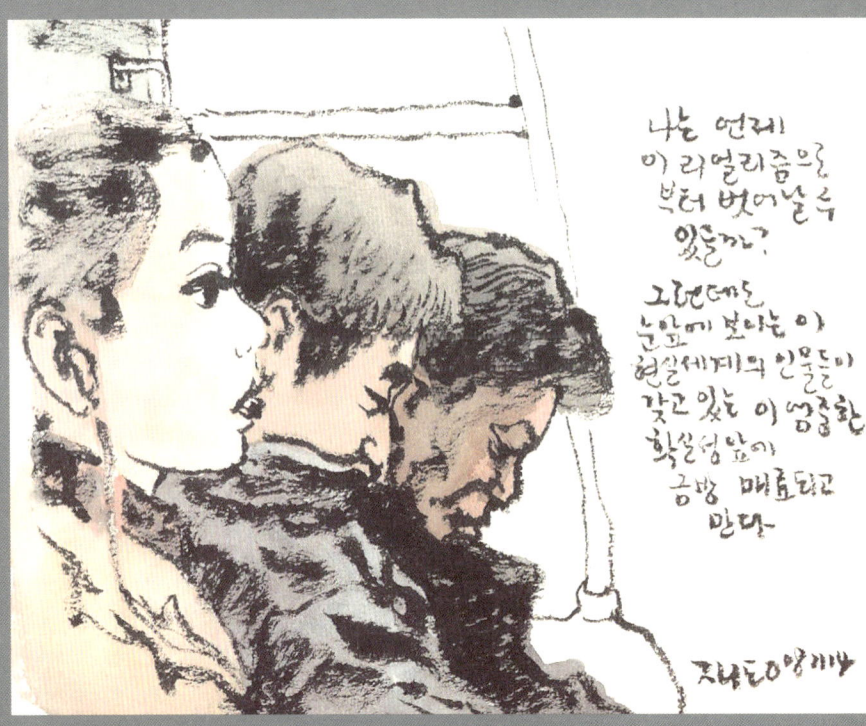

지하철에서 만난 사람

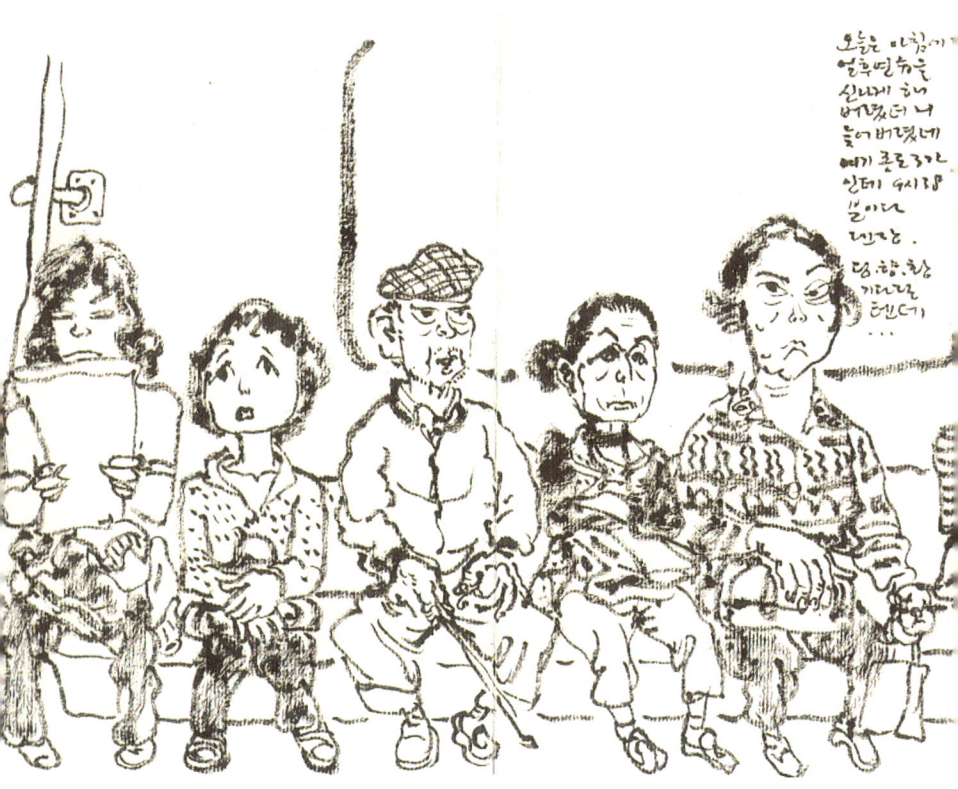

약간의 과장

애니메이션 회사 오돌또기에서 같이 일하는 유승배 미술감독(딩)이랑, 최진희 씨
(형), 산을 좋아하여 식물과 곤충을 연구하는 황경택(황)과 함께 북한산 등산 약속장
소에 가는 지하철 안이다. 이날은 좀더 캐리커처처식으로 과장하여 그려본다.

책 읽으면 줄게

우리는 아이가 책을 많이 읽기를 바란다. 이런 생각들일 것이다.

'똑똑해져야지 멍청한 아이가 되면 안 된다.'

'다른 아이들보다 뒤떨어져서 천대 받고 루저가 되고 하층민으로 전락하면 안 된다.'

'공부 못하면 얼마나 설움 받는데. 나처럼 되면 안 돼 너는, 아니면 나처럼, 혹은 나보다 똑똑해져야 해.'

한번은 독서에 대한 강연을 한 적이 있다. 그 요지는 우선 책을 너무 귀하게 다루지 말라는 것이다. 여기저기 늘어놓고 책으로 장난도 치고 레고처럼 흔하고 만만하게 갖고 놀아야 한다는 것이다. 그리고 더 중요한 것은 책읽기를 '일'로 생각하게 하지 말라는 것이다.

'해야 하니까 혹은 가치가 있으니까 혹은 너의 장래를 위해서'가 아니라 '재미있으니까 빠져 드는 것'으로 하라는 애기다. 그냥 좋아서 재미있어서 포옥 빠져 드는 것! 그것이 핵심이다.

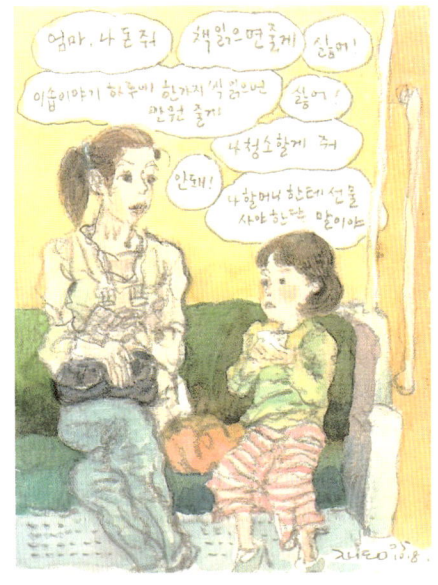

지하철에서 만난 사람

까르르

이 그림은 나도 좋아하는 그림인데 이날 이 딸내미는 얼마나 한마디 하고 웃고 또 웃고 하는지 살짝만 누르면 까르르 웃는 재미와 행복과 웃음이 나오는 인형 같았다. 보는 나도 얼마나 행복했는지…….

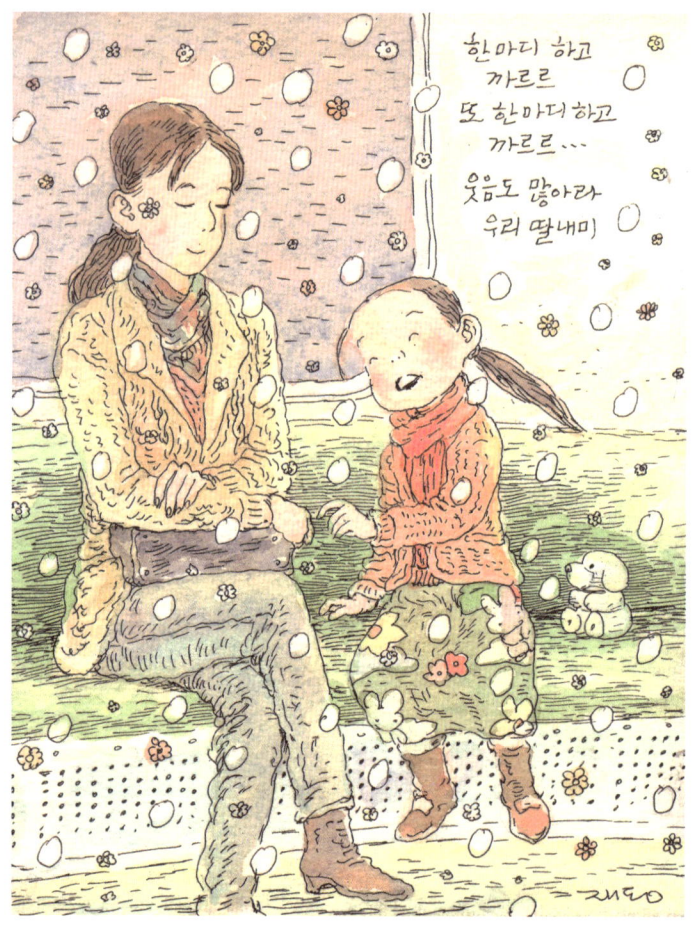

한마디 하고
까르르
또 한마디 하고
까르르…

웃음도 많아라
우리 딸내미

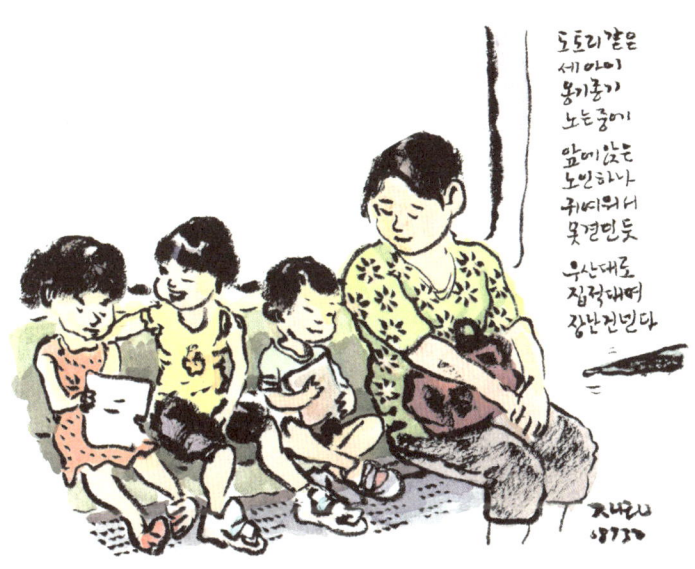

도토리같은
세 아이
옹기종기
노는 중이

앞에 앉은
노인 하나
귀여워서
못 견딘 듯

우산대로
집적대며
장난친다

지나니
8730

세 아이가 옹기종기

마찬가지로 보기에도 즐거운 장면이다. 얼마나 귀여우면 앞에 앉은 할아버지가 우산
대로 장난을 걸까. 세 아이를 키우는 고달픔이 싹 가시고 있는 엄마의 얼굴······.
그래서 우리는 또 아이들을 키운다.

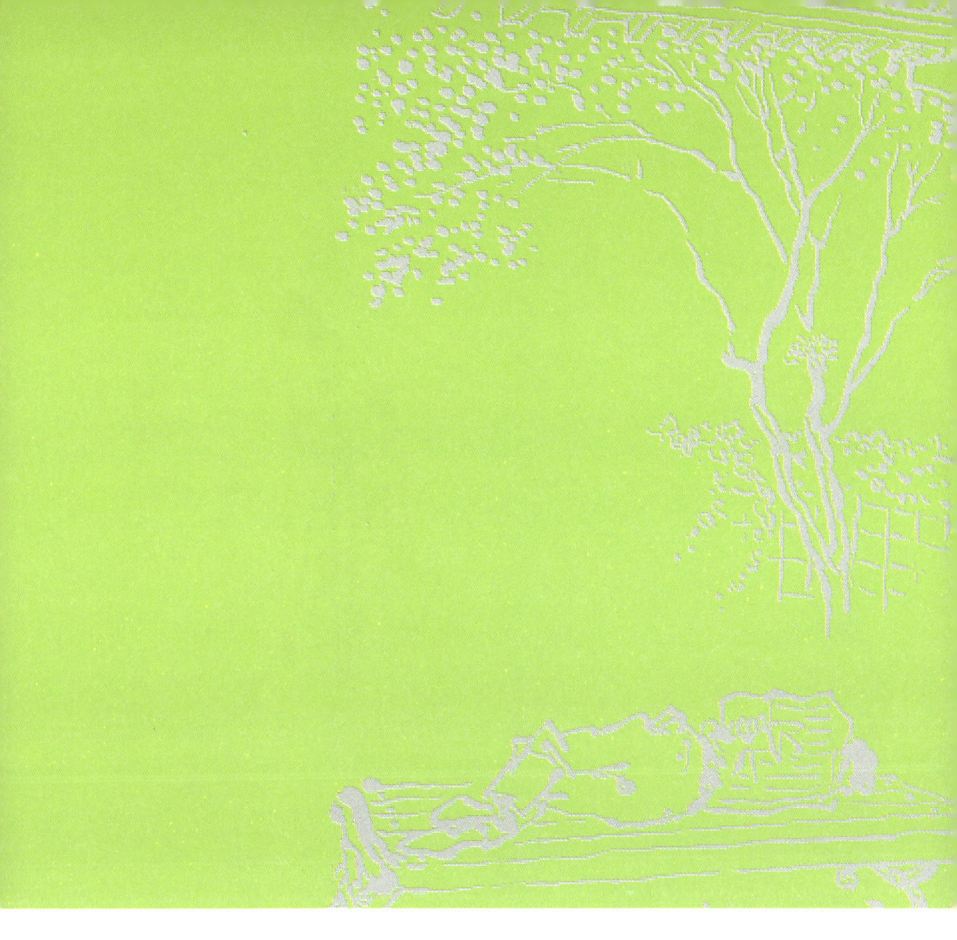

풍경의
안과 밖.

나는 음식점이나 까페에서 도란거리는 사람들을 그리면서
저들이 하는 말을 다 녹음해 놓으면 얼마나 좋을까 생각한다.
거미가 줄을 짜듯이 저런 이야기들로 우리들은 삶의 천을 짜 간다.
인생은 이야기로 짜진 천이에요.

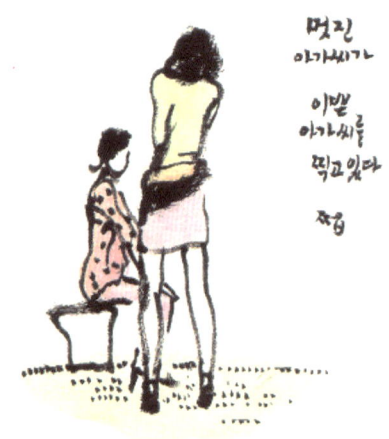

멋진
아가씨가

이쁜
아가씨를
찍고있다

쩝

2450 08510

어느 봄날

예술의 전당 분수대 건너편에는
사람들이 앉아 쉴 수 있는 의자가 있고
가을이면 감나무에 주렁주렁 감이 열려
약간의 환상 같은 정감을 준다.
어느 봄날 그 사람들 중에
어느 늘씬하게 멋진 아가씨가
친구인 듯한 이쁜 아가씨를 찍고 있다.
그래 어쩌란 말인가.

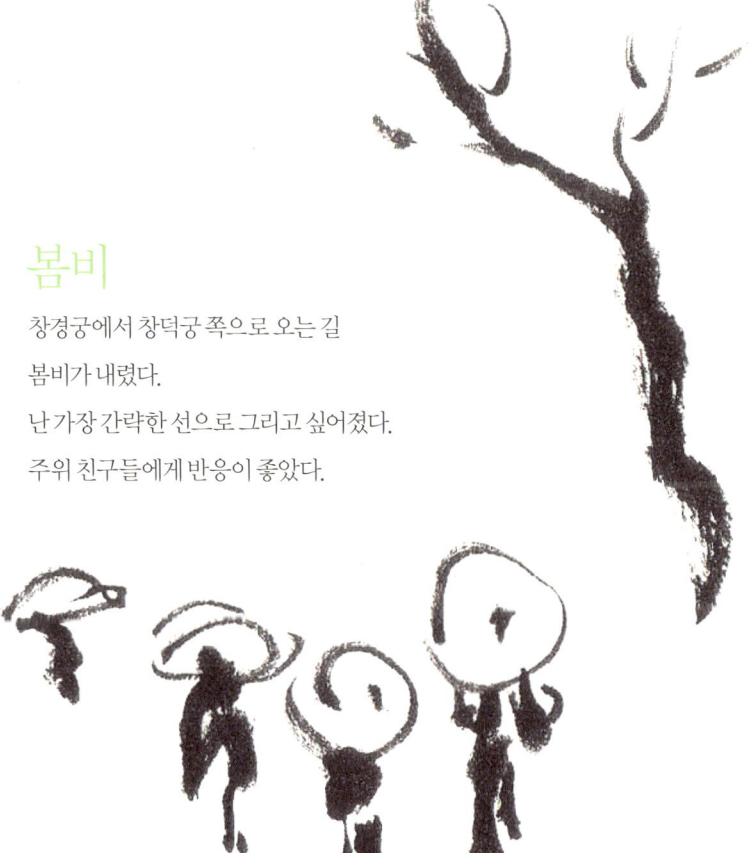

봄비

창경궁에서 창덕궁 쪽으로 오는 길
봄비가 내렸다.
난 가장 간략한 선으로 그리고 싶어졌다.
주위 친구들에게 반응이 좋았다.

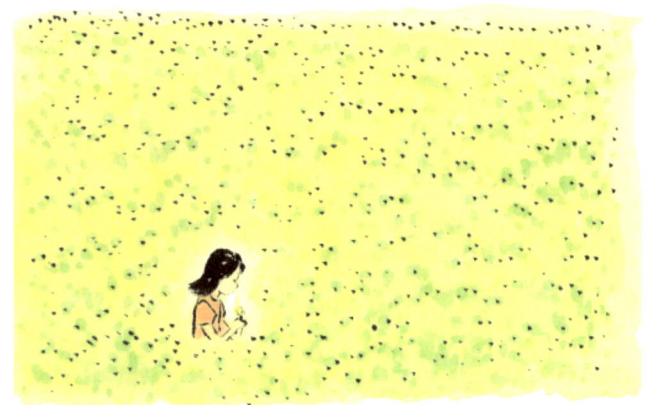

첨성대 옆
유채꽃밭

유채꽃밭이다.

그런데 제주도는 아니다. 경주 첨성대 옆의 유채밭이다.

많은 상춘객들이 구경을 하고 사진을 찍는다.

나도 그것들을 그렸다.

옛날 어린 시절 캄캄한 고향의 밤.

문으로 노랗게 새어 나오는 촛불 같은

이 그림이 좋았다.

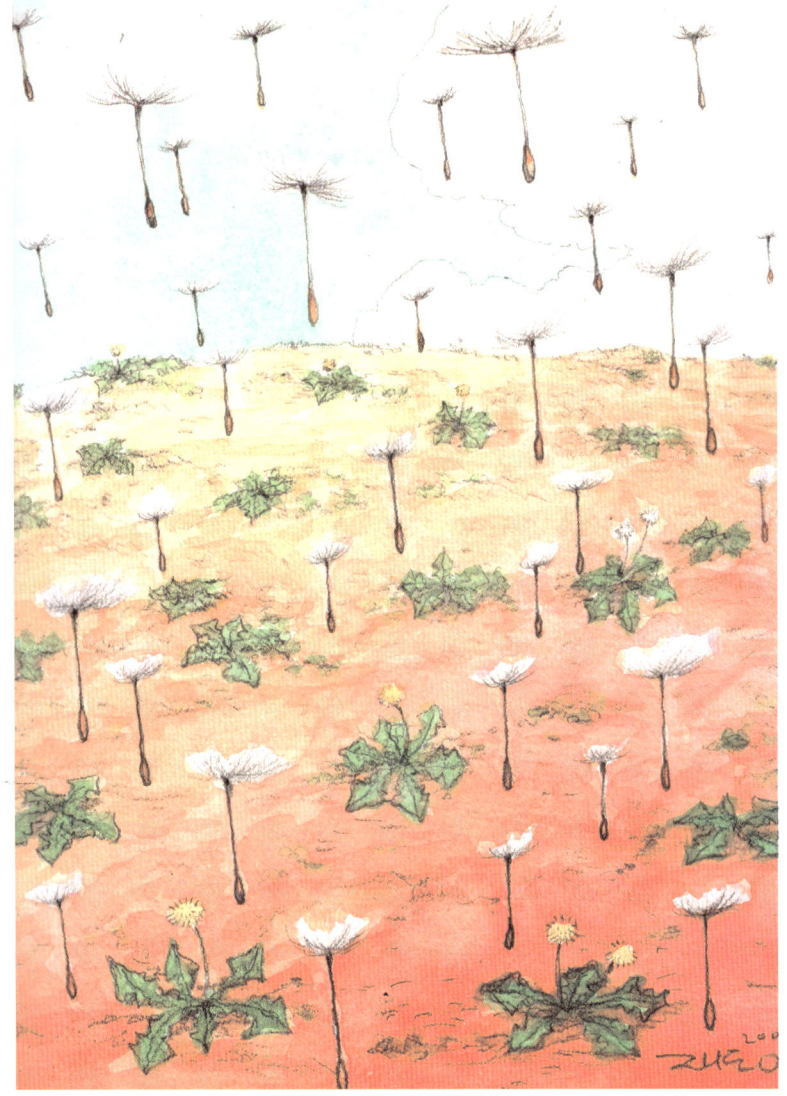

민들레씨의 비행

어느 교육 관련 출판물에 쓰려고 그린 그림이다. 황량한 땅과 같은 우리나라 교육 현실에 뜻 있는 교사들의 교육이 저렇게 퍼져 뿌리내리기를 바라며. 그런데 얼마 전 '다문화가정돕기기금 마련전'에서 걸었던 내 그림 중 다문화가정 자녀들이 가장 좋아하는 그림으로 고른 것이 이 그림이다. 새로운 땅에 흩날려 뿌리내리는 사신들처럼……

풍경의 안과 밖

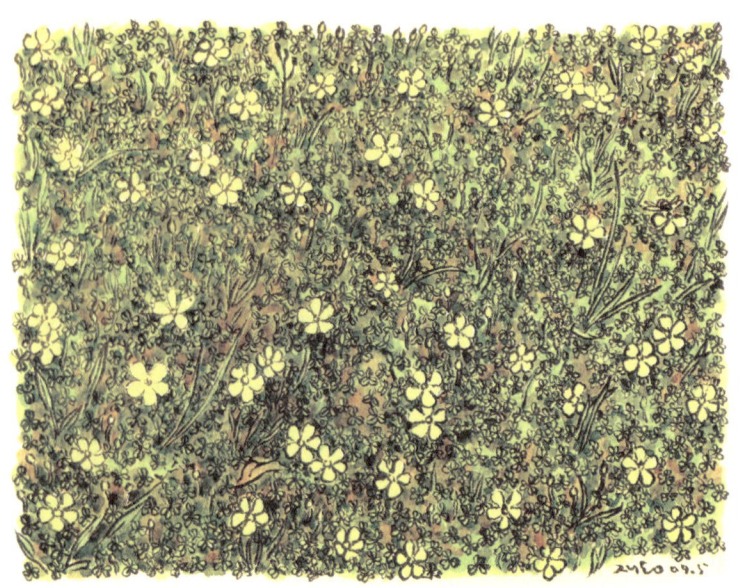

노랑 꽃

어느 뜰에 피어난 작은 노랑 꽃.
그 앞에 피는 내 노란 웃음.

세상 직업 중에서도 좋은 게 교수데.
방학뿐 아니라 6년에 한 번씩 연구년이 있어.
작년에 내가 1년 수업을 안 하고 나니
학생들이 반가워지데. 잘하고 싶고, 너그러워지고 수업이 훨씬 잘되데.
그래서 말인데, 초·중·고 선생님들에게도 연구년이 있어야겠구나!
밤도 없이 일하는 사람들에 비해 할랑하다고 난 생각했지만
생각이 바뀌데. 선생님이 피로하면 그게 바로 우리 아이들에게
돌아오지 않는가. 선생님의 즐거움은
바로 아이들의 즐거움 되지 않는가?
안 그러니?
초등학교 때 우리반 아이들 같은 노랑 꽃들아.

진달래꽃

80년대 엄혹한 세월 그때
난 풍경화를 그리기 부끄러웠지.
하물며 산에 핀 진달래,
너야 말할 것도 없었어.

세월이 흘러 이젠 너를
그려야 한다고 생각했어.
그것이 이 시대의 마음이라고.

그러던 것이 요즘은 다시 널 그리기가
마음이 편치 않네.
하지만 꽃을 그려야지
그래도 봄 소식은 나누어야지.

YTN 노조가 잡혀가고
〈피디수첩〉 압수수색이 있던 오늘
아, 멍든 가슴으로 너를 그리는구나.

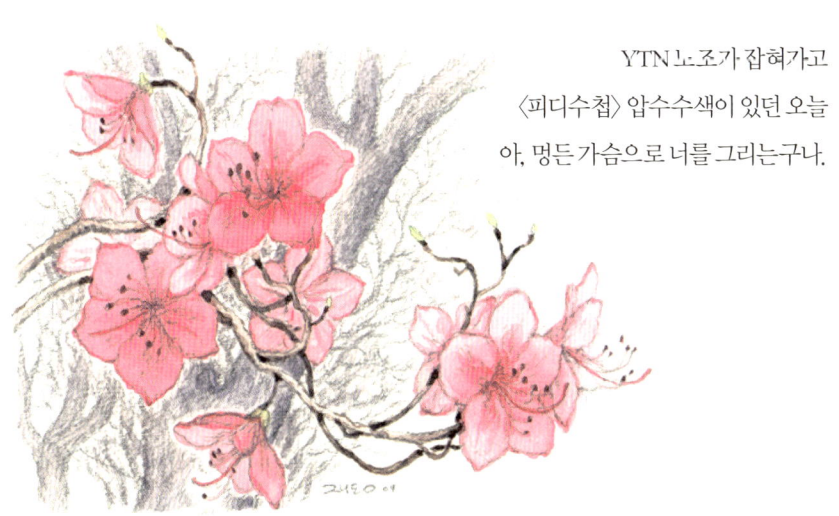

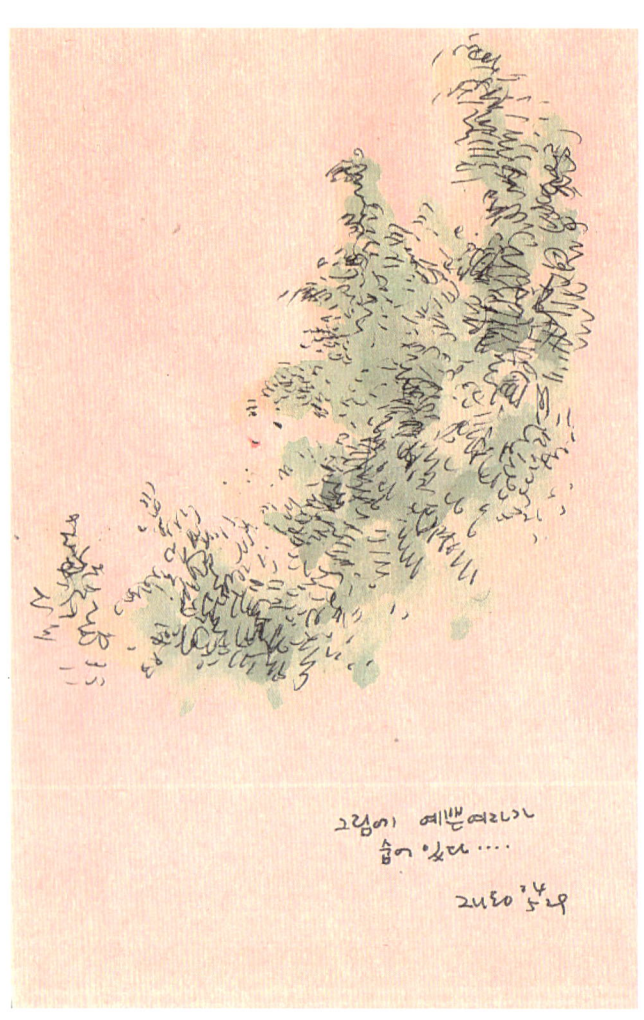

그림이 예쁜여자니고
숨어 있다……

2440 '5-24

나무 속 아가씨

내가 있는 회사 '오돌또기'가 양재천변에 있을 때 내 창 밖에 늘 흔들리던 나무.

한번은 슬쩍 장난을 치고 싶었다.

어렵지 않게 찾을 수 있는 아가씨.

장미도 좋아졌다

내 청년시절에는 장미는 너무 귀족적으로 보여 싫어했다. 오히려 패랭이 꽃, 강아지 풀, 닭의장풀 등의 들풀, 들꽃을 좋아했다. 그러나 나이가 드니 둘 다 좋아졌다. 비로소 있는 그대로를 보게 된 것일까?

우리 동네 노량진 신동아 아파트 담장에는 엄청 많은 장미가 핀다.

향기를 맡으며 출근한다.

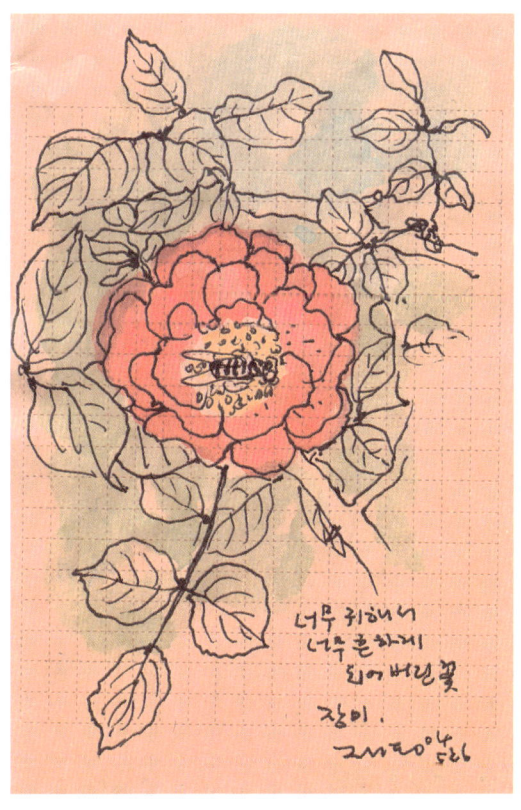

너무 귀해서
너무 흔하게
되어버린꽃
장미.
그것두0456

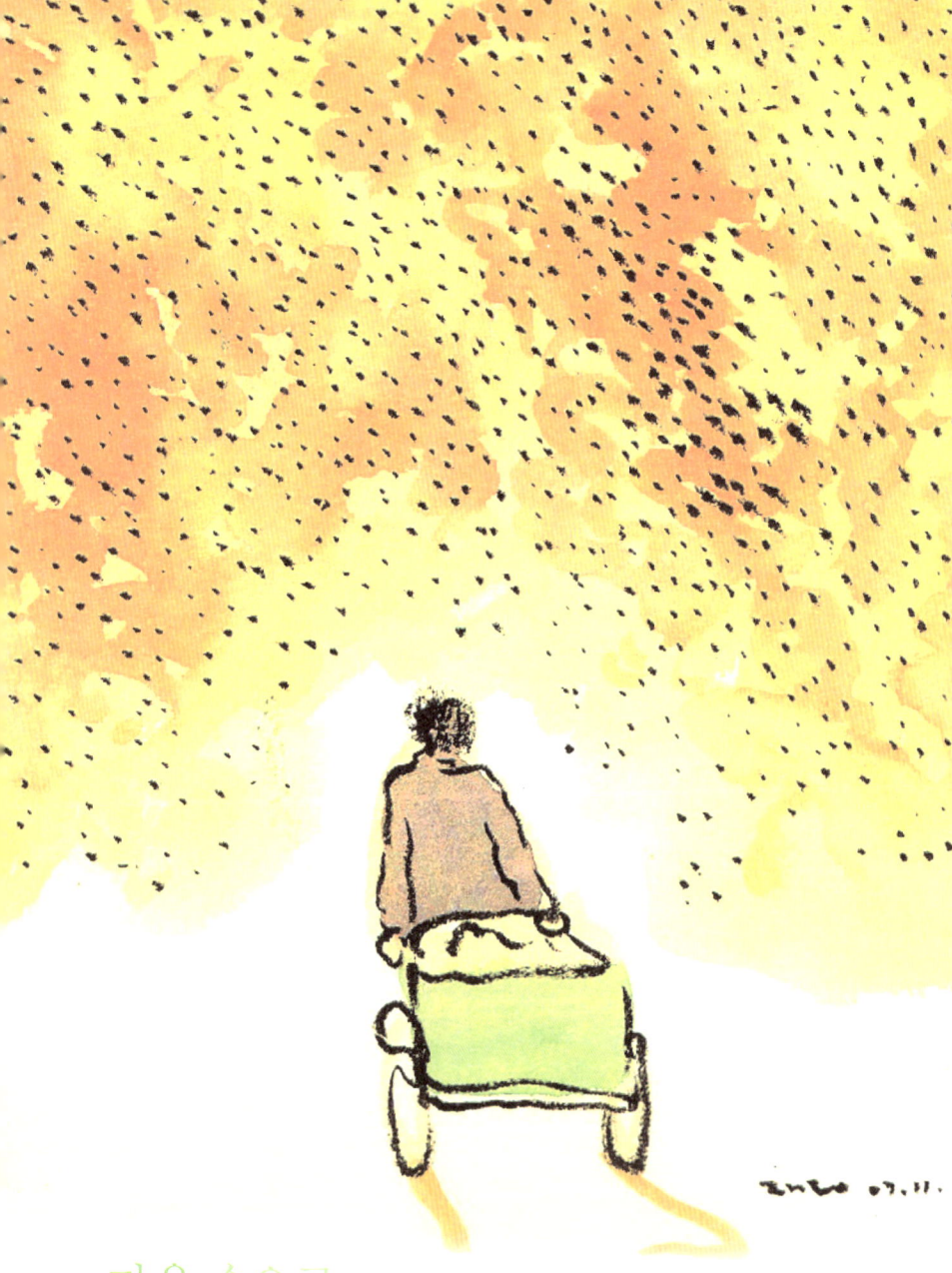

가을 속으로

어디였을까? 어떤 일꾼이 가을 속으로 들어가고 있다.

역시 가을 속으로

여긴 또 어디였을까? 아, 청계산 아래 사무실 가는 길.

폐품을 싣고 이 역시 가을 속으로…….

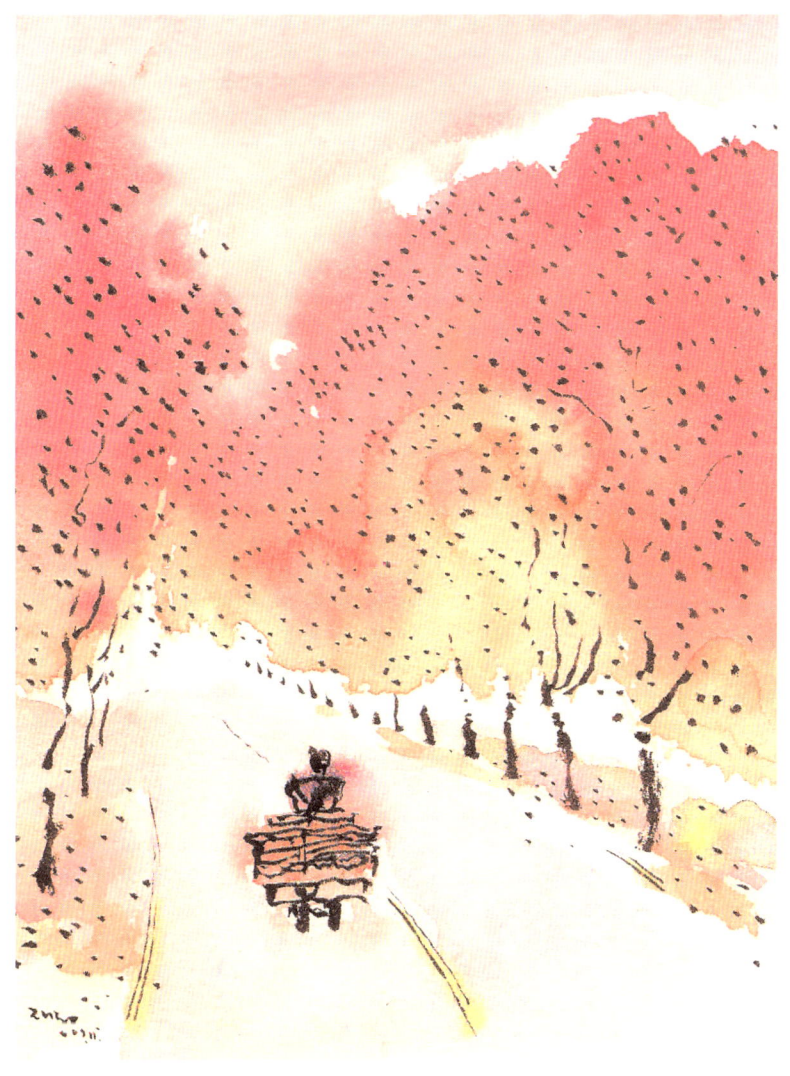

가을이
온천지에
뿌려지고 있다

역시 사무실 가는 길이다. 벚꽃 단풍잎, 가을이 온천지에 뿌려지고 있다.

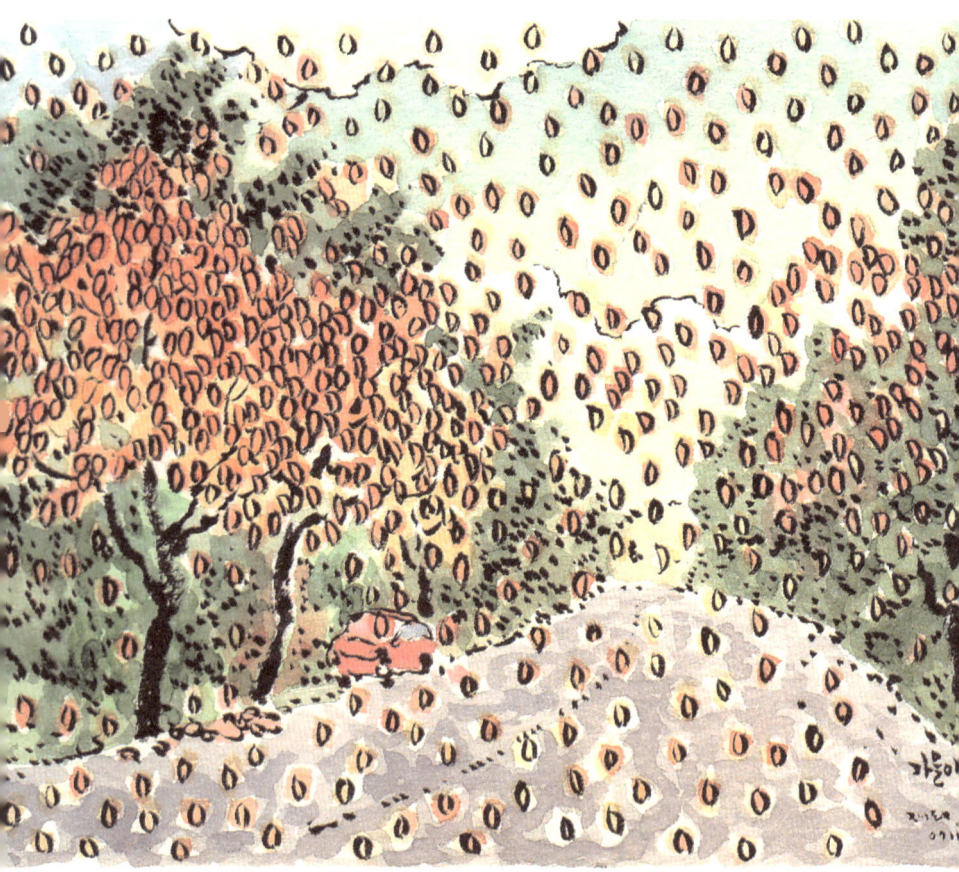

● 박재동의 손바닥 아트

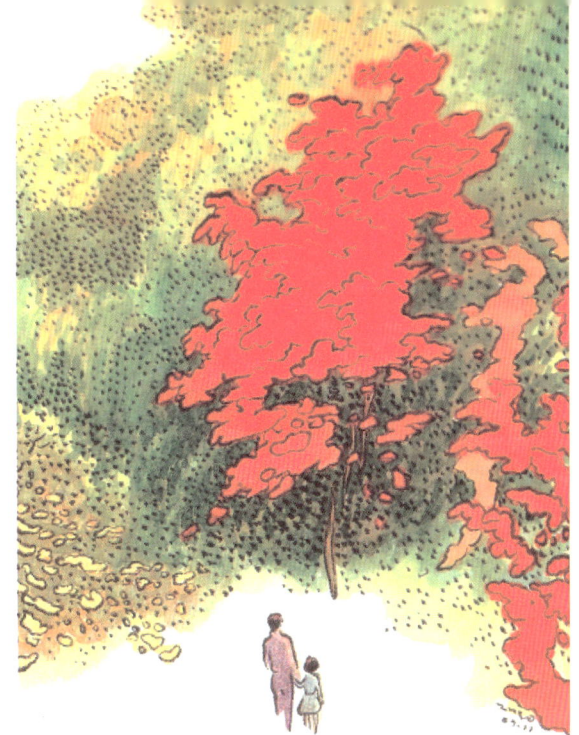

짓붉은 단풍 아래

예술의 전당 주차장 뒤 짓붉은 단풍 아래.

제주도의 가을

언젠가 제주시 한경면에 있는 제주현대미술관에서 평화미술제가 열렸다.

거기서 제주 바닷가를 그린 친구 강요배의 그림 앞에 서자 발걸음이 대체 떨어지지 않는다. 형언할 수 없이 아름다운 바다와 모래의 색채.

어쩌자고 사람의 마음을 이다지도 못 견디게 만든단 말인가!

나는 한숨을 쉬며 오름에 올랐다.

이렇게 물감을 가지고 자연 앞에 앉아본 지가 얼마만인가!

그런데 불편하다. 아, 요배의 그림을 보지 않았다면 조금은 더 편하게 그려치울 수도 있었을 텐데.

그래도 덕분에 정성을 더 들여 금악 오름 풍경을 여러분께 선물할 수 있게 되었으니, 제주도의 가을 햇살을 잠시 즐겨주시기 바란다.

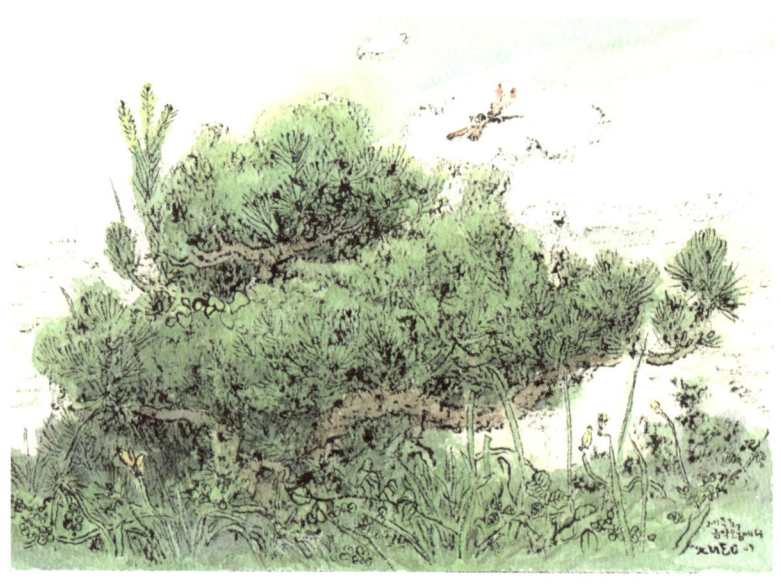

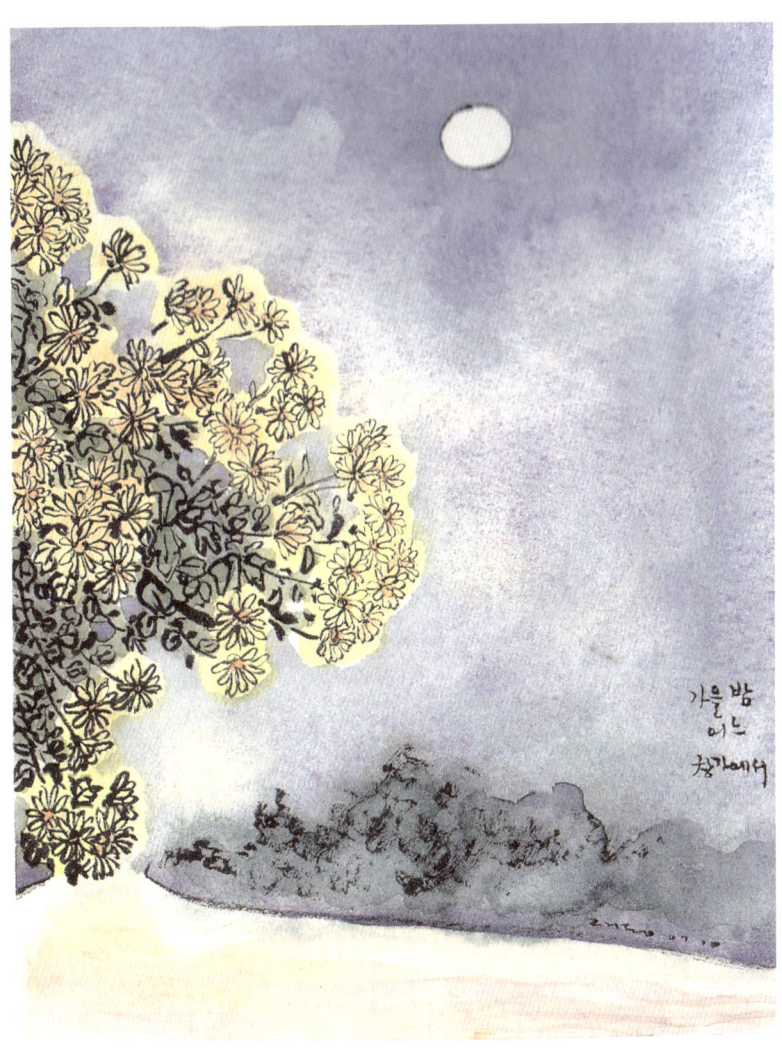

가을밤
어느
창가에서

달빛 아래 국화향

어느 날 창가의 국화꽃이 달빛 아래 더욱 애잔히 향기로웠어요.

감 하나
드세요

나는 그림 팔기를 좋아하지 않는다. 팔 만한 그림을 그릴 시간도 없거니와 있어도 아깝기 때문이다. 내가 하는 일도 그렇고 또 학교 선생이어서 당장 팔지 않아도 되니까.

몇 해 전 대학원 수업 겸 양재천에서 작은 그림을 그리고 있는데 어떤 아주머니가 지나가다가 옆에 앉는다. 심상찮다. 계속 앉아서 그림을 본다. 불길하다. 이러다간 틀림없이 그림을 갖고 싶다고 말할 것이니까. 결론을 말하자면 그림은 그 아주머니의 것이 되었다.

이름은 박근자 씨. 너무나 부지런하고 성실하고 베풀기 좋아하시는 분이다. 그 뒤로 그림값은 물론, 때가 되면 케이크며 먹을 것을 이것저것 챙겨주셨다. 그러더니 이번엔 감, 사과, 무화과를 한아름 보냈는데 그중에도 감이 가장 먹기가 즐거웠다. 보통 시중에 파는 감처럼 카바이드를 써서 억지로 익히지 않은, 그 큰 감을 두 상자나 보낸 것이다.

마치 크는 족족 닭을 잡아먹듯 익는 대로 하나씩 꺼내서 숟가락으로 파 먹는 재미가 아주 쏠쏠. 하도 고마워서 답례로 이 그림을 그려 보내드렸다.(물론 송아지를 보내면 송아지를 그려 보낼 생각이다. ㅎㅎ)

오늘은 겨울 감 하나 맛보세요!

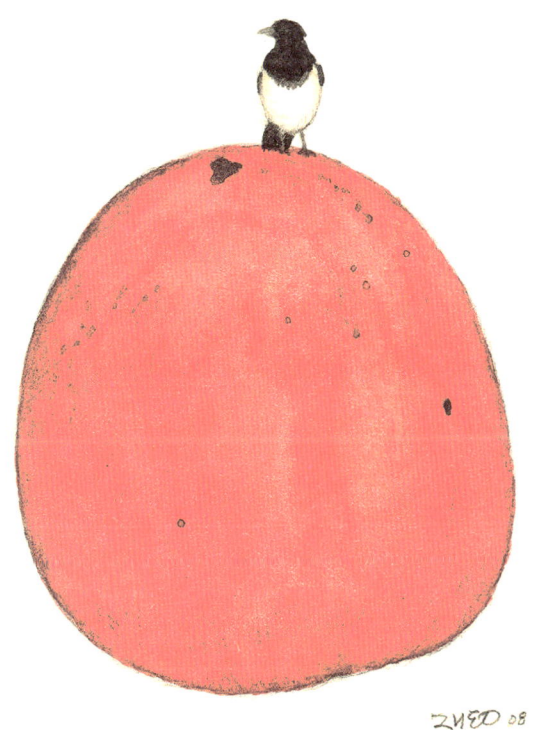

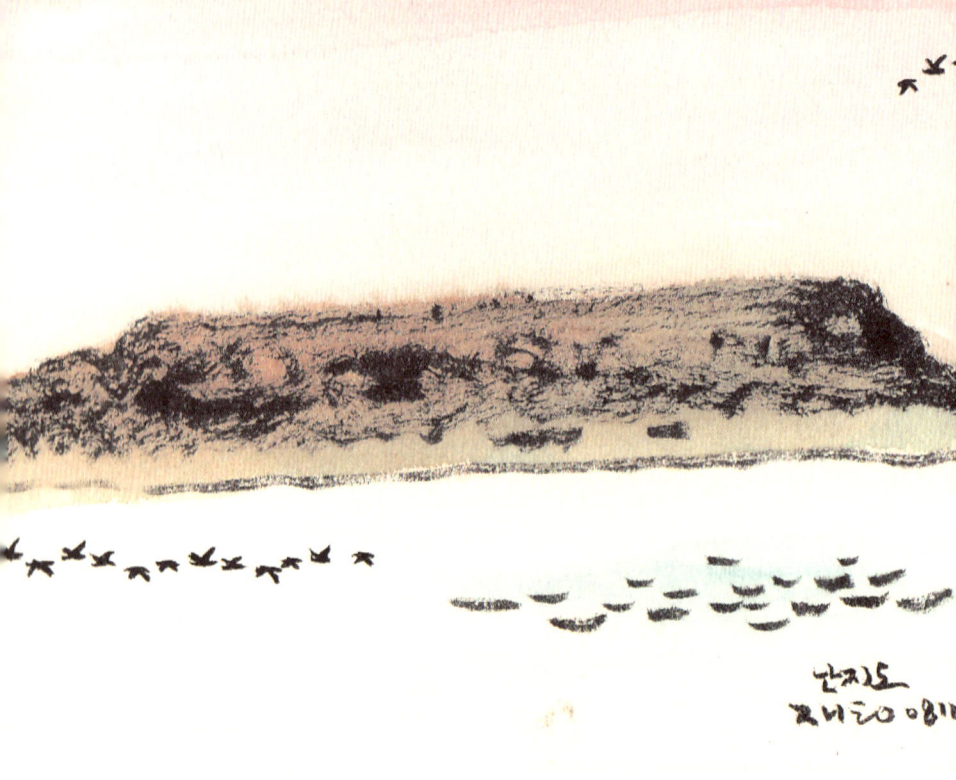

난지도
꽃비○○예비

강 위에서 그림을 그리다

후배 윤재환 씨가 한의사 김규만 씨와 함께 나와 내 벗 '달토끼' 만화가(매 '달' 마지막 '토'요일에 만나 크로'키'하는 모임)들을 요트에 태워 한강을 오르내리게 해주었다. 언제나 육지에서 강이나 집들을 그렸지 강 가운데서 그릴 일은 없었다. 흘러 내려가는 난지도. 세월이 가면 또 어떻게 변하려나.

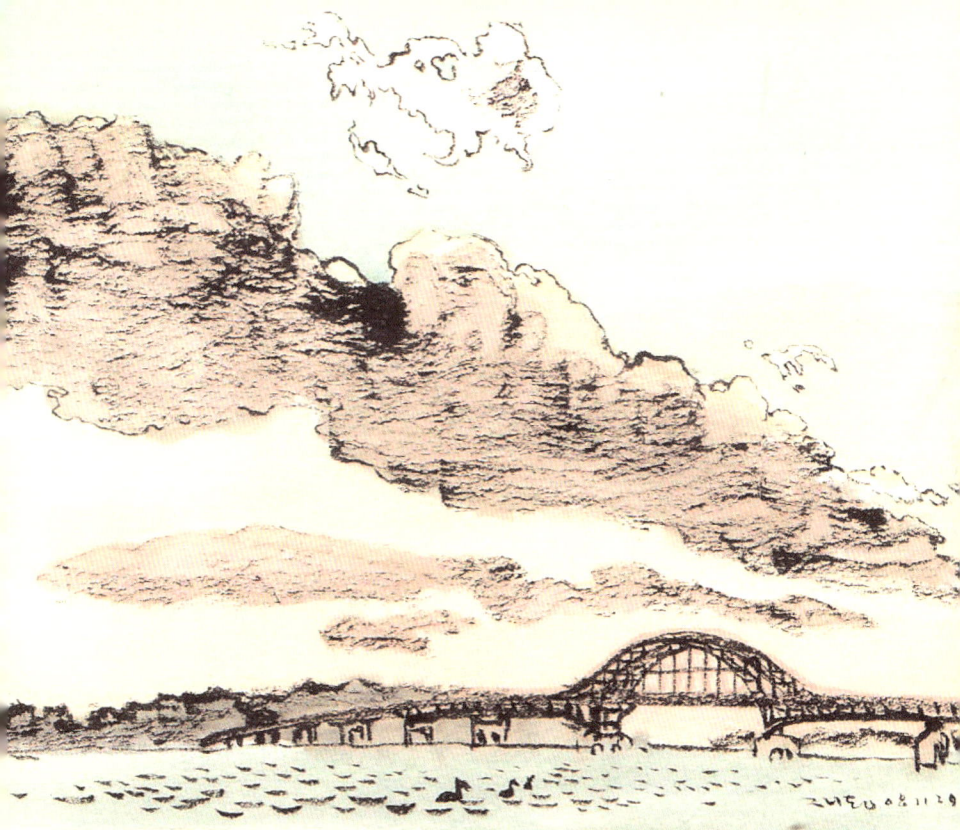

노을이 넘어간다

한강변에서 넘어가는 노을을 본다. 왜 갑자기 내 어린 시절과 20대 때가 생각나는 걸까?

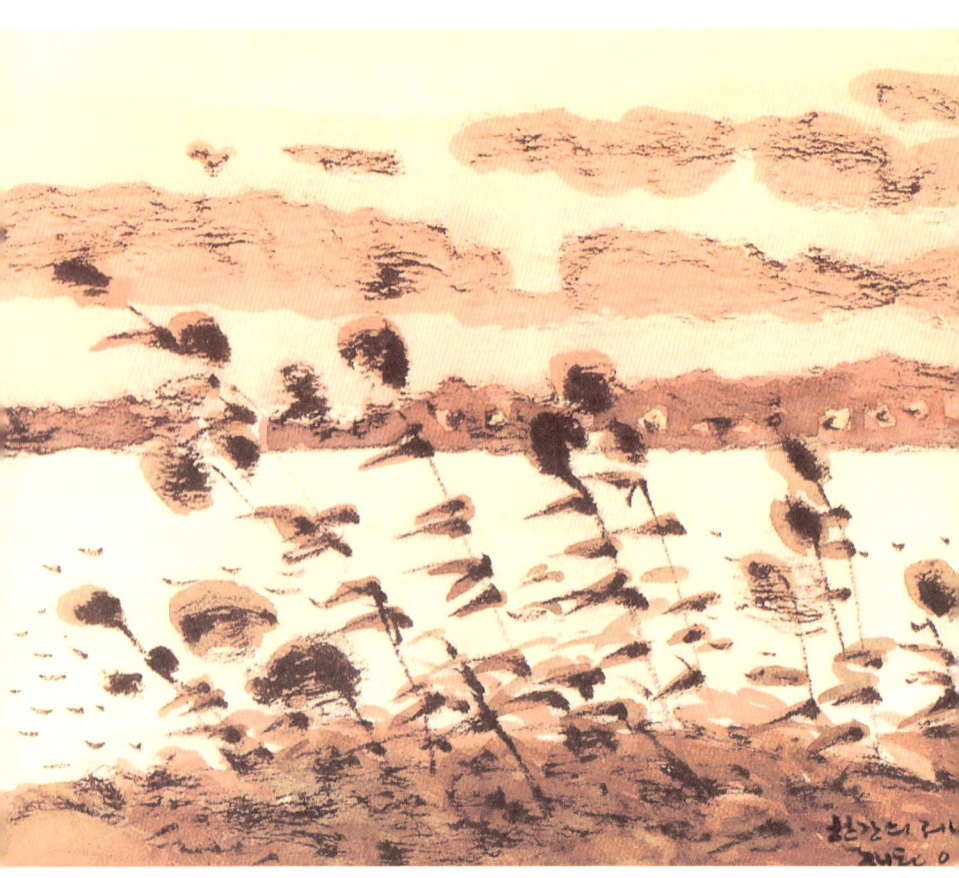

저녁 어스름 갈대숲

한강변의 갈대숲. 저녁 어스름.
내 친구 상식이가 좋아하여 그 방에 걸려 있다.

희돌의 뒷모습

친구 만화가 이희재 씨의 뒷모습.

나의 화우이자 도반. 우리는 서로 희돌, 재돌로 부른다.

때로는 뒷모습이 더 많은 말을 해준다.

희재 씨의 뒷모습에 그가 걸어온 길, 그의 삶의 무게,

그리고 많은 따뜻하고 강한 이야기들이 쌓여 있다.

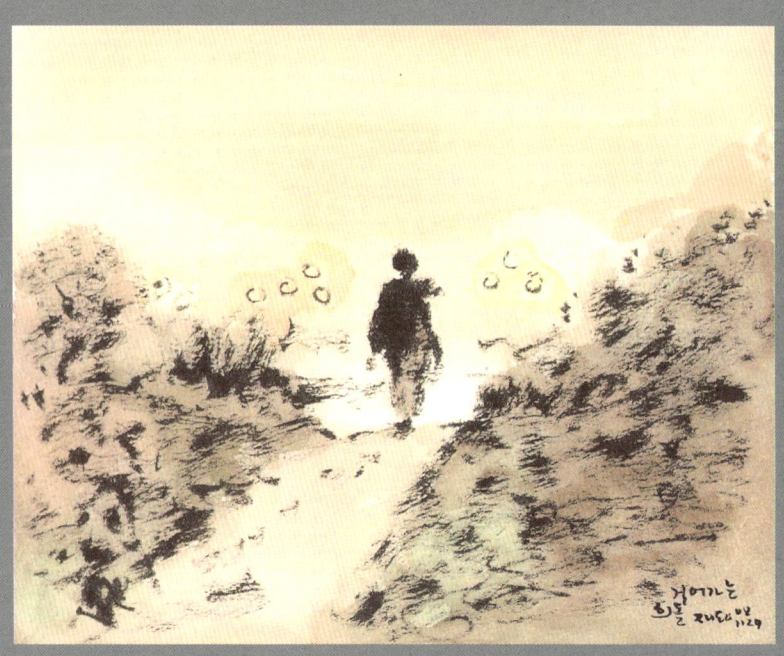

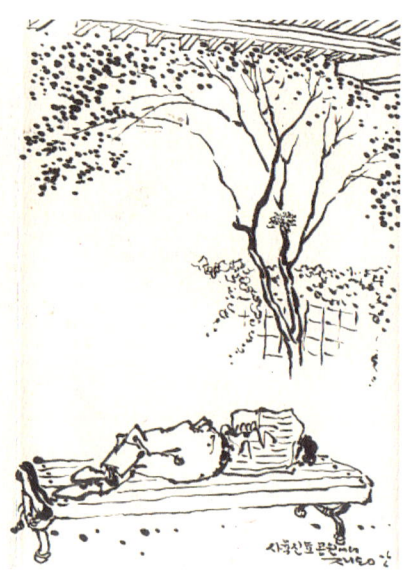

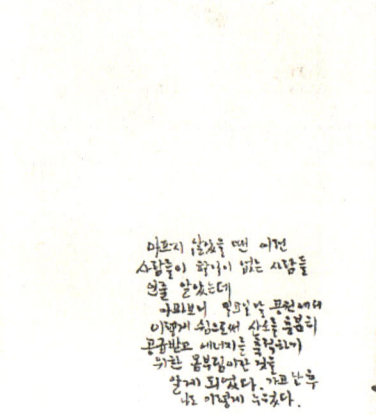

몸부림의 쉼

이때 정말 몸이 안 좋았다. 매일 전쟁 같은
신문사 시사만화를 그리다보니 그후에도
일 중독에 걸려 일요일도 쉬지 않게 촘촘히
시간표를 짜서 내 노는 꼴을 보지 못했다.
결국 진이 다 빠져버리고 말았다.
심하게 일하는 사람들. 하는 건 좋은데 꼭
일주일이나 2주일에 하루는 쉬어야 한다.
그러나 이 말이 들어오지도 않고 그럴 수 없
을 때가 또 있다.

예술은
솜씨가 아니라 태도

나는 다른 사람이 내가 전에 한 말이라면서 이야기를 해주면
"그런 얘길 내가 했단 말이냐? 거참 새겨들을 말이네"
하고 새삼스러워 할 때가 있다.
'예술은 솜씨가 아니라 태도'라는
나의 이 말도 다시 한 번 곱씹어보고 싶다.

예술은
솜씨가 아니라
태도이다.

솜씨 역시
태도에서 나온다.

사물 앞에 얼마나
오래 앉을 수 있느냐
가 중요하다.

때가는 그런태도
에서 만들어진다.

이것은 또한
좋아와 화가로 하는
선 이기도 하다.

천천히 그릴때
비로소 사물과 만났고
굼뜩하렴 그르던 시간도
조용히 내 몸에 앉는다,
바람같던 내 삶도
두손에 만져지며
비로소 내가 존재하게
됨을 느낀다.

본질과 영원이
닿은 기쁨과
그로 인한 내 존재의
확신도 함께.

옛날의 내
스케치 북을
다시 보며
하나라도 제대로
그려 보는 것이
절실하게 필요함을
느꼈다.

이제부터 다시
시작이다.

밀레를 생각하니
그는 기교를 부리지
않았고 오직 건실한
태도로 그리기만 했다.

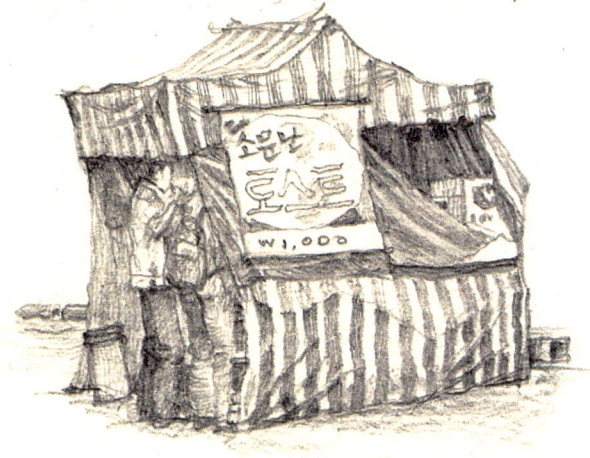

소문난
토스트
₩1,000

글과 함께 누가 그림을
볼까봐 신경 써서 열심히
그린다. 남의 이목이
그래서 중요한 것이다.

그리고 있으면 누가
몰두죽고가다. 펜.이니먼히.

김태○ 2008
노량진 덕포에서

둘리 아줌마 가게

노량진역 앞 육교 위에는 낮이 눈을 감으면 밤이 하나둘 눈을 뜬다. 그리고 그 밤조차 피곤하면 하나씩 눈을 감는다. 잡화를 팔고 있는 둘리 아줌마는 미술을 전공했다 한다.

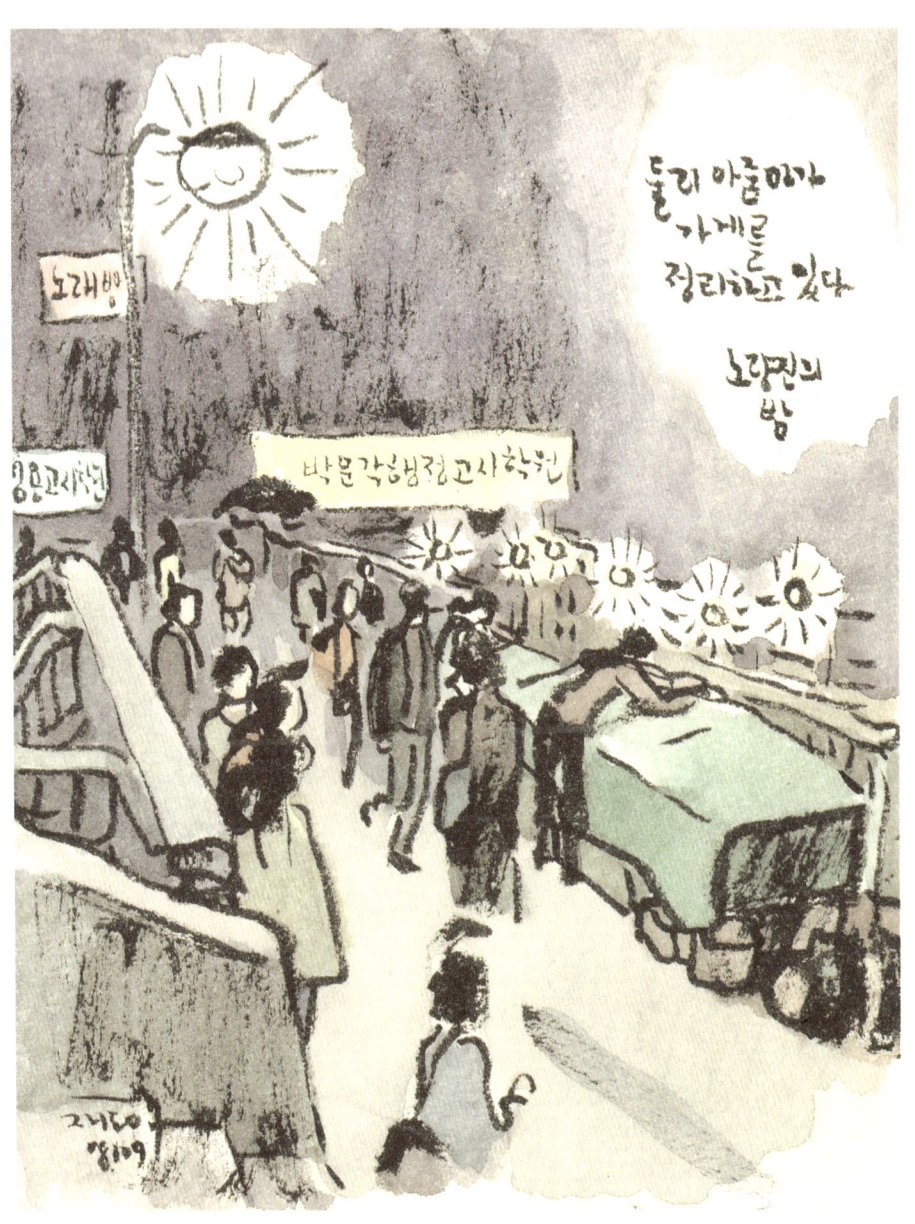

둘리 아줌마가
가게를
정리하고 있다

노량진의
밤

노래방

박문각행정고시학원

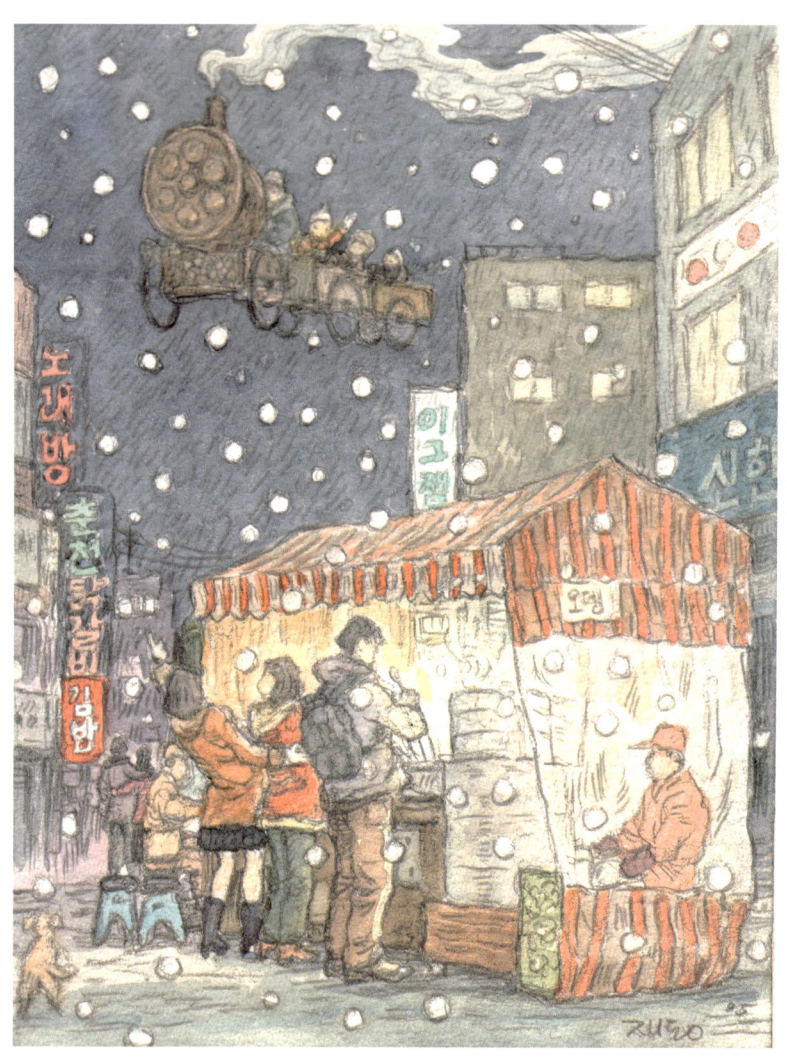

하늘을 나는
군고구마 리어카

노량진 학원 골목에는 청년들이 오뎅을 즐겨 먹는다. 보양 김을 보며…….

그리고 은행 앞에는 군밤장수가 군밤을 굽는다.

그런데…… 저기 하늘 좀 봐!

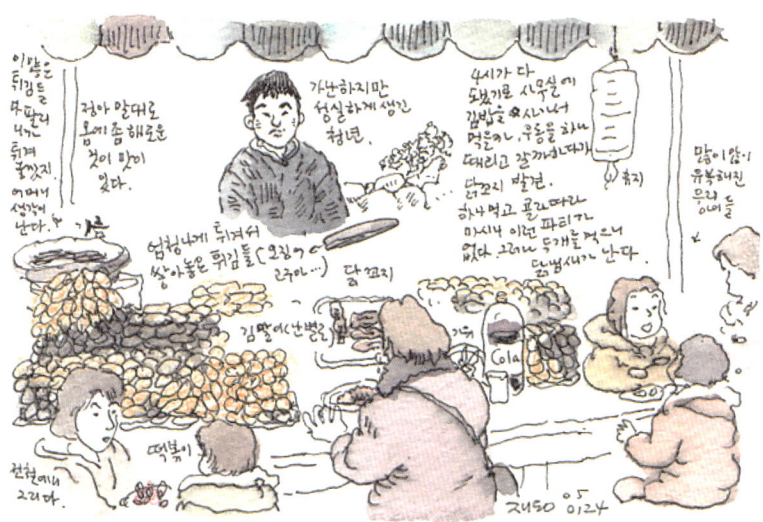

다 팔려야 할 텐데

난 길가 포장마차에서 주전부리를 자주 한다. 이렇게 음식을 쌓아놓은 걸 보면 어머니 생각이 난다. 어머니가 튀김, 만두, 떡볶이 등을 사서 쌓아놓으신 걸 보고서, 저게 저물도록 다 팔리지 않고 남으면 어떡하나…… 늘 걱정을 하곤 했다.

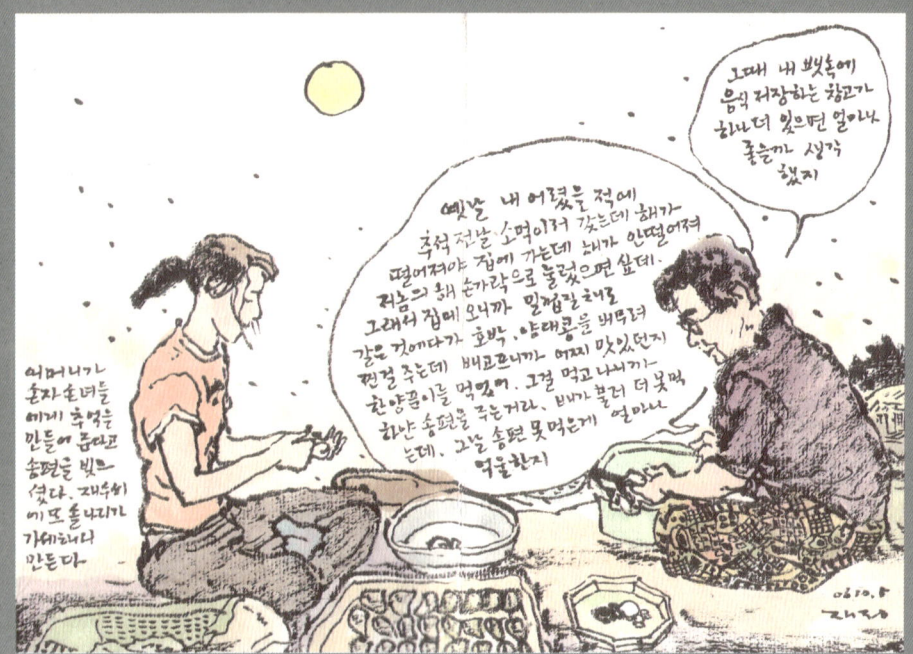

송편을 빚으며

추석날은 삼대의 문화가 한데 어울려 섞이는 날.

어머니 저 때만 해도 허리가 꼿꼿하였는데…….

마음은 다치게 하지 말자

아아. 사람을 존중하고 말로 사람 마음을 다치게 하지 말라고 그토록 다짐하건만
돌아보면 또 그랬네. 그러고 말았네.

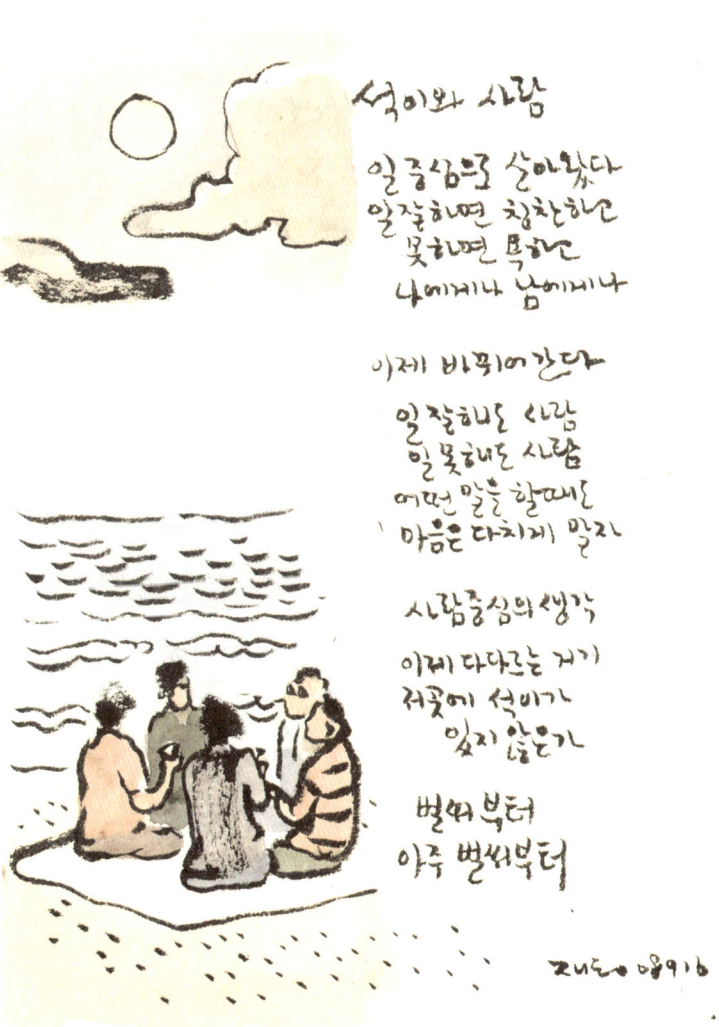

섥이와 사람

일 중심으로 살아왔다
일 잘하면 칭찬하고
못하면 툭하고
나에게나 남에게나

이제 비뀌어간다

일 잘하는 사람
일 못하는 사람
어떤 말을 할때도
마음은 다치게 말자

사람중심의 생각

이제 다다르는 거기
저곳에 섥이가
있지 않은가

벌써 부터
아주 벌써부터

지도 08916

솜꽃이 피었네

노량진 초등학교 앞의 솜사탕 아저씨.

지금도 어느 학교 앞에서

솜사탕을 팔까?

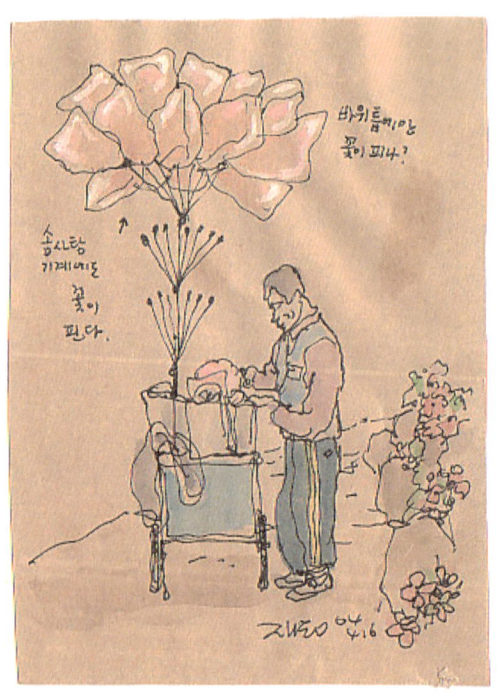

한 대 때리다

상도동 어느 골목에서.

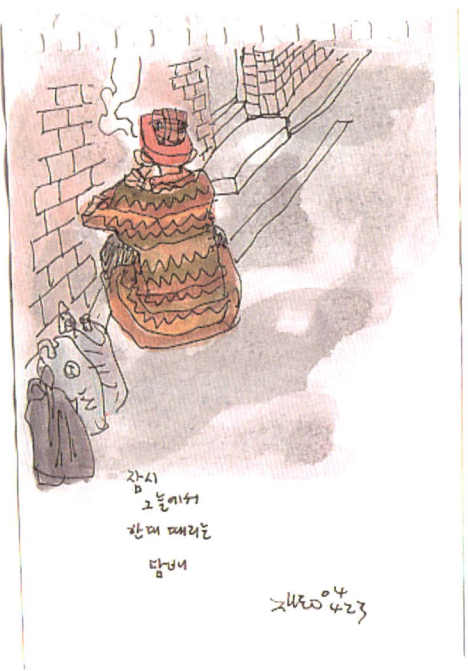

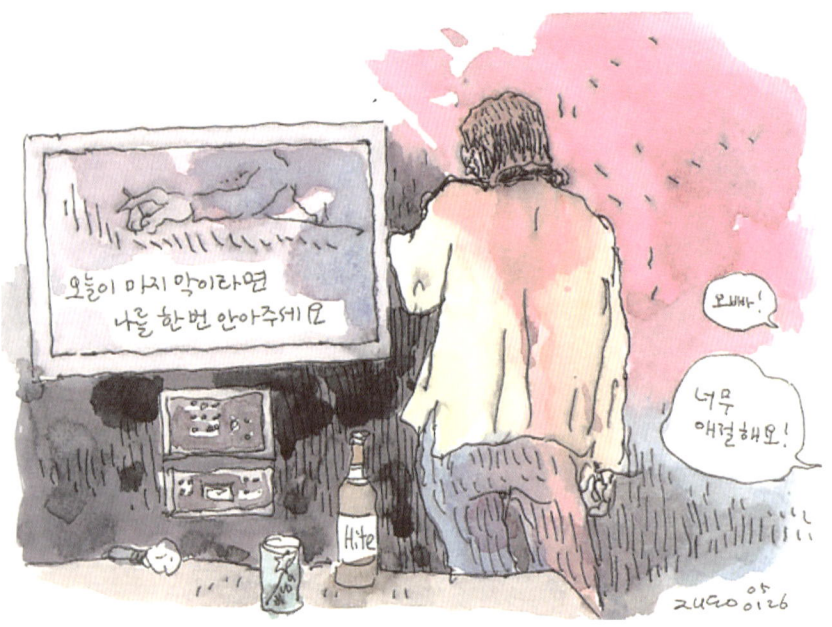

노래방에 — 올깃인가, 그럴것인가. 그려야 남는다. 그럴인택.
바쁘게 손이가 내밀고 노래 입력하라라. 노 보기인 곰 그럴다. 손이가 머단하나.

오늘이 마지 막이라면
나를 한번 안아주세요

Hite

오빠!

너무
애절해요!

그려야 남는다

소설가 김영종(우리가 '칸'이라 부름)과 그의 부인 강맑실 씨. 그들의 딸 솔미의 판화 전
시회가 있던 날 나, 오성윤, 이춘백 감독, 화가 김환영 등이 식사 후 노래방에 갔다. 딩
이라 부르는 유승배 감독의 18번, 왁스의 노래가 일품이다. 나는 김태곤의 〈송학사〉
가 18번이다.

삶의 천을 짜는 이야기들

나는 음식점이나 카페에서 도란거리는 사람들을 그리면서
저들이 하는 말을 다 녹음해 놓으면 얼마나 좋을까 생각한다.
거미가 줄을 짜듯이 저런 이야기들로 우리들은 삶의 천을 짜간다.
인생은 이야기로 짜진 천이에요.

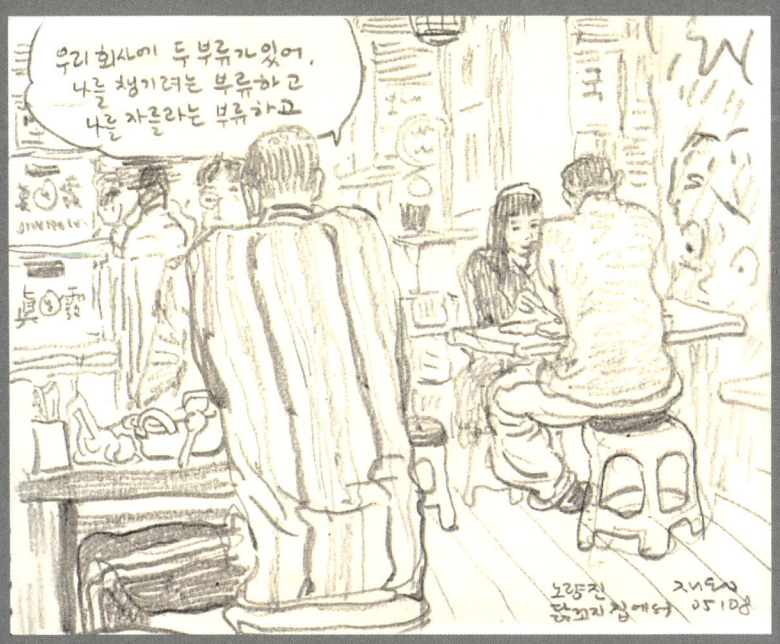

수박 먹고 싶다

나는 더운 여름날이면 가끔 수박 속에 들어가 파먹었으면, 하는 생각을 한다.
때로는 그 안에 책상을 갖다놓고 벽을 뜯어 먹으며 일을 하고 싶다.

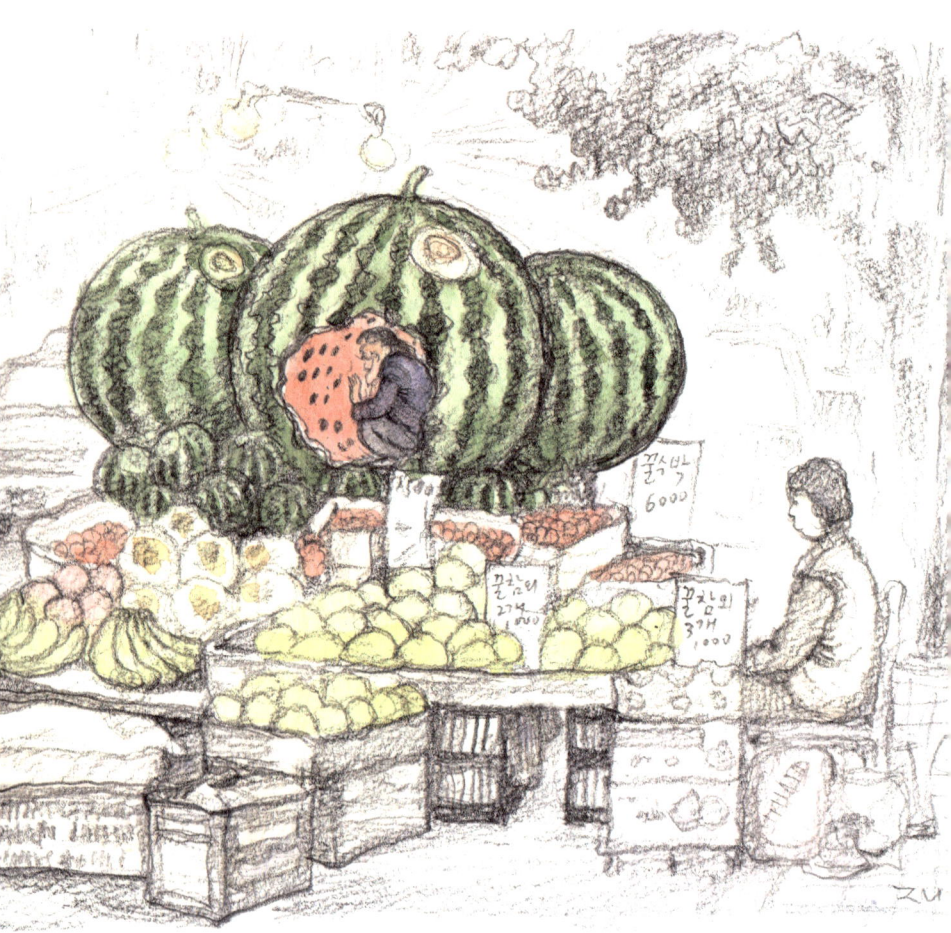

구공탄은 왜 구공탄일까?

현대 아산의 초청으로 유홍준 등의 인문학자와 이두호, 이희재, 김동화, 장사익 등의 예술가들이 개성을 방문했다. 우리는 개성의 박물관과 유적지들을 탐방했는데 개성의 오래된 한옥과 음식이 좋았다. 산에 나무가 너무 없어 가슴 아팠다.

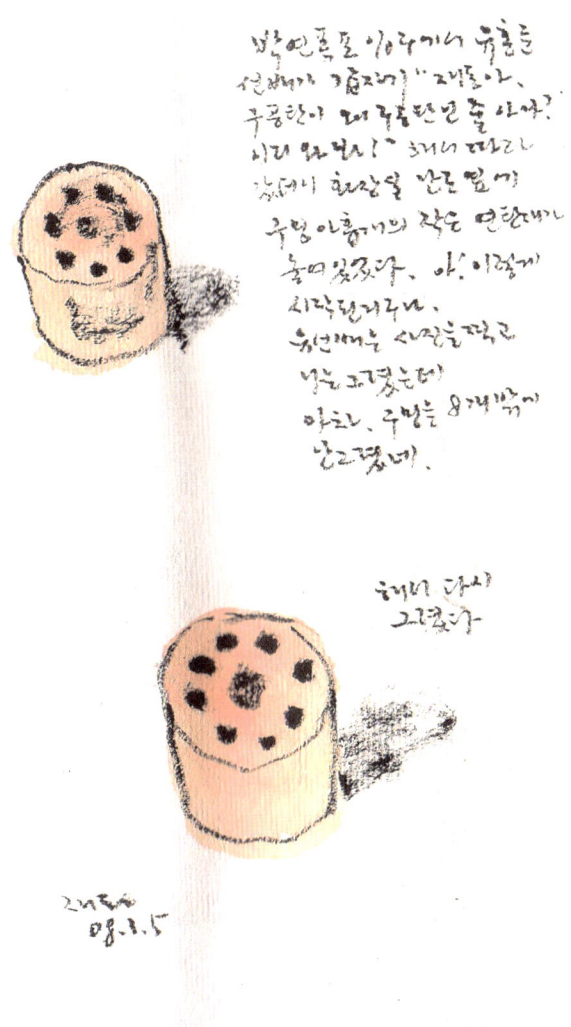

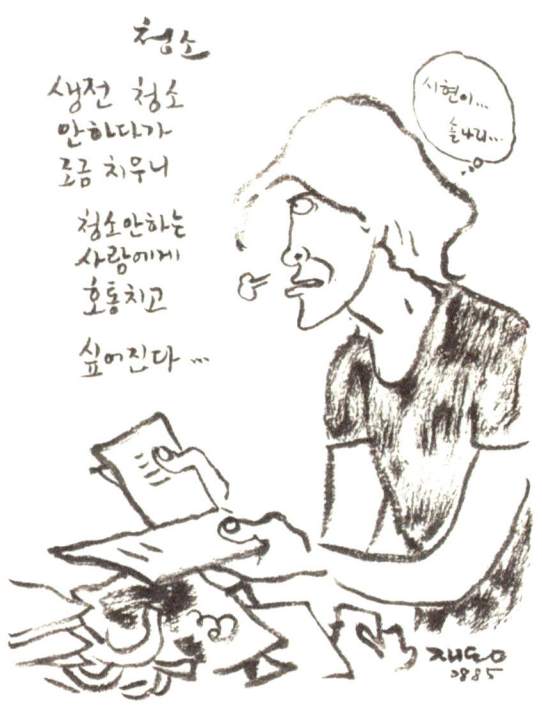

청소

생전 청소
안하다가
조금 치우니

청소 안하는
사랑에게
호통치고

싶어진다 …

시현이…
손대…

재go
2885

시현이의 라면 그릇

우리 아이들의 방, 그리고 어지르는 행태, 그것을 볼 때마다 마음이 복잡하다. 화가
나다가도 내 자신을 보면 더하기 때문이다. 나는 왜 그럴까? 만화를 그리다가 지금은
생활 용품으로 너무나 재미난 작품을 하고 있는 반쪽이 최정현 씨가 아주 옛날, 부부
간에 청소를 안 할 때 상대가 어질러놓으면 그땐 치워주지 말고 그대로 놓아두고, 도
저히 못 견디어 치우게 되도록 해야 한다고 말한 적이 있다. 그래서 이 라면 그릇을 나
는 손대지 않았고 나중에는 어떻게 어떻게 없어졌다.

● 박재동의 손바닥 아트

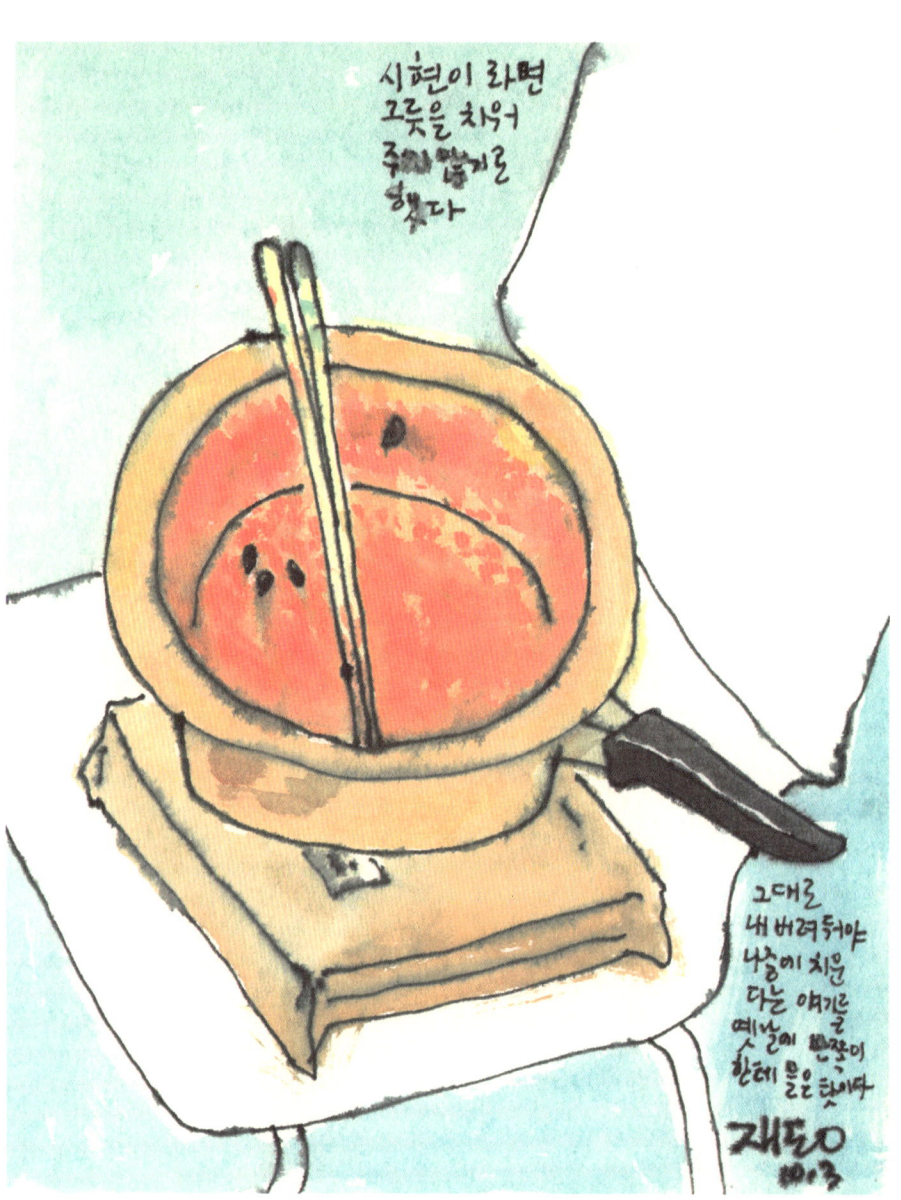

시현이 라면
그릇을 치워
주길 원하기로
했다

그대로
내 버려두어야
나중에 치운
다는 얘기르
옛날에 친구이
한테 들은 탓이다

재도
003

맛있는 음식을 보면

난 맛있고 좋은 음식을 보면 그리고 싶어진다.

그리다보면 다 식어버리고 마는데, 그러면 내가 왜

이러나 싶다. 그래도 그림이 남으니까……ㅎㅎ.

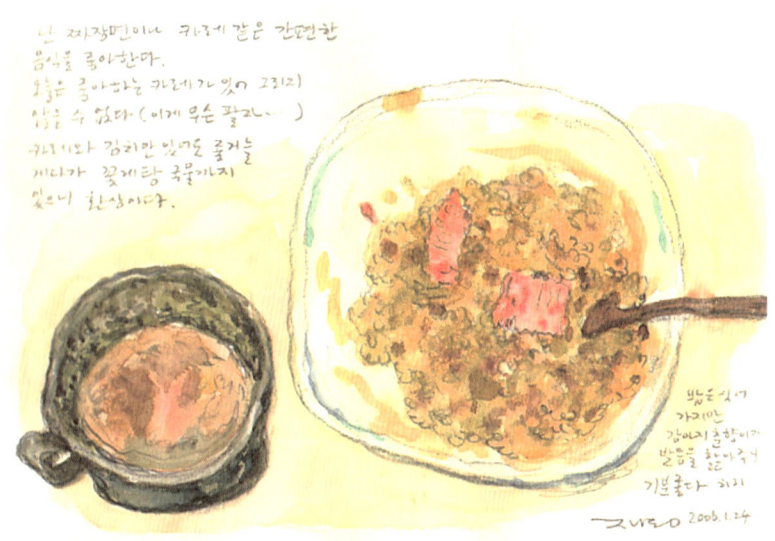

쓰레기봉투의 대화

아침에 출근길에 우리 동네 전봇대 아래 쓰레기봉투들이 모여 이야기하는 소리를 들었다.

"아이들 책가방이 얼마나 무겁냐 말이야. 그러니까 학습 부담을 줄여주려면 당신들이 양보해야지. 이렇게 버려지는 걸 괴로워 말라고."

"미술, 음악하고 국어, 영어, 수학, 과학하고 어떤 게 더 부담이 많은 거 같아? 국, 영, 수를 줄이면 학습 부담이 엄청 줄어들 거야."

"이 친구야, 그런 과목은 살아가는 데 꼭 필요한 거야."

"수학 못해도 잘만 살던데. 사람마다 필요한 게 다르고, 과목은 다 소중한 거야."

"그래, 그렇다면 필요한 사람이 골라 배워야 맞잖아. 수요자 중심으로."

"그럼 수학이나 과학도 골라 배워야지, 왜 강제로 하게 해?"

"어허, 나라가 잘살려면 그건 필수야. 역량을 집중해야 되는 거야."

"앞으로는 문화 콘텐츠가 생산에 큰 비중을 차지하는 거 몰라?"

"…… 암튼 교과 이기주의를 버려. 과목마다 자기만 중요하다면 어떡해?"

"국, 영, 수도 같이 축소하라고 해 봐. 안 한다면 그것부터 교과 이기주의지."

"…… 예능은 대학시험에 방해되잖아! 꼭 이 말을 해야겠어?"

"그럼 대학 시험에 예능 내신을 반영하면 되잖아."

난 출근길이 바빠 일어서서 가는데 뒤에서 언성이 높아졌다.

"너네들 정말. 야, 앞으로 주 5일 수업이 되면 과목이 줄어야 하는데 힘없는 놈이 죽어야지. 말이 많아 자꾸! 짜증나게!"

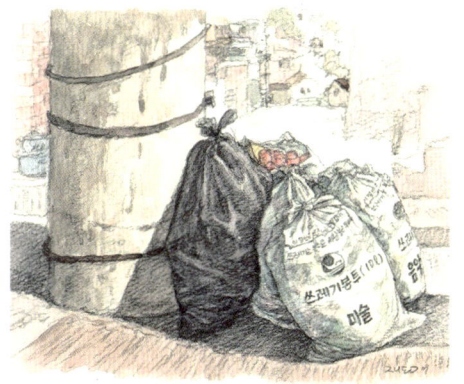

닭

그땐 웃었는데 지금은 웃을 수가 없구나. 언제 다시 웃을 수 있는 시절이 오려나.

민주화가 역주행된 지금. 이 역시 시간이 흐르면 지나가리라.

그러나 그런 시대에 있는 동안은 또한 고통스러운 것.

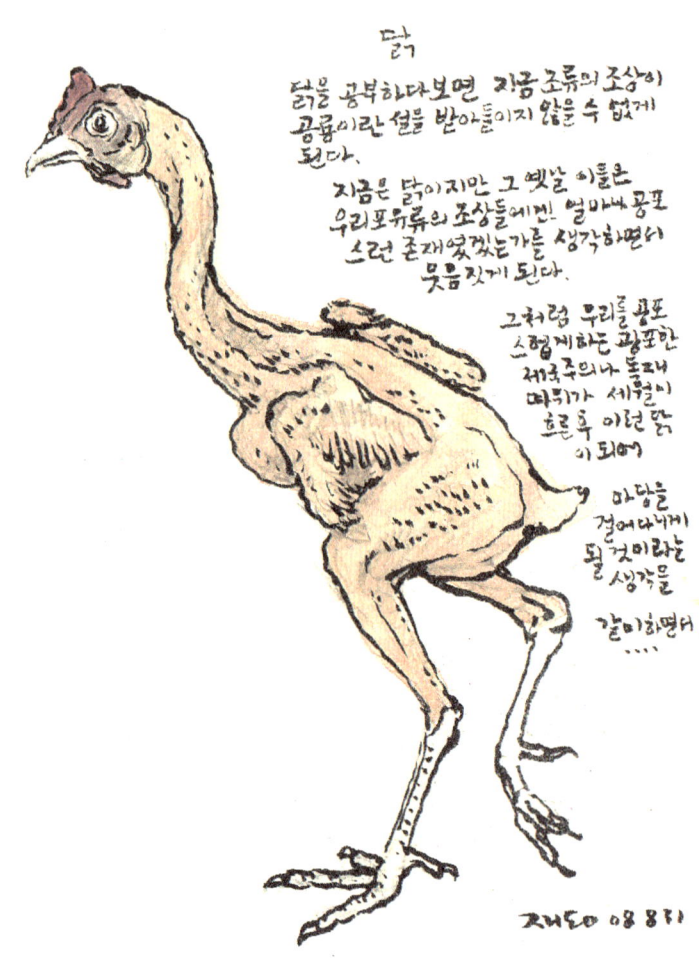

닭

닭을 공부하다보면 지금 조류의 조상이 공룡이란 설을 받아들이지 않을 수 없게 된다.

지금은 닭이지만 그 옛날 이들은 우리 포유류의 조상들에겐 얼마나 공포스런 존재였겠는가를 생각하면 웃음짓게 된다.

그처럼 우리를 공포스럽게하는 광포한 제국주의나 독재 따위가 세월이 흐르록 이런 닭이 되어

마당을 걸어다니게 될 것이라는 생각을

갈비하면서

....

재도 08 8 뒤

● 박재동의 손바닥 아트

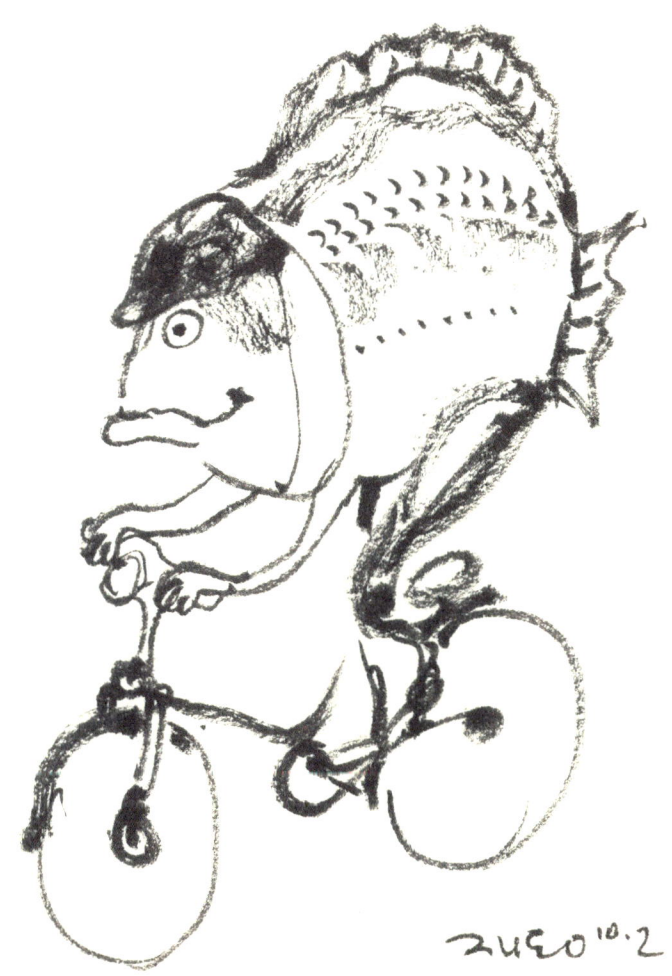

자전거 타는 물고기

이런저런 그림을 그리는 중에 그냥 재미로 한번 그려보자고 그린 것이다

이런 데서 새로운 것이 나온단 말야……ㅉ

꺼내주세요

우리집에는 개를 항상 두세 마리 키운다. 왼쪽에 있는 녀석은 집사람 친구가 이민을 가면서 주고 간 귀티 나는 '별이'인데 전 주인한테 고급으로 훈련을 받아 날뛰는 일도 없고 사람이 누워 있으면 예의 바르게 피해 다닌다. 이 녀석이 오랫동안 사랑을 차지하는 중 신입이 들어 왔다. 검은 녀석은 슈나우져인데 솔나리가 이름 지어준 '크크'이고 매우 재밌고 씩씩하다. 하얀 녀석은 집사람이 촬영 갔다가 안고 온 유기견으로 이름은 '춘향이'.

첨엔 별이한테 꼼짝 못하던 두 녀석이 세월이 흐르고 별이가 늙자 구박하기 시작하는 게 이만저만이 아니다. 구박을 넘어 탄압으로까지. 도저히 안 돼 밖으로 꺼내 놓았다.

지금 두 녀석은 아직도 우리집에 있는데 별이는 세상에 없다.

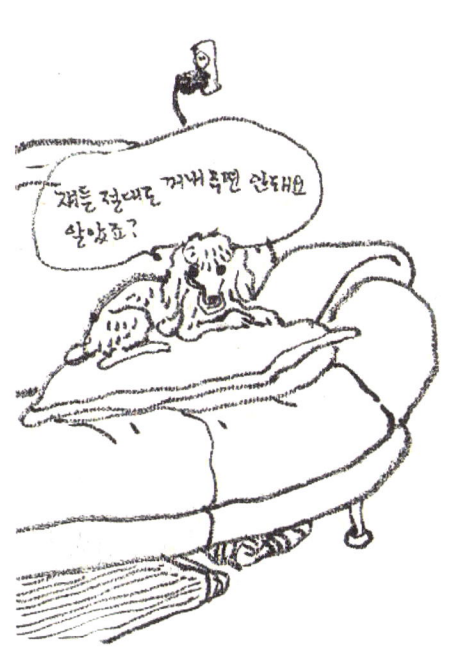

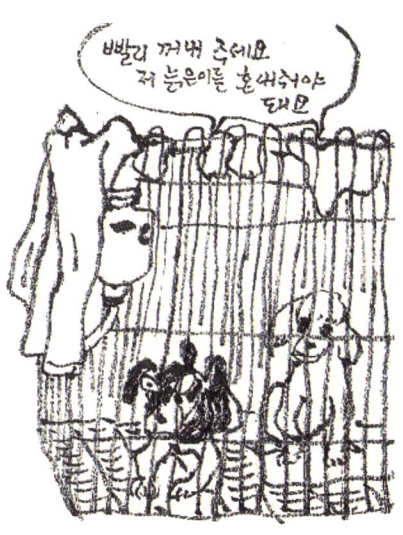

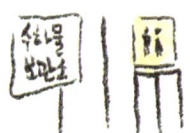

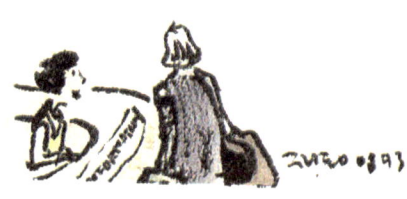

화장시는 세상

공항에 내려
짐이너무
무거웠다.
→ 화장실에
  가려는데

안내 아가씨에게
짐 잠깐만 맡기자니까
사양하게
안된다고 한다

화장실 가려는데
잠깐만 맡기자니까
안된니까
수하물 보관소에
맡기라면서
죄송하단다

수하물 보관소는
화장실과 붙어있었다
깔끔한 업무,
죄 없는 아가씨,
인정없는 세상,
촌스런 나

사람 사는 세상

지금은 그냥 짐 들고 매고 화장실 간다……

내 도력의 현 주소

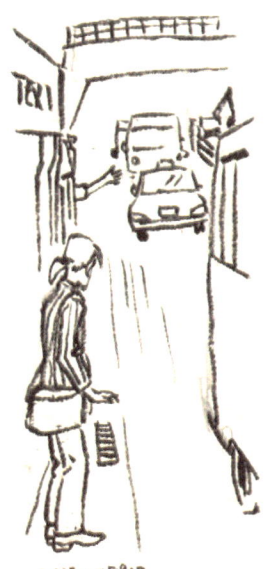

내 도력의 현주소

강연에 가려고 택시를
기다렸다
지하철공사로 차도 밀리고
도대체 빈택시가 오지 않는다
20분기다려 빈택시가 하나 오는데
저 앞에서 손이 쓱 나오더니
택시를 타버린다.

그건 아니데, 여기가 승화장인데.
아, 화내지 말자, 화 내지 말자
저 사람이나 택시기사나
승화장을 몰랐을 수 있으니까

다시 10분이 흘렀다. 홀로 버린다.
다시 화가 나려한다
아, 그런데 내가 왜 홀로 한가
이렇게 홀로 해야만 하는가
안오면 안오는데로 전화를 하고
식사야 김밥이나 준비해달라면 되지

그래, 이거야
난 이 시간을 이대로 즐길 수가 있어
됐어. 다시 의젓히 행복해졌어

그때
리옹고 길에 아까처럼 빈택시 하나가
나타났다. 나는 반사적으로 뛰었다.
아, 나의 이 욕심

그리드 08912

풍경의 안과 밖

201

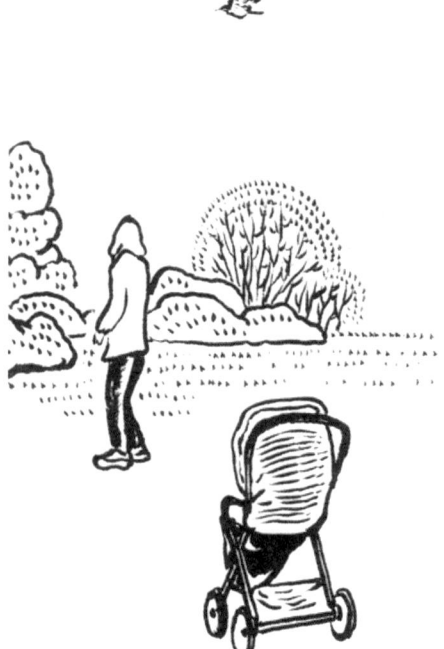

높은 지위나
권력이 있는
　　사람은
위세를 부려서는
안된다

그것을 당한 사람은
겉으로는 굽히지만
속으론 복수를 다짐
하게 되는데

그것이
권력을 가진 다음,
당한 것처럼 /약한
자신도 해주고 \사람에게
싶어지기
　때문이다

2050. 09. 3

권력 가진 사람의
위세

이 그림을 그릴 당시 이런 일이 있었다.

어느 날 우리 학교 건물 중에 철거 대상이 된 건물이 있었다. 그때 내가 오줌이 마려워 화장실을 찾다가 바로 그 건물에 화장실이 있는 걸 알고 들어가 오줌을 누었다. 그때 어떤 사람이 오더니 여긴 철거 건물이라 오줌을 누면 안 된다고 말해주었다.

그래서 "아, 죄송합니다" 하고 나오는데, 문득 좀 쪽팔리고 억울한 마음이 드는 것이다. '아니 철거 건물에는 오줌을 누면 안 되나? 근처에 눌 데도 없는데. 오줌 한번 눈다고 땅이 꺼지나? 그럼 문을 잠궈 놓던가.'

그러면서 "아, 내가 여기 교수요" 하고 말하고 싶어졌다. 그럼 "아, 그러세요. 죄송합니다. 여기 지금 규칙이……" 하면서 태도가 달라지지 않을까 하는 허세.

그런데 순간 그런 상황을 기대한 내 자신이 참 거시기해졌다. 교수가 뭐라고 그 틈에 기분 나쁘다고 얄팍한 위세를 떨어 자존심을 만회하려는 내 마음……. 난 그때 쪽팔리니까 순간적으로 계급이 생각난 건 아닐까. '나는 학교의 주인인 교수, 당신은 일꾼'이라고…….

만약 내가 교수라고 밝혔을 때 그 사람이 정말 미안하게 생각했다면 그것 역시 이상한 거고……, 뭐 이런 생각을 하다가 위세를 떠는 사람들이 떠오르고 그 앞에서 비굴한 마음을 느낀 사람이 다른 곳에서 다른 식으로 자신도 잠재적 굴욕감을 해소하려 하지는 않을까 하는, 그런 생각이 들었다.

나는 그날 천국을 보았다

언젠가 경기 용인시 수지구에 있는 '느티나무 어린이 도서관'에서 만화에 대한 강의를 부탁했다. 공공도서관에서는 아직 만화에 대한 인식이 낮아 만화를 비치하지 않는다는 것이다. 그래서 나는,

1. 만화는 책인가? 만화 읽기는 독서인가, 독서의 적인가?

2. 만화는 해로운가? 성적이 떨어지는가?

3. 일본 만화는 해로운가?

에 대한 이야기를 해 주었다.

한데 이 도서관은 특별했다. 아이들이 도서관 이곳저곳에서 때로는 아빠와 함께 뒹굴며 만화와 다른 책을 함께 보는 것이다. 동네 아이들, 갈 곳 없는 아이들이 제집처럼 와서 지내고 있었다. 나는 우리 동네 노량진과 그 밖의 갈 곳 없는 우리나라 아이들을 생각하자 눈물이 핑 돌았다. 이런 곳이 있었구나! 더구나 이런 곳이 지방 곳곳에 생겨나고 있다니! 아아, 우리는 희망이 있다! 나는 그날 천국을 보았다! 어떻게 이 풍경을 그리지 않을 수 있단 말인가!

* 이 그림이 신문 지면에 실린 이후 여기저기 도서관에서 강의 요청이 들어왔다. 시간 관계로 다 못 가는 것이 죄송할 따름이다.

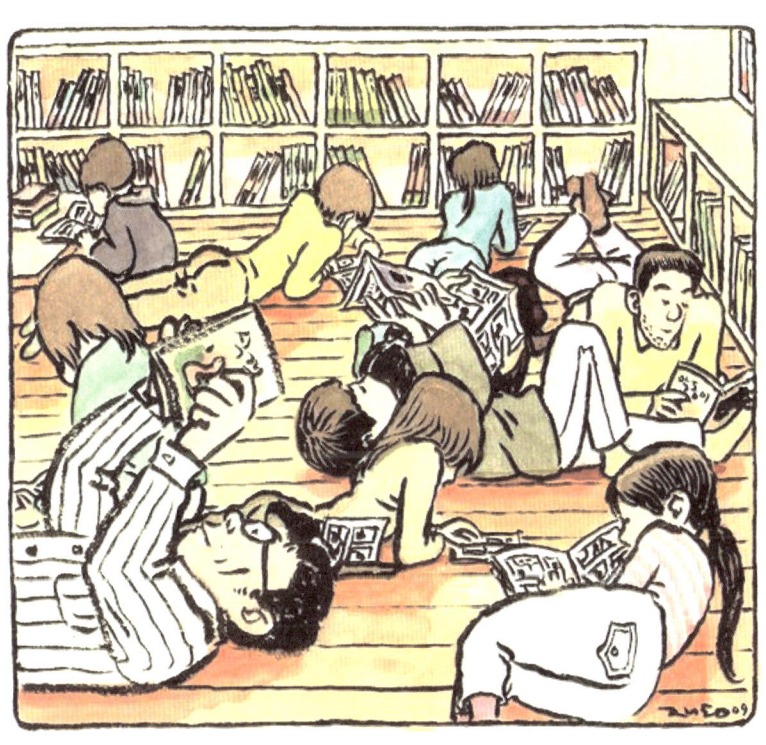

나도 공허 한번
해봤으면

사업하는 어떤 후배를 만났다. 한때 사업이 잘되어 돈이 엄청나게 벌리더라는 것이다. 그런데 마음 한구석이 뭔가 공허해지더라는 것이다. 공허…….

이런저런 일과 걱정으로 충만한 내 마음. 공허 한번 해 봤으면…….

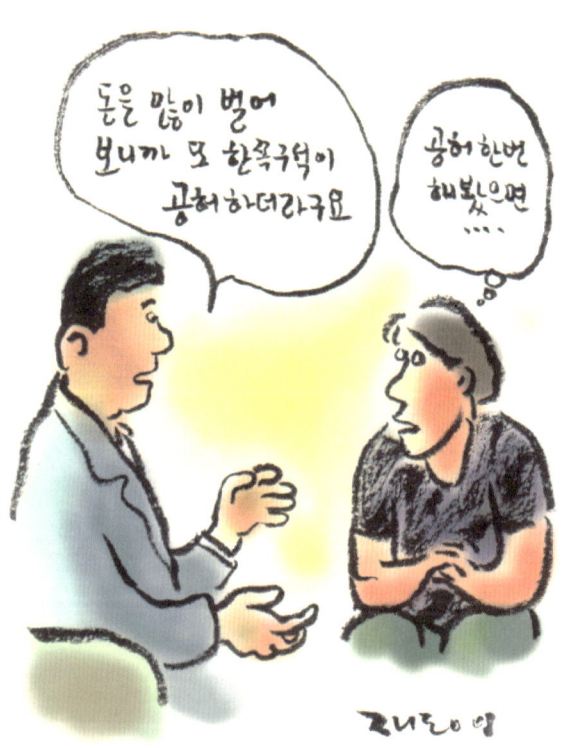

춤추는 바위

작품 때문에 제주도에 가서 용두암 근처 해안도로변에서 바다를 바라보다보면
이런 생각도 떠오른다.

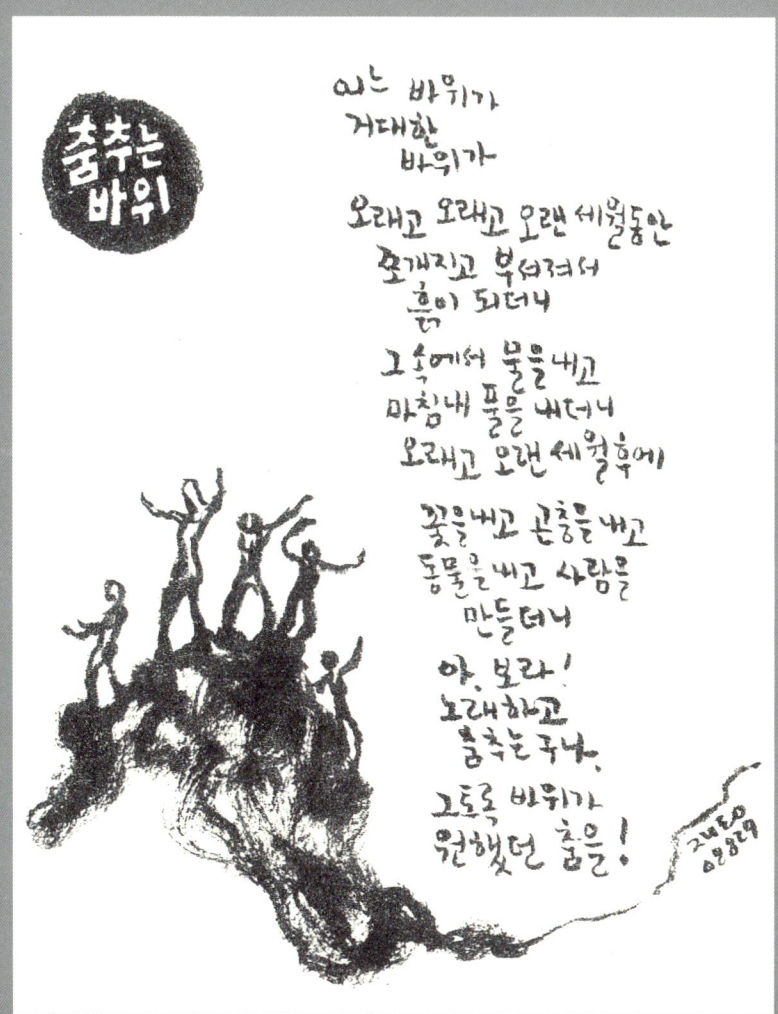

어느 바위가
거대한
바위가

오래고 오래고 오랜 세월동안
쪼개지고 부서져서
흙이 되더니

그 속에서 물을 내고
마침내 풀을 내더니
오래고 오랜 세월후에

꽃을 내고 곤충을 내고
동물을 내고 사람을
만들더니

아, 보라!
노래하고
춤추는구나.
그토록 바위가
원했던 춤을!

내 촛불의 배후는

광화문 광우병 촛불 시위 때 수많은 그림을 그렸다. 그중에도 난 이 그림을 좋아한다.

난 폭력적인 시위는 싫고 역효과를 낸다고 생각하기에

이런 위트 있는 행동과, 토론, 노래와 춤 등 스스로 즐기는 시위를 좋아한다.

세계를 이끌어가는 선진 문화가 아니던가.

이때 광화문은 우리들의 안방이 되어 편안했었지.

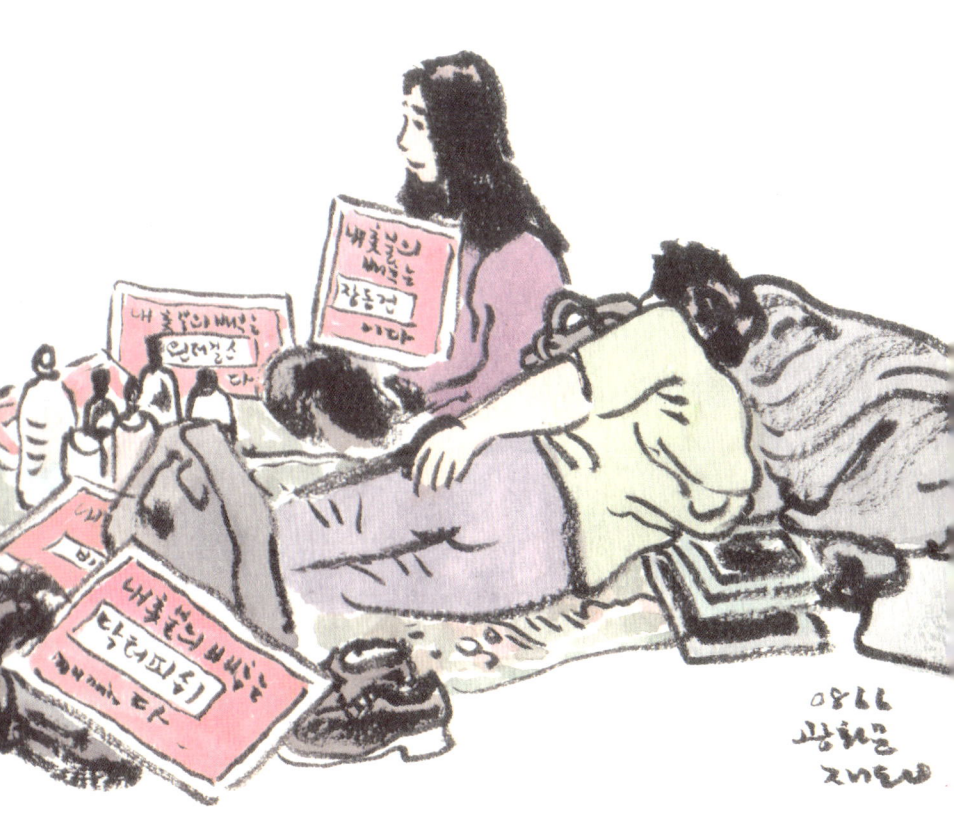

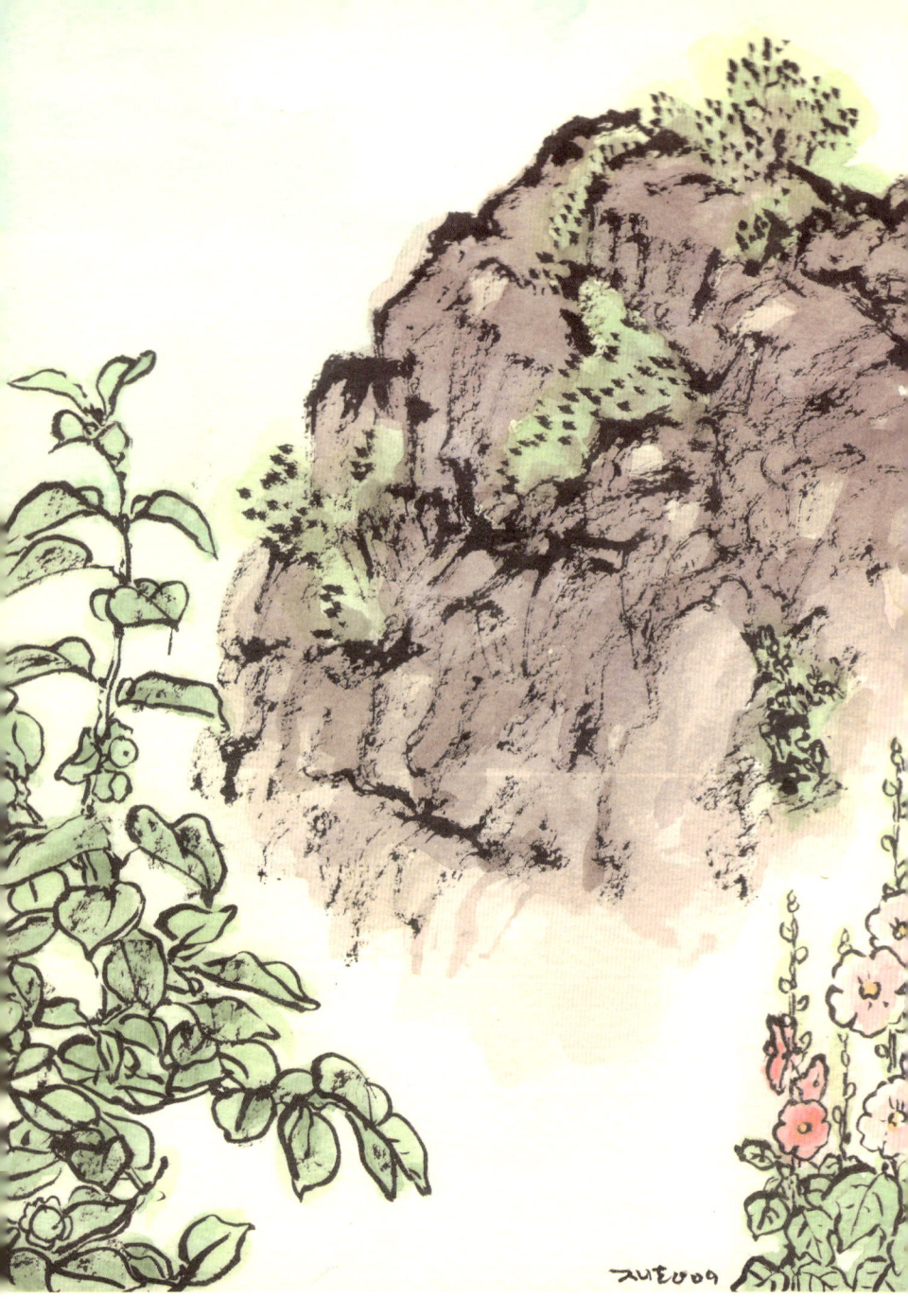

부엉이 바위

2년쯤 전이던가, 당신의 초청으로 몇몇 지인들과 청와대 근처에서
저녁 식사를 한 적이 있지요. 농담도 하며 좋은 시간을 보냈는데
난 시사만화가의 기질 때문인지 잔소리를 썩도 많이 해댔습니다.
마치면서 나는 그래도 뒤가 좋은 대통령으로 남을 거라고 덕담을 했고
당신은 자신이 다시 세상을 움직이게 될 거라는 투의 말을 지나가며
했죠.

그리고 퇴임, 이어진 박연차 수사……. 당신의 말도 나의 덕담도 다 맞지
않는구나 싶었지요. 그리고 저 부엉이 바위. 그후 나는 나의 덕담도
당신의 말도 맞은 게 아닌가 싶어지네요.

그래서 얼마 전 봉하마을을 찾았습니다. 몸을 버린 당신이 몸을 가진
당신 못지않게 더 많은 일을 한다고. 우리는 그에 빚지고 있다고…….
해서 찾아가 부엉이 바위를 그렸습니다.

키 작은 감나무가 옆에 있었고 접시꽃은 사십구제를 지내고 있는 정토원에
피어 있는 것을 가져다 곁에 심어 당신에게 선물합니다.
이제 얼마 후 사십구제도 끝이 나겠지요. 좋은 데 가시라는 말도 못하겠군요.
더욱 좋은 곳에 머무시며 좋은 날 보실 때까지 지켜보시라는 것이
나의 솔직한 마음이 아닐 런지요.

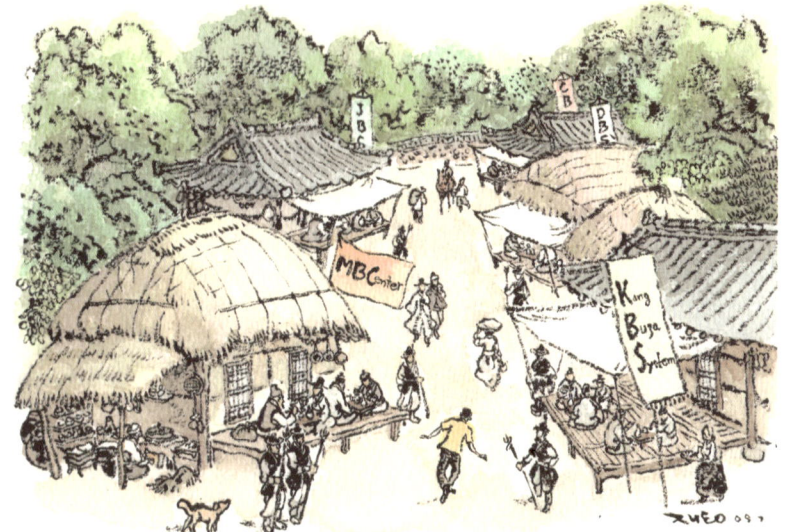

괴이한 꿈

친구 하나가 얼마 전에 괴이한 꿈을 꾸었다고 전화를 했다.

누가 미래로 가는 기차를 태워준대서 탔더니 어느 마을에 내려주었다네.

옛날 거리 모습인데 모두가 주막집이었고 거기서 세상의 모든

소식들이 알려진다는데 집집마다 깃발이 펄럭이고 있었대.

근데 그 소식통들이 모두 한목소리뿐이라 짜증이 나서

"왜 이리 똑같아! 다양한 목소리가 없어! 지들끼리 다 하자는 거야!"

라고 소리쳤더니 즐비한 포졸 중 하나가 와서

"이 친구가! 통일된 국론이 얼마나 아름다운 줄 모르고!"

그래서

"뭐야 이거, 미래로 간다더니 과거로 데려왔잖아!"

그랬더니 좀 높은 친구 하나가 오더니 멱살을 아주 잡고

"이 역적놈이, 이메일을 뒤져봐야 정신을 차리겠어!"

하자 혼비백산하여 꿈이 깼다는 것이다.

원래 이 친구가 정신이 좀 오락가락하는 친구라 개꿈이라고 웃어넘겼지만

그 꿈이 왜 갈수록 자꾸 생각나는지 모르겠어. 외람되게 말이야.

나보고 어쩌란 말이냐

바로 앞에서 얘기한 바 있는 약간 정신없는 친구가 또 꿈 얘길 한다.
전에는 항상 제대한 지 오래된 지금도 군에 있는 꿈을 자꾸 꾼다고 하더니
요샌 아예 고등학생 때 꿈을 꾼다는 것이다.
게다가 조례 때 부르는 애국가 가사도 이상하게 변해 있다는 거다.

동해물과 백두산이 마르고 닳도록
미디어법 보우하사 한나라 만만세
조중동 삼천리 화려 강산
한나라 사람 한나라로 길이 보전하세

이걸 따라 부르고 있자니 이상해서 하늘이 노랗게 보일 지경이란다.
요새 계속해서 이 꿈을 꾼다고 하소연하니…… 나더러 어쩌란 말이냐.

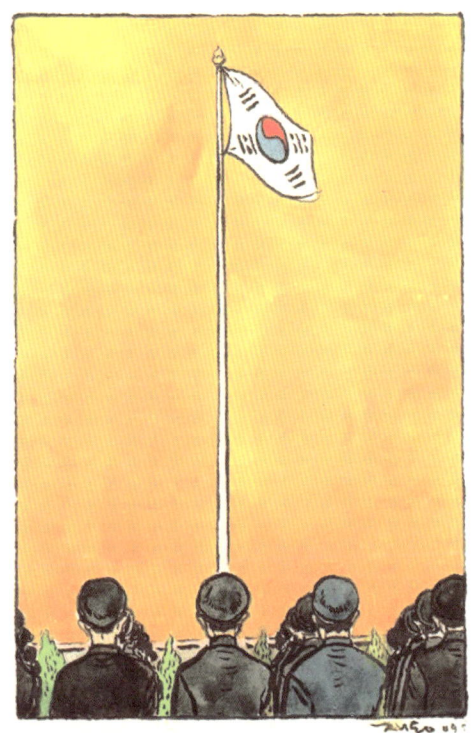

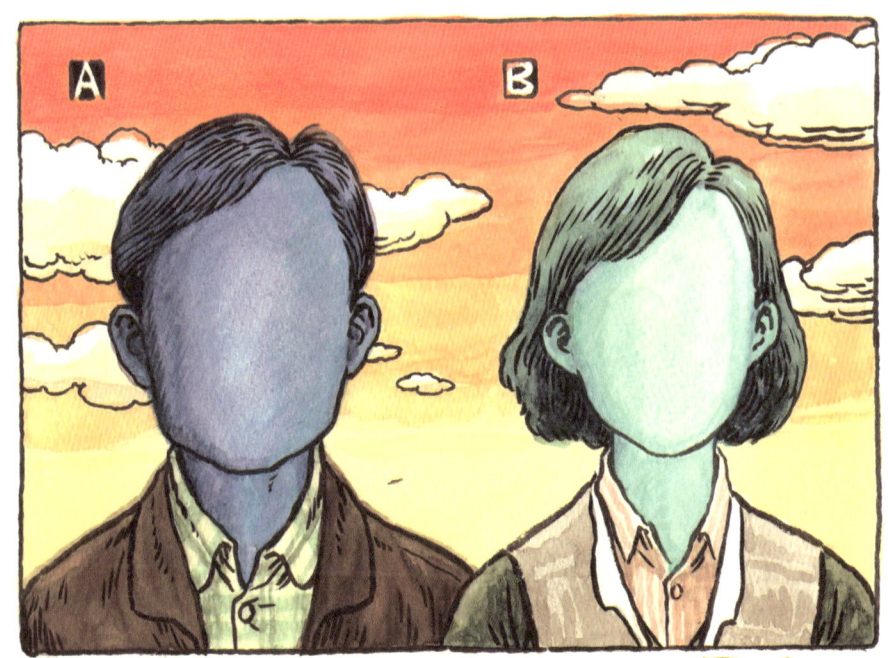

얼굴 없는
사람

A씨(40대) 십몇 년 전에 노래방을 했거든요. 그랬더니 여기저기서 찾아오더라구요. 파출소, 소방서, 구청, 세무서, 청소년 뭐⋯⋯. 돈을 안 줬는데, 그래서 그런지 망하더군요. 그러고는 전자제품을 취급했죠. 그러면서 저는 제 아들에게 이 세상은 내가 떳떳하면 당당하게 살 수 있다는 것을 보여주려고 했죠. 그래서 공무원에게도 따질 건 따졌죠. 노래방 때와 달리 공무원들도 많이 좋아졌어요. 근데 요즘은 세상이 달라졌어요. 자금지원 받으러 가면 옛날에는 대화를 해줬는데 지금은 아니에요. 아예 로비하는 업체까지 있고, 아들에게 어떻게 살아야 한다고 말해야 할지⋯⋯.

B씨(30대) 요즘 저희 방송 안 좋아하시죠? 부끄러워요. 이 정부하고 생각이 좀 다른 사람들을 노골적으로 골라내는 분위기⋯⋯ 옆에서 보기에 정말 힘들어요. 지금이 5공 때보다 더하다고 말하는 선배들도 있어요.

내가 들은 가슴 아픈 이야기 두 가지. 그들을 그리고 싶었으나 얼굴이 나오면 어떤 일들 당할지 몰라 이렇게 그려 놓았다. 대법관 이메일 사건에 항거하는 판사들조차 이상한 집단으로 부르려고 하는 판이니⋯⋯ 아, 이 무슨 세상이냐⋯⋯.

밤하늘에
텐트가 빛난다

'한예종 이전에 사람을 지키겠습니다. 사람이 우선입니다.'
'황지우 교수님의 수업을 듣고 싶습니다.'

한예종 대극장 건물 앞에 텐트 하나.
그 안에 제자가 들어 있다.
밥은 잘 먹고 잠은 잘 자는지.
올 적 갈 적 지나치며 마음이 무겁다.
다른 아이들도 교수들도 다들 그럴 테지.

그 안에서 열이틀째 밤
하나였던 텐트가 둘로 셋으로 늘어난다.

이제 새 총장이 모든 사태를
상처없이 잘 마무리할 것으로
나는 알아
굳이 너희들의 텐트가 없어도
괜찮을지 모르지만
그래도 너희들의 텐트는
희뿌연 밤하늘에 초롱초롱 빛나는
별빛으로
내 가슴에 켜지는구나

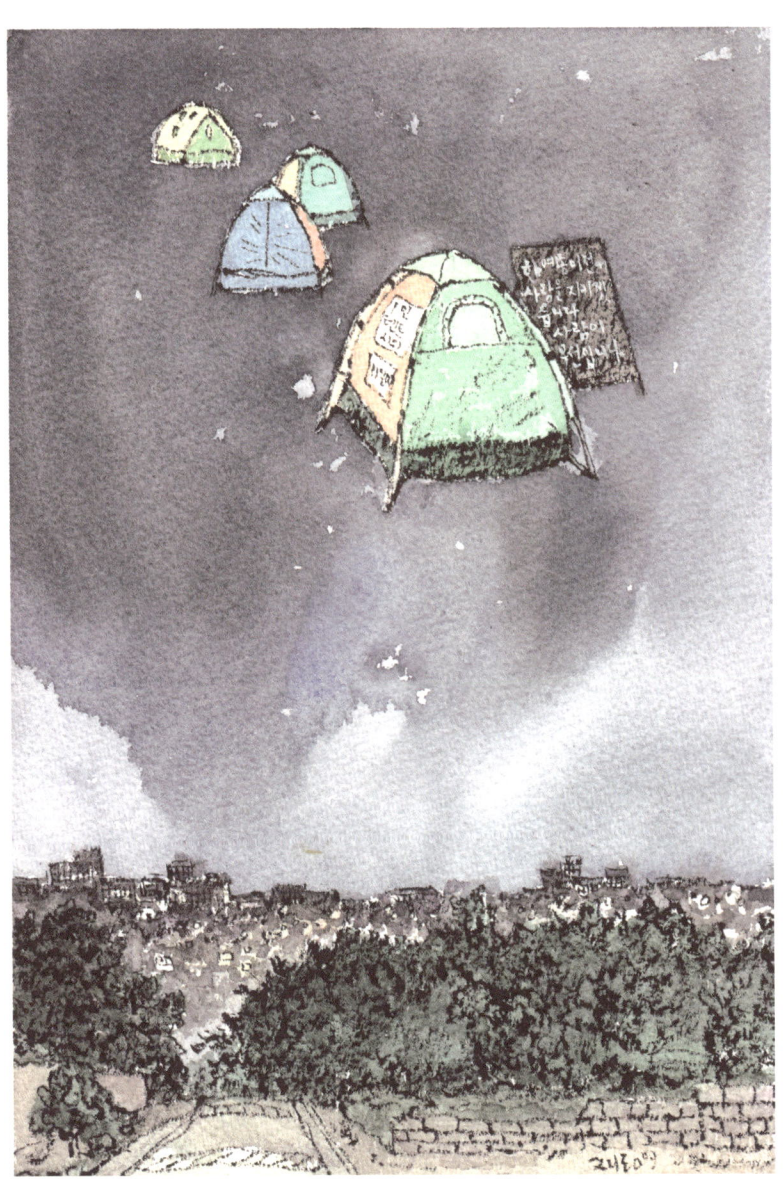

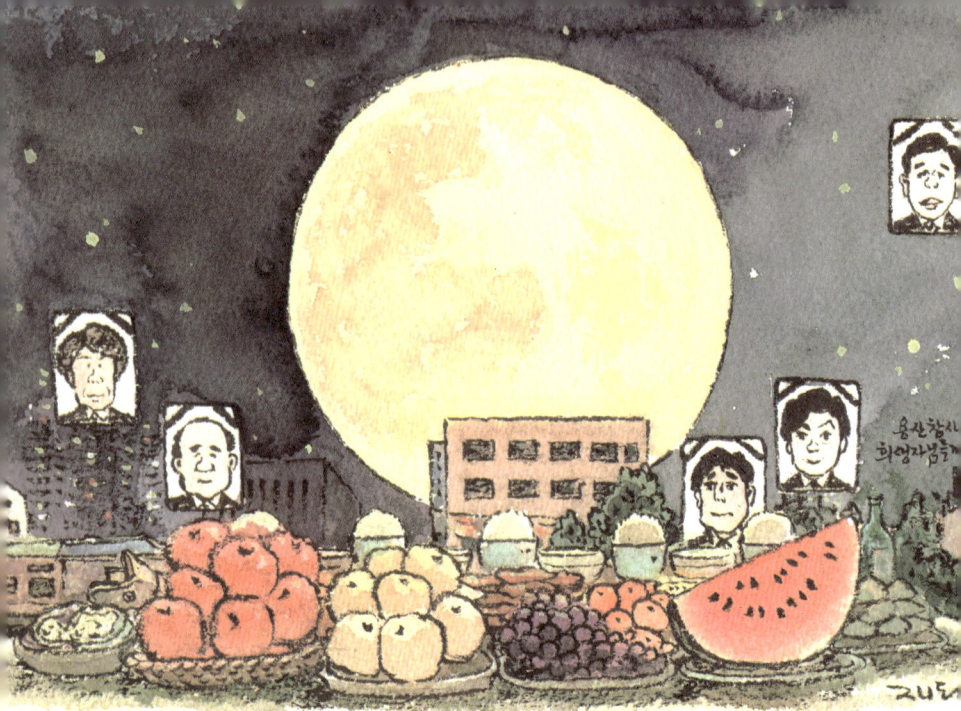

이 그림은 지난 추석
여덟달여나 장례를
치르지 못한채 갇혀 있어
가족들마저 변변한 차례도
지내지 못해
올린 음식입니다

추석도 지나고
그간 정문찬 총리도 왔다갔는데
혹시 다만 위로만 하고
가실건 아닌지 걱정도 됩니다

추석 달은 기울었지만
희망의 달로 다시 이렇게 차올라
환하게 모두를 비추는 그날이
빨리 오기를 기원해 봅니다

그간이라도 잠시
따슨 국과 밥으로 언몸을
녹이오서

● 박재동의 손바닥 아트

218

희망의 큰 보름달을 기원합니다

용산을 지날 때마다 얼마나 마음이 무거웠던가. 그래도 어떻든 그런대로 해결을 보았으니 다행 또 다행이다.

* 2009년 1월 20일 새벽, 용산구 한강로 2가 남일당 건물 옥상 망루에 올라 농성 중이던 세입자들을 경찰이 폭력적으로 진압하는 과정에서 철거민 5명, 경찰 1명이 희생된 '용산 참사'가 일어났다. 이후 유가족들은 '희생자 스스로 자초한 것'이라는 정부와 서울시 입장에 맞서 이명박 대통령 사과와 진상 규명, 사망자 유족에 대한 보상과 생계 대책 마련을 요구하며 345일간 무기한 농성을 벌였고, 12월 30일 극적으로 합의안이 타결되었다.

사건 발생 355일 만에 희생자 장례식이 열렸지만, 2011년 10월 현재 관련 철거민 일부는 아직 감옥에 갇혀 있고, 남일당 건물은 철거되어 그 자리에 주차장이 들어섰다.

『친일인명사전』에
오른 분들의
후손님께

저는 후손님들의 심정은 조금은 이해할 것 같습니다.
우리 집안 조상님 중에는 다행히도(?) 재산가나 유력자가
한 명도 안 계셨지만 당시 유력인사로서 광기 어린
시대를 겪어내기가 녹록지 않았겠지요. 독립이 될 줄
몰랐거나 안 된다고 생각했을 수도 있구요.
나 자신도 그때 태어났다면 어찌 마땅히 독립운동을
하였으리라 말할 수 있겠습니까? 하여 인명사전에 오른
심정 아플 것임을 이해합니다.
그러나 한편 그 엄혹한 시기에
고난 속에서도 독립을 위해 싸웠던
분들과 일제하에 고통 당했던 수많은 사람들을 생각한다면
어찌 숙연해지지 않을 수 있겠습니까?
그래서 저는 각각 여러 사정은 있을 수 있다 하더라도
적어도 이 시점에서는 부끄럽다거나 그 점은 송구스럽다거나
하는 말을 하는 게 좋지 않을까 싶습니다.
그렇게 고통과 수치와 분노를 털어버린다면 국민들의 마음도
조상님들의 마음도 한결 가벼워지지 않을까요?
그렇게 이번 일을 계기로 모두가
역사의 한발자국을 나아갔으면 하는 바람입니다.

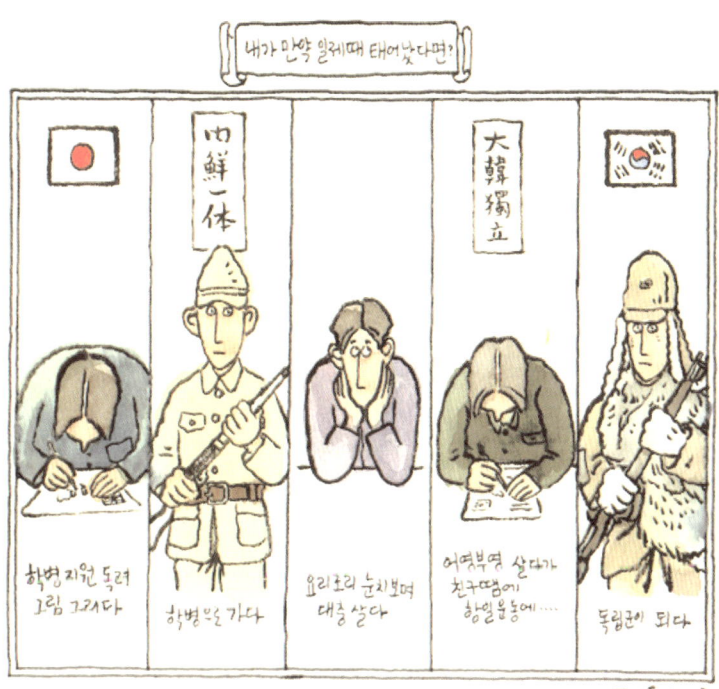

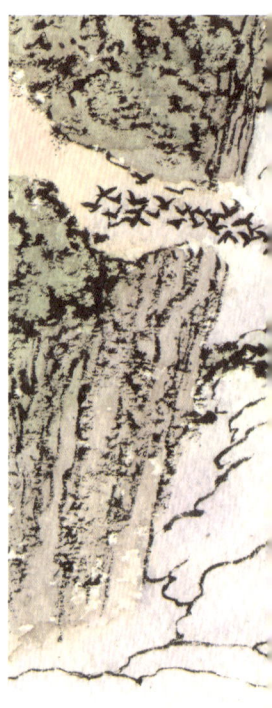

새 오작교

그리 머지않은 옛날
우리나라는 남과 북으로 나뉘어 대치하고 있었는데
남쪽에 두 왕이 있었다.
두 왕은 남과 북 사이에
화해의 다리를 만들었다.
사람들이 다니기 시작했다.
두 왕이 물러나고 새 왕이
등극하자
다리를 허물어버리고 말았다.
사람들의 가슴은 갑갑해지고
남과 북은 다시
긴장상태로 돌아섰다.
그때 두 왕이 죽었다.
죽어서 몸이 수많은 까마귀로 변했다.
까마귀들이 모여들어 다리를 만들기 시작했다.
사람들은
다시 조심스럽게
발을 들여놓기 시작했다.

● 박재동의 손바닥 아트

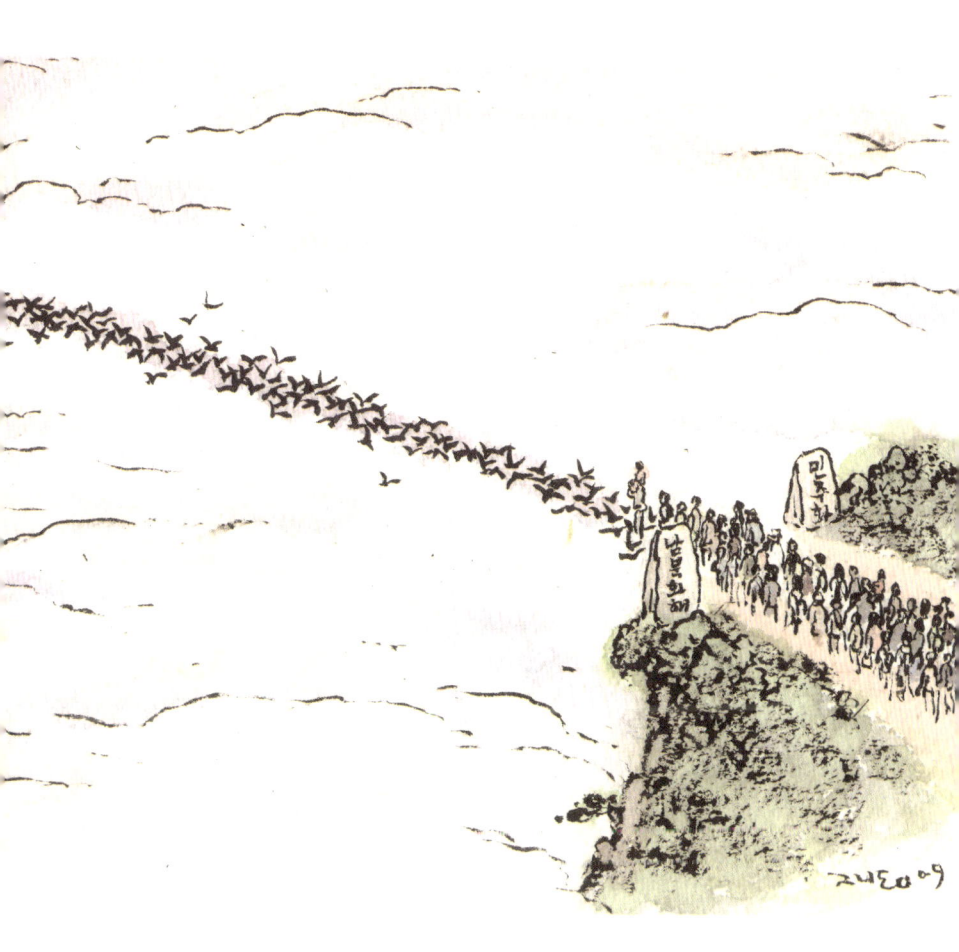

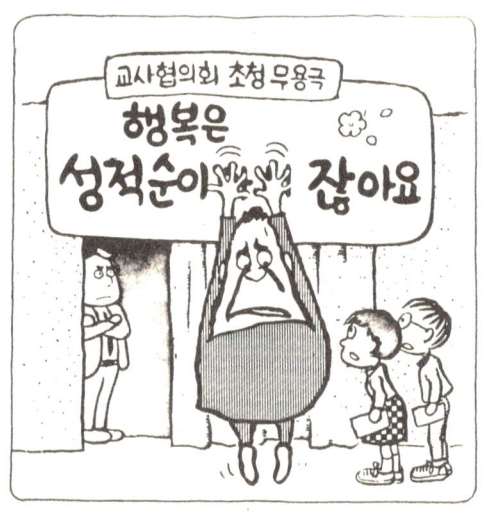

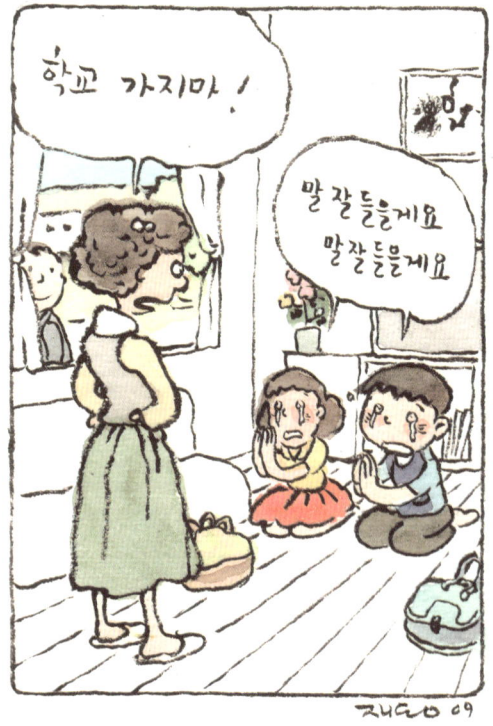

행복은 성적순이 아니잖아?

"행복은 성적순이 아니잖아?
난 성적순위라는 올가미에 들어가
허우적거리며 살아가는 삶에
경멸을 느낀다."

20년 전 세상을 떠난
어느 여중생의 유서다.
그리고 무엇이 변했는가?
그러나 그렇지만은 않다.
학교가 너무 재밌어
집에 가기 싫어하는 학교,
거기서 모든 것을 다 배웠다고
졸업생들이 말하는 학교,
학부모들이 몰려들어
전·월셋값이 치솟는다는 학교.
이런 꿈의 학교가 생기고 있다.
아, 희망이다!
다양한 교육 만들어갈
교장공모제를 무력화시키지 말자.

연말선물

상현아, 며칠 전 신문을 통해 네 이야기를 들었다.
다들 그랬겠지만 맘이 많이 아리구나.
용산 망루에서 아버지 돌아가신 후
갑작스레 생활이 달라져 그 오랫동안
빈소에서 통학해야 했으니 얼마나 힘들었니?
너무 일찍 어른이 되어버리는 게 안타깝긴 하지만
이 어려움은 너를 더욱 강하고 사려 깊게 만들어줄 거야.
또 지금 당하는 고통은 우리 시대의 고통이잖아.
그래도 힘들지만 대학 진학하기로 한 건 잘했어.
그게 고생하는 어머니도 돌아가신 아버지도 바라는 일이니까.
네가 만화 좋아하고 그림 방면 대학으로 간다니까
내가 그쪽에 있어 아는데, 세상에 잘해 보겠다고
끝까지 덤비는 사람은 아무도 못 당한단다.
내가 줄 건 없고 연말에 따스한 함박눈을 선물하마.
같이 계시는 분들과 나눠 가지면 좋겠다. 꿋꿋하여라.
많은 사람들이 격려하고 있으니까.

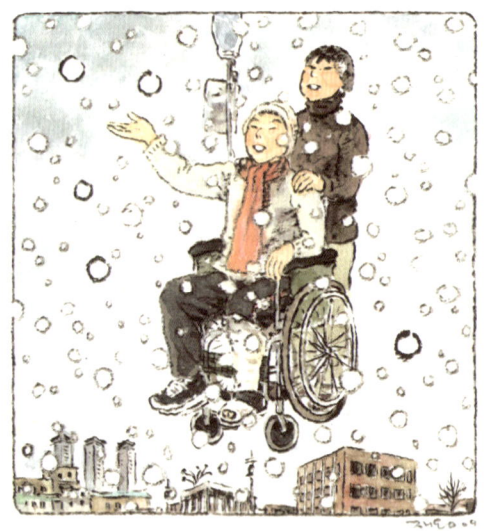

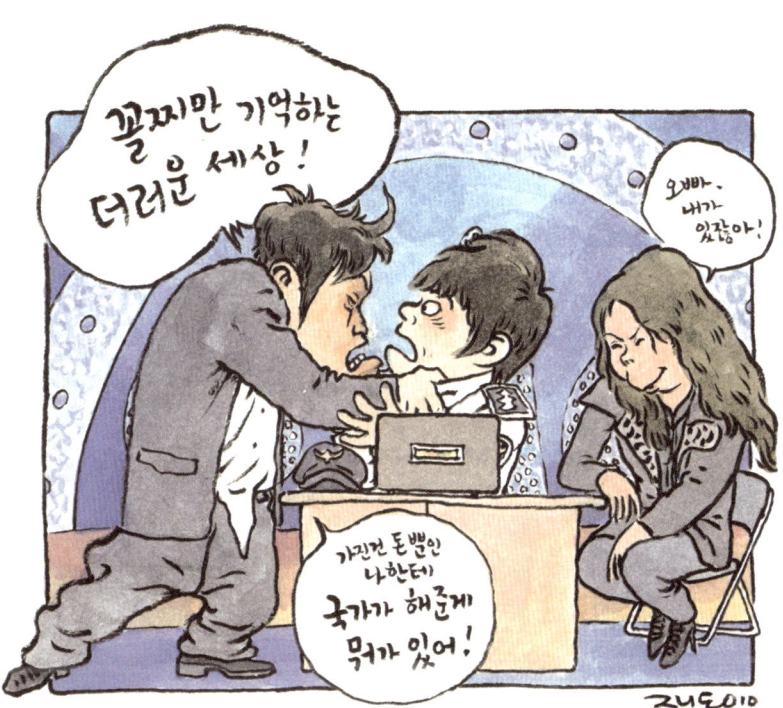

새해는

새해는 좀더 따뜻한 세상이
되었으면 좋겠습니다.
이 그림처럼…….
새해 복 많이 받으시고, ㅎㅎ.

바퀴벌레 관조기

내 방은 온갖 책과 자료로 항상 난지도가 되어 있다. 버리지 못하는 것을 정신병으로 보기도 한다는데 어떻게 보면 소중한 것들이 너무 많은지 모른다. 어떻든 이런 나에게 나 자신조차 아직 적응이 잘 안 된다. 암튼 좋다 이거야.

그런데 문제는 음식물 찌꺼기가 하나 남아 있었더란 이야기. 슬슬 바퀴벌레가 나타나기 시작한다. 기가 막힌 나는 이것들을 없애버릴까 하다가 다시 생각하였다. 전부터 바퀴벌레를 그리고 싶었는데 제대로 관찰할 기회가 생겨 잘 됐다! 이 참에 바퀴벌레와의 사귐으로 새로운 세계를 열어보자는 맘이 든 것이다. 월트디즈니를 봐라, 가난한 젊은 시절 방에 쥐가 들락거리는 것을 보고 쫓아버리지 않고 사귀어서 세계적인 캐릭터를 만들어내지 않았느냐.

그래서 나는 바퀴벌레에 관한 책을 사고 애들을 그냥 놔두었더니 슬슬 가까이 오다가 급기야는 내 얼굴 위로 기어다니기 시작했다. 나는 모든 걸 용인해주었다. 이런 나 자신에 대해 경탄과 존경심을 보내면서. 책을 보니 바퀴는 정말 대단한 놈들이었다. 3억 년 전에 이미 진화를 완성했고 늘 발을 씻으며 특히 곤충들 중에 가장 빠른데 초속 2미터에 이른다. 나는 저걸 유전자 변이를 일으켜서 사람보다 크게 키운 다음 타고 다니면 어떨까 하는 생각을 하면서……(그러면 지금의 자동차가 가진 한계, 즉 판판한 도로가 있어야만 달릴 수 있는 한계를 넘어 아무데나, 심지어 거꾸로도 매달려 달릴 수가 있다! 하하하!),

바퀴와의 생활이 시작되었다…….

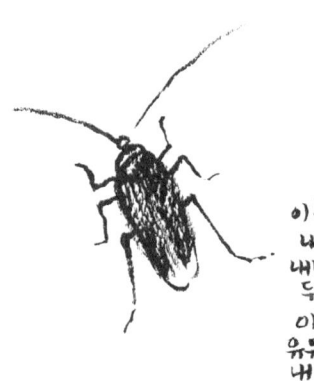

이놈이
내가
내버려
두니껀
아주
유유히
내 앞을
지나다닌다

2250에요

바퀴벌레
한마리가 뒤집어져
드러누워 있었다.
질료라 한스다. 얼굴과
다리와 가슴과 배를
그림속있는 질료의 한스
나는 재빨리 스케치북과
핸드폰 카메라를 찾았다.
그런데 이놈이 다리를 움직이기
시작하더니 절 박하게 버둥거린다
어려리? 나는 우선 사진을 몇장
먼저 찍는다냐 먼저 건지냐, 나는 약간의
장인함 (그래도 너는 곤충이니까)을 물고
찍었다가 그림을 그리기 시작했다.
조금 위던 녀석이 다시 버둥거린다.
물에 빠져 허우적 거리듯이,
나는 그림을 멈추고 뒤집어주었다.
절뚝거리며 갔다.
잘가거라.

2250 10.5

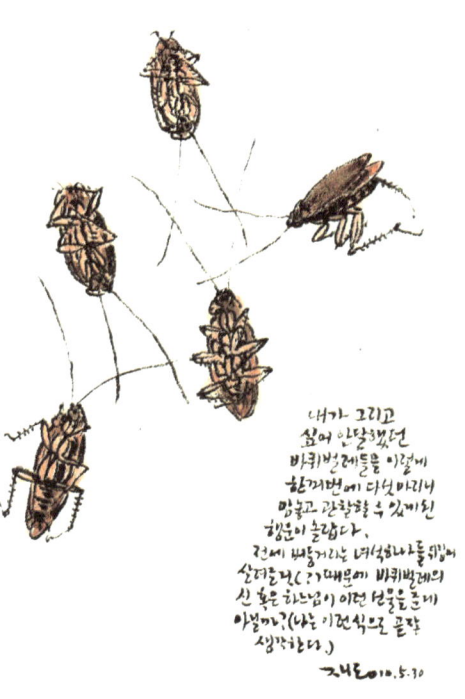

드디어
이녀석 배부분을
제대로 그릴수 있게
되었다. 죽어서 도로
누워 있기 때문이다.
곤충박사 김부희씨와 통화
했을때 얘들이 생식을
끝내고 나면 삶의 사명을 마치고
죽어간다고 했기 때문이다.
그러니까 누워서 버둥거리는
반드시 살기위해서가 아니라
정신이 들어 조금 움직여 보는
것에 지나지 않았던 것.
이렇게 누워 있는 녀석들이
다섯마리나. 발견되었는데
우선 반갑기는 하지만
이들이 퍼뜨려 놓은 새끼들이
살아날일까를 생각하면
골때가 일려온다.

내가 그리고
싶어 안달했던
바퀴벌레들을 이렇게
한꺼번에 다섯마리나
맘놓고 관찰할 수 있게된
행운이 놀랍다.
전에 버둥거리는 녀석하나를 뒤에서
살려는것(?)때문에 바퀴벌레의
신 혹은 하느님이 이런 선물을 준게
아닐까(나는 이런식으로 곧잘
생각한다.)
                  재동이.05.30

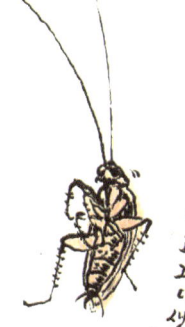

이 녀석은
드러누워 있다가
다시 꿈지락 거리더니
앞발을 흘러 다듬기를
하고 다시 더듬이를 움직이며
고개를 들고 버둥거리기를 한다
그러다 힘이 빠지면 좀 쉬었다가
다시 꿈지락거린다
생식을 마치고 남은 삶,
이것이야 말로 얘들의 여생이라고
할 수 있겠는데 비록 긴 시간은
아니지만 달콤한 안식 같은 것을
즐기고 있어보인다. 여름날 시원한
그늘 마루에서 가다가 가끔 파리때문에
얼굴을 찌푸려 보듯 말이다.

재현'o

재현에
'85.다

여생의 의미,
그러니까 생식, 종족번식
이라는 삶의 사명을 끝내고
가물거리는 이 휴식과
과보의 행복만을 즐길까 것
이것이야 말로 새로운 삶의
씨앗이 아니겠는가?
인류 역시 안정된 삶과
종족 번식이라는 사명을 위해
밤낮없이 일하다가
그것을 마치고 남은, 지난날
위한 선물의 시간에서
진정한 삶의 의미와 행복을
황홀해 버려간 하지 않는가
수컷들은 아예 생식이라는
사명을 둘째로 버리고 새로운
삶 안을 추구하지 않는가
어쩌면 이 짧은 시간이 '문명' 혹은 '문화'
라는 씨앗이 탄생을 재촉할 뿐인지도 모른다.
여생, 혹은 여가를 즐기게 하는 바퀴벌레도 상상
해볼는데 이들도 그때쯤이면 담배 한대에
외신한란 꿈 기울이고 있으리라.

그럼에도
암컷 한마리가
5백개 이상의 알주머니를
생산하고 알주머니 마다
16마리의 유충이 들기
있다는 얘기 뺀애리
1 마리가 1년에
40만 마리를 번식시킨
다는 말을 들으면 (사실
이것은 대단한 능력인데!)
불안이 급습한다 (내처지
너희를 어찌 기를수 있으랴!)
그러나 유사시건 죽이지 않고
너희들을 배 번 믿을 수 있는 앎이
있다고 하니 그걸 믿고 당분간
지켜 보는 것이다.

게다가
병균을 옮기거나
현옥의 원반가 되기도
한다네

박재동

지금
이 시간
지구상에서
누워 있는 바퀴벌레가
옴폭거리는 입을 보고 있는
사람은 나 밖에 없을 것이다.

그걸 생각하니
나자신이 한없이 자랑스럽고
사랑스럽다.

실제로 이 녀석이 드러누워
입을 옴폭거리고 더듬이와
다리를 이따금 꿈틀이는 모습을
보면 마치 어린애기가
강보에 누워 손과 발과
입을 꼼지락 거리는
것처럼 귀엽기
짝이 없다.

박재동

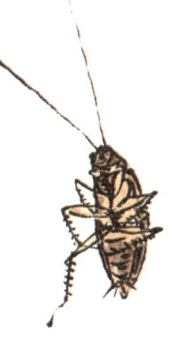

이득선 '자연대로(일렁거리)
긴장의 얘기.
그의 선배 조각가가 입으로
병상에서 죽게 되어 옆에서
보살피던 중에 거의
사망했다.
그런데 그 동생이 와서
전기충격요법으로 다시 살렸더니
그가 화를 내면서
다시는 살리지 말라고 했다는 것이다
죽음의 상태가 어떤지
짐작케 해주는 대목이다.
이러더 그런 상태로
가 있을 것이다.

재도이음

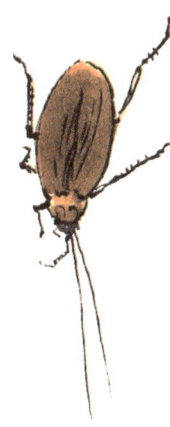

나는
죽음을 잠드는 것으로
표현하는 것을 마뜩
잖아 했다.
죽음은 잠드는 것이 아니라
또다른 차원으로 넘어
가는 과정이라고
생각했기 때문이다.
새로운 각성이기도 하다.

그러나 잠드는 것도
가능하다는 생각이 든다
무의식은 '수면'이라는
형태로 그 어떤 의식을
저장했다가 새로운
여건이 되었을 때 다시
활동을 시작할 수 있으니까
마치 조그만 씨앗처럼.
아 그걸 일러 아뢰야식(識)
이라고 하던가.

재도이음

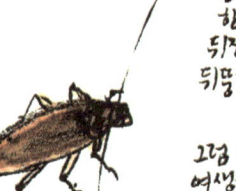

옛날에
요비가

이 세상에
가치 없는 인간은
하나도 없다 고
말했을 때

그때 나는
동의하지 않았다
어이없거나 해롭거나
무가치한 삶도 실제하며
너무 왕성하긴 시금은 비현실적
이라 생각했기 때문이다.

그런데 지금은 동의하게
된 것이 사람은 어떻든
지금 모습대로 존재할 이유와 권리가
있으며 의미와 가치역시 지금
뿐아니라 과거나 그리고 있어야할
미래까지도 품고있는 존재이기
때문이다.

재동

아! 드러워
꿈떨거리면
한 너석이 드디어
뒷걸개에 더콩대너
뒤뚱거리나마 오름씩
걷는다.

그럼 이제 부터
여생을 즐기겠거나?
아니면 다시 기운을 책아
맘것을 챘슬것인지.
아니면 조금더 굼직기다가
기진개너 짬이들건지.

재동

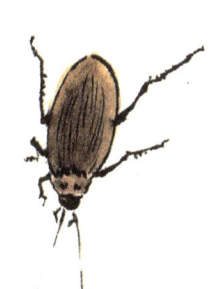

바퀴벌레에
대해 알수록
이 녀석들을 경탄의
눈으로 보게되었따

3억 2천년전의 모습을
그대로 간직하고 있을정도로
이미 오래전에 완벽할 정도의
진화를 이룩했으며
몸이. 가죽, 건선, 머리카락
까지 못먹는게 없으며
어마어마한 번식능력도 지니며
날개로 멀리까지 날수있고
갑자기 불로 켰을때 초속 150㎝
초로 달린다한다 (다른 인터넷에어는
초속 1m라고하니 150㎝가아닐까 ?)
아뭏든 그 오랜세월을 많은 것들을
불태워며 지구생명살림을 같이해온
백년호랑 같이 대견스럽다.

래도 '1급
5.30

그러나
얘는 기어이
작은 움직임
아처 멈추고
우주의식속으로
스르르
스며들었따

래도'1급

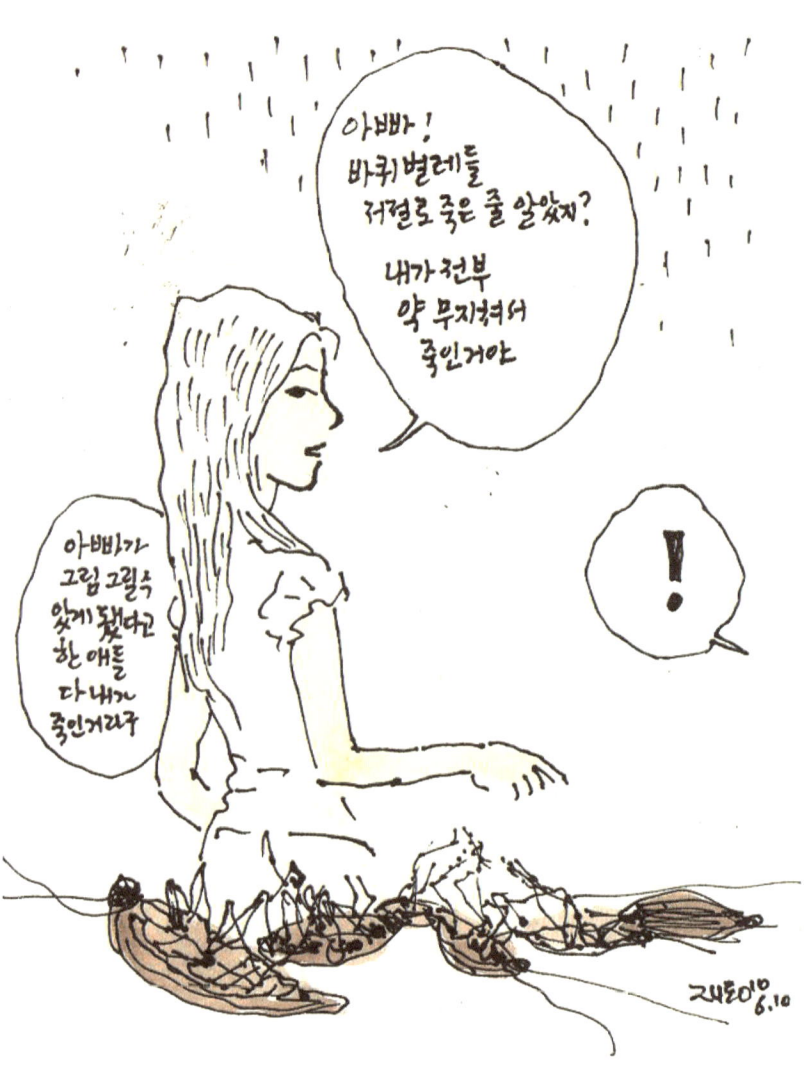

● 박재동의 손바닥 아트

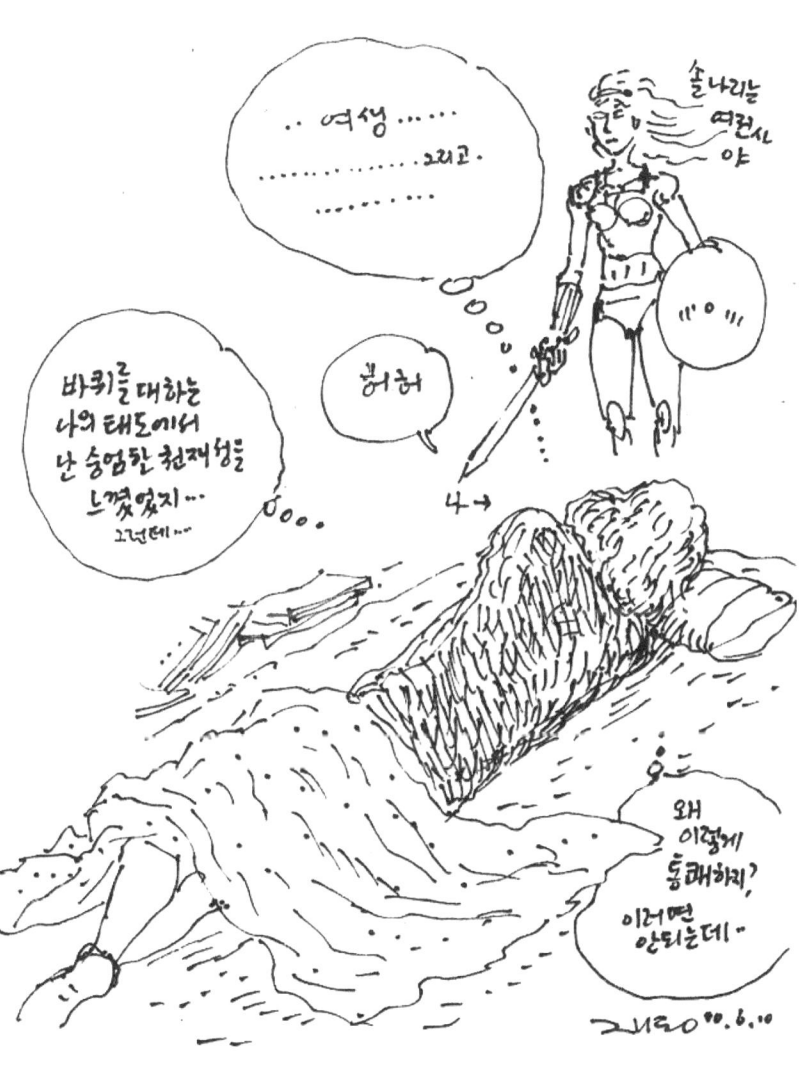

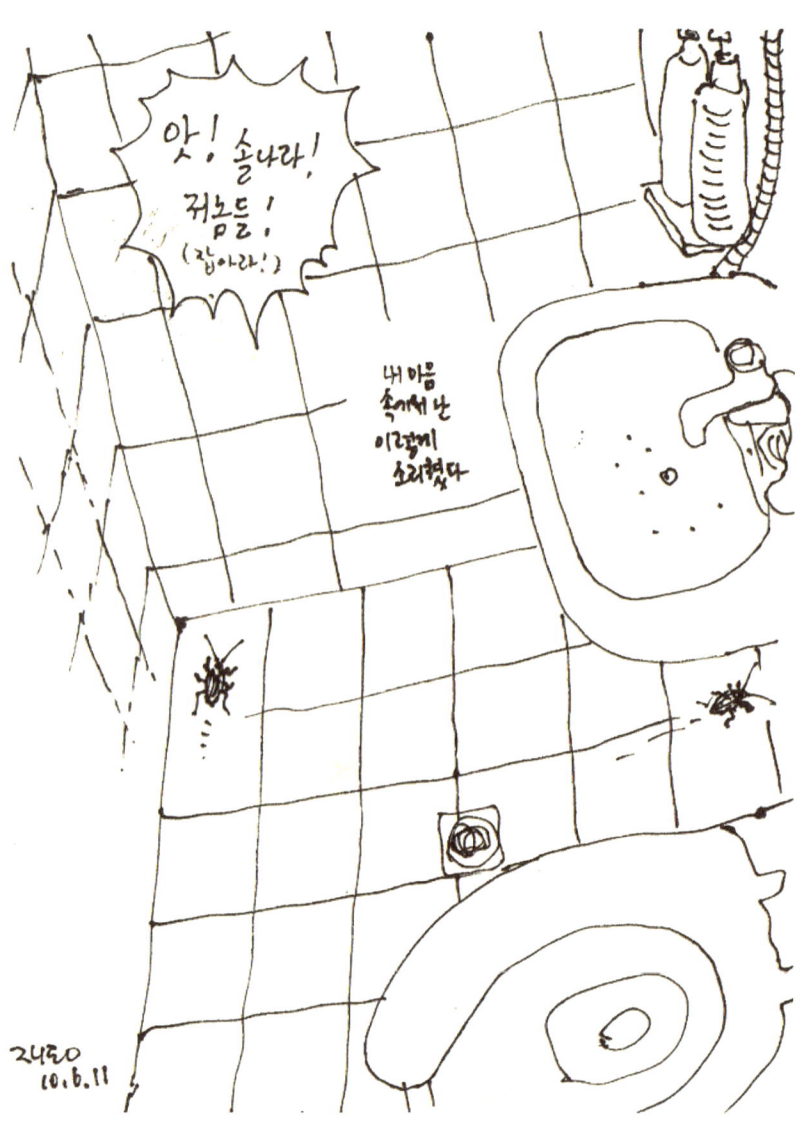

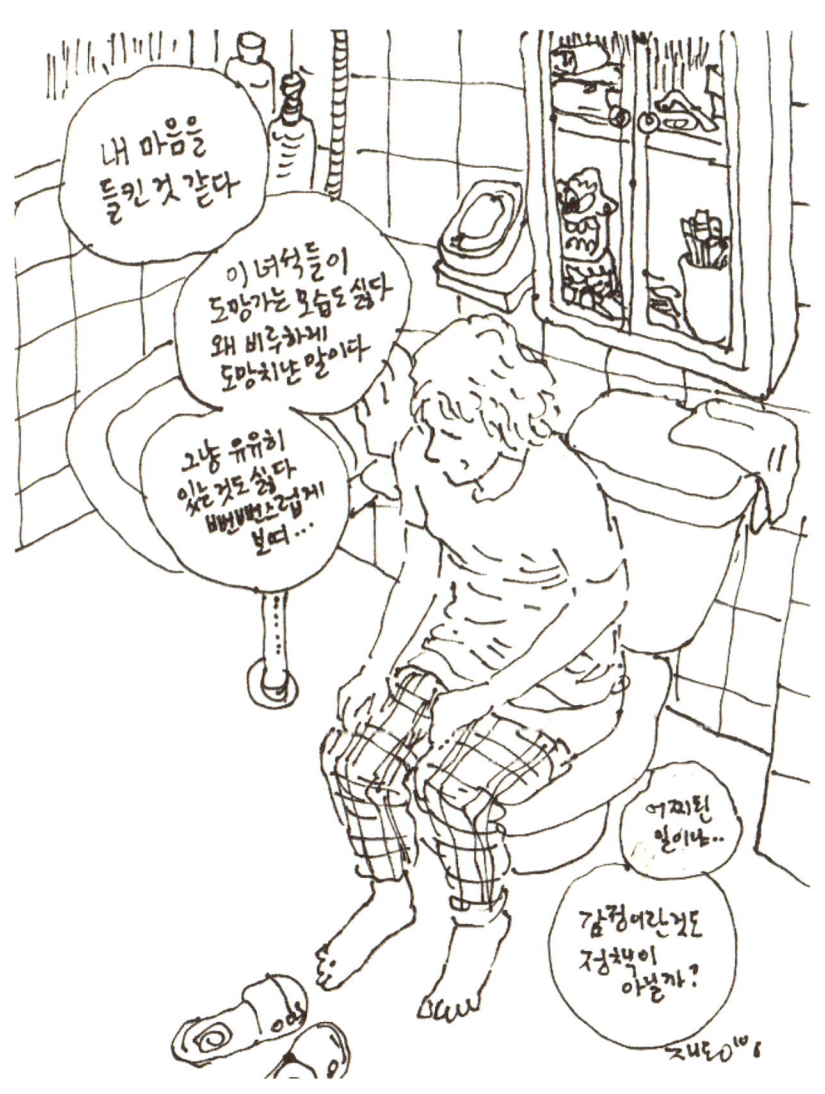

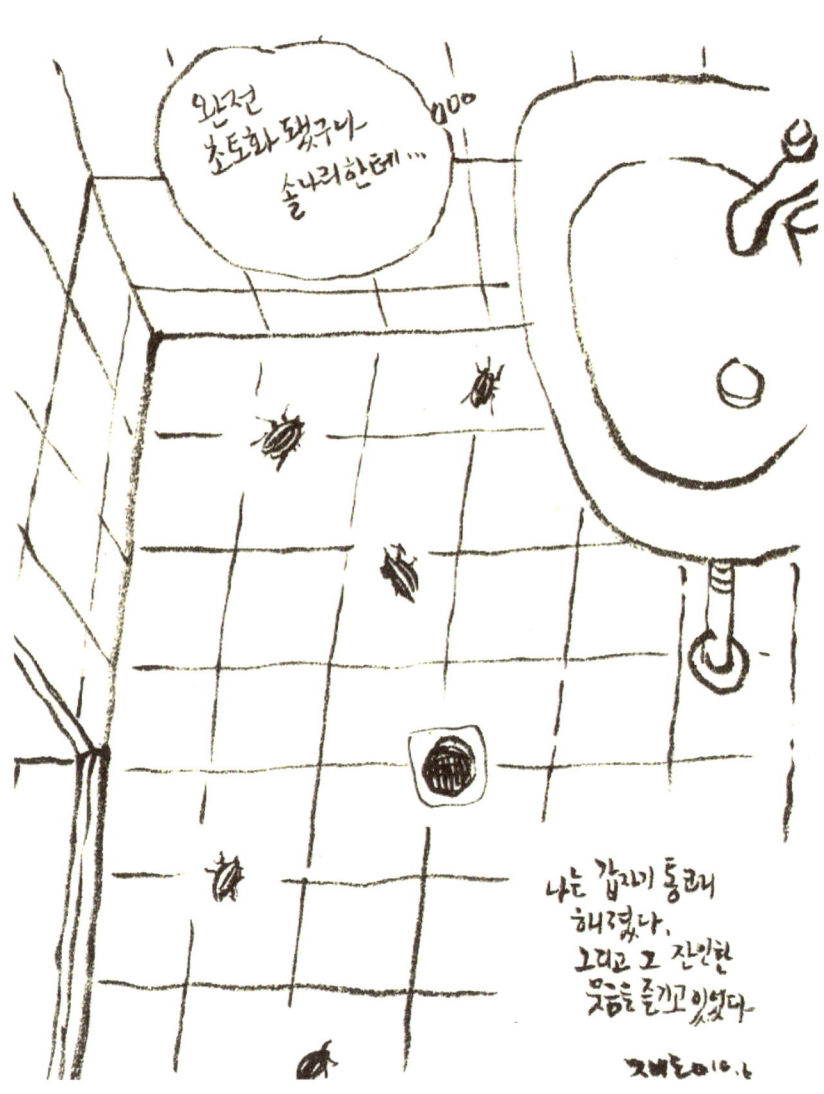

● 박재동의 손바닥 아트

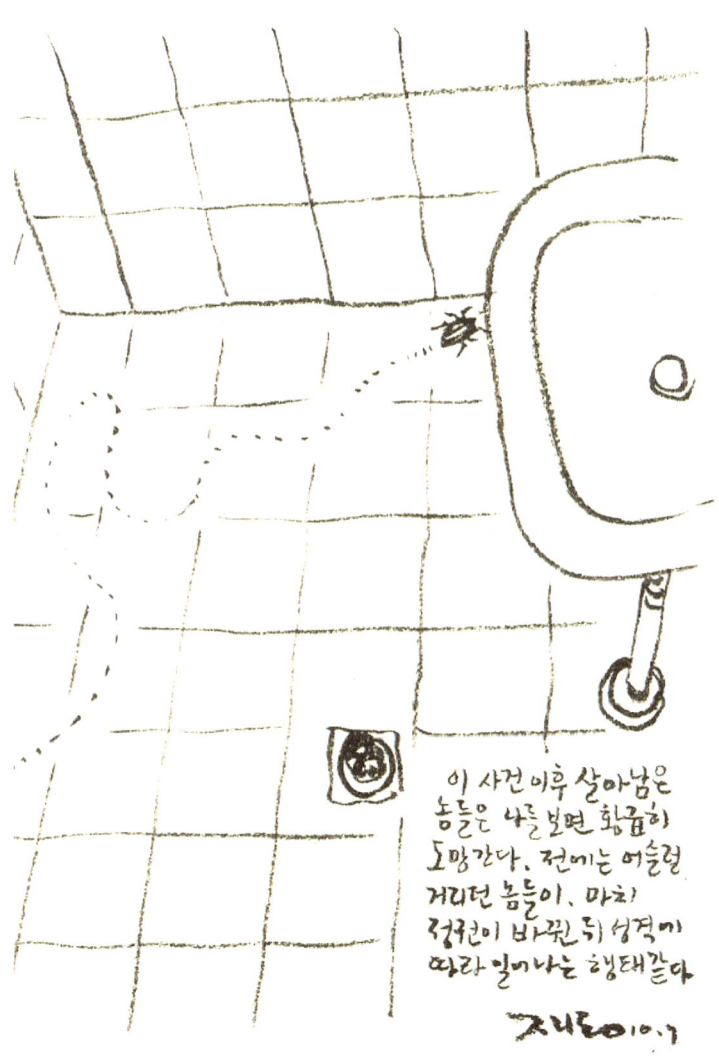

이 사건 이후 살아남은
놈들은 나를 보면 황급히
도망간다. 전에는 어슬렁
거리던 놈들이, 마치
정권이 바뀐뒤 성격에
따라 일어나는 행태같다

재형이.7

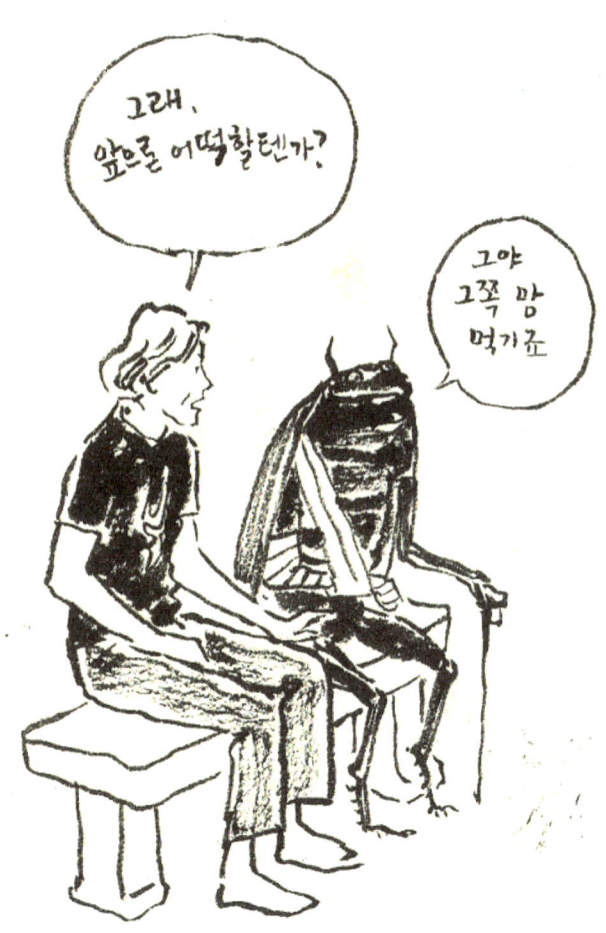

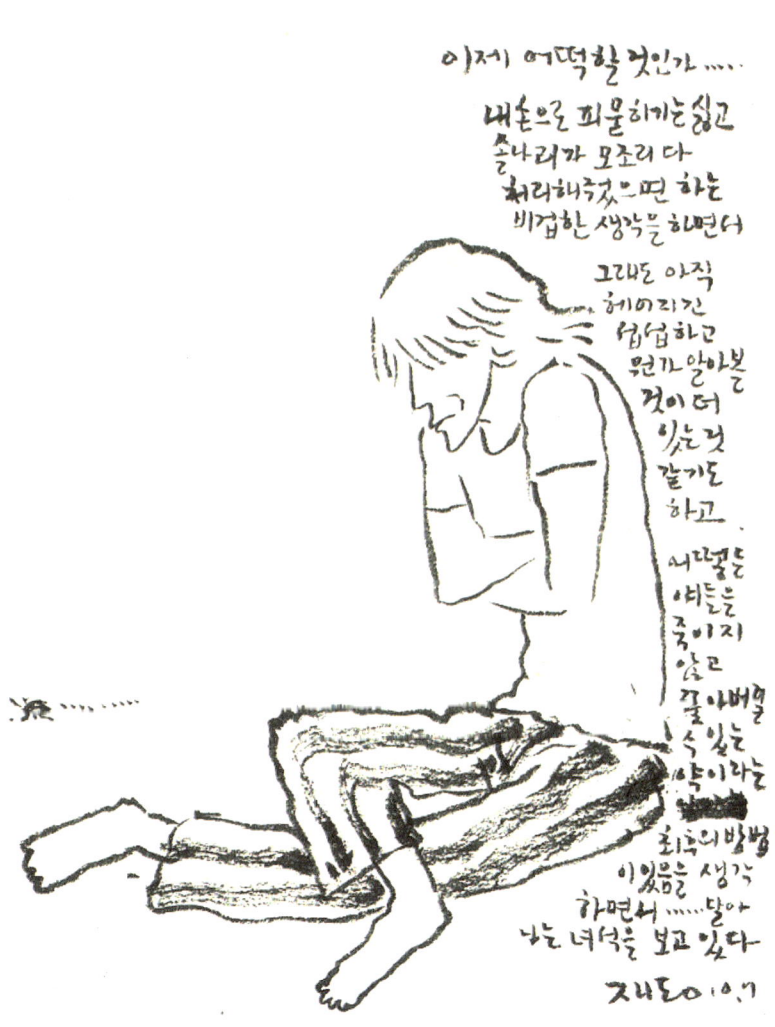

이제 어떡할 것인가......

내 손으로 피물하기는 싫고
술나라가 모조리 다
처리해줬으면 하는
비겁한 생각을 하면서

그래도 아직
헤어지긴
섭섭하고
뭔가 알아볼
것이 더
있는것
같기도
하고

어머닐
애끊는
죽이지
않고
끌어버릴
수 있는
약이라는

최후의방법
이었음을 생각
하면서......달아
나는 녀석을 보고 있다

재돈이 0.7

찌라시
아트。

나는 물건을 잘 버리지 못한다. 게다가 길가에 떨어져 있는 소위 '찌라시'들을
주워 모으는 버릇도 있다. 모든 것이 다 귀중해 보인다.
그래서 난 찌라시든 전표든 우편물 봉투이든 어디든 그리고 싶고
거기다 내 나름 재미로 작품을 만들기도 한다.
그걸 전시했더니 친구 이희재 화백이 '찌라시 아트'로 이름 지으라 한다. 재밌다.

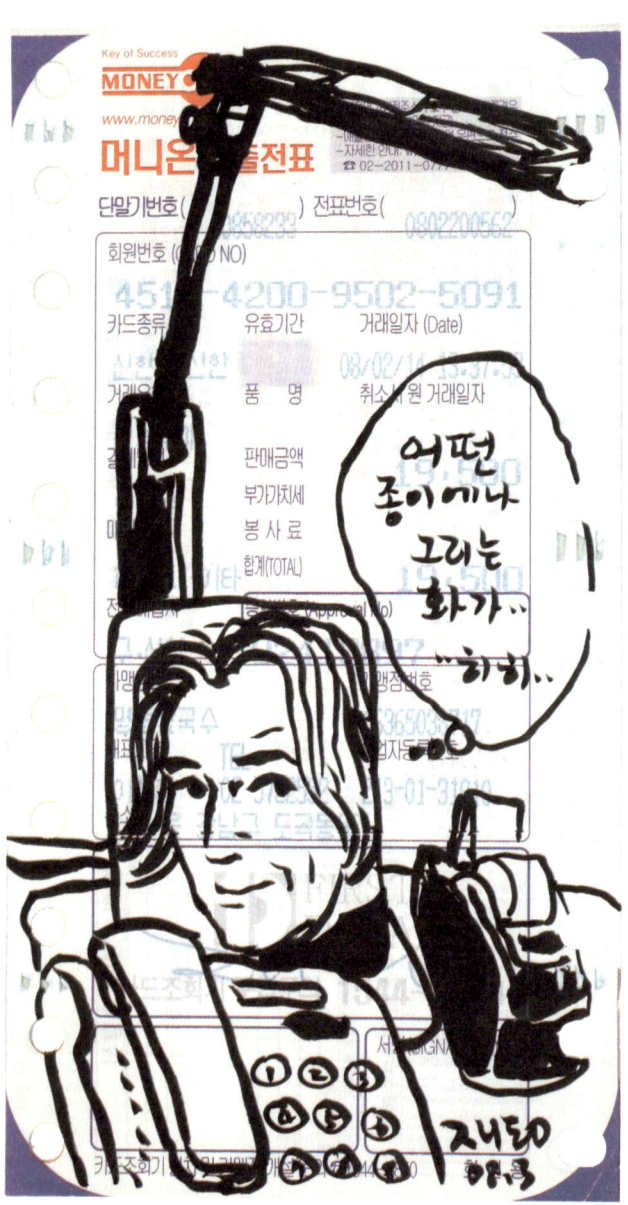

이 시대의 증언,
찌라시

나는 물건을 잘 버리지 못한다. 어렸을 때 너무도 물자가 없어 버릴 게 없던 시골 초가집에서 살아서 그럴까? 50년 전 시골에서는 정말로 버릴 게 없었다. 귀한 신문지도 화장실 휴지로 썼고 내 시험지는 할머니 담배 말아 피우는 종이로 썼다. 그 어떤 버리는 것도 거름이 되었다. '쓰레기'라는 말도 배추잎 시든 것 떼낸 '시래기'에서 나왔을 것이다. 그것도 시래기국(시락국)을 만들어 먹는다. 단 한 가지 거름으로 버리면 안 되는 것은 연 만들고 남은 대나무 빚은 것이다. 할머니가 그것만큼은 썩지 않아 거름이 안 된다며 못 버리게 했다. 당연히 불에 태워 거름으로 했다. 똥도 물론 남의 집에 가서 누면 안 된다 거름이니까.

그래서 그런지 나는 물건을 잘 버리지 못한다. 게다가 길가에 떨어져 있는 소위 '찌라시'들을 주워 모으는 버릇도 있다. 모든 것이 다 귀중해 보인다. 이것저것 그래도 만들 땐 신경 써서 만든 것인데…… 그리고 이런 물건 하나하나가 다 이 시대를 증언해주는 말인데……. 그래서 난 찌라시든 전표든 우편물 봉투이든 어디든 그리고 싶고 거기다 내 나름 재미로 작품을 만들기도 한다. 그걸 전시했더니 친구 이희재 화백이 '찌라시 아트'로 이름 지으라 한다. 재밌다.

귀하디귀한 물건

택시에 붙어 있는 이 스티커의 만화를 볼 때마다 참 귀엽다고 나는 항상 느낀다. 60년대 만화를 보는 기분이기도 하고. 어찌 모으지 않을 수 있으랴. 100년 후에는 귀하디귀한 물건이 될 것이 틀림없다.

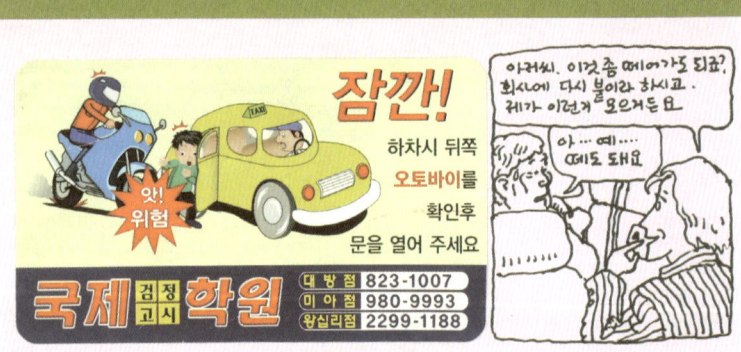

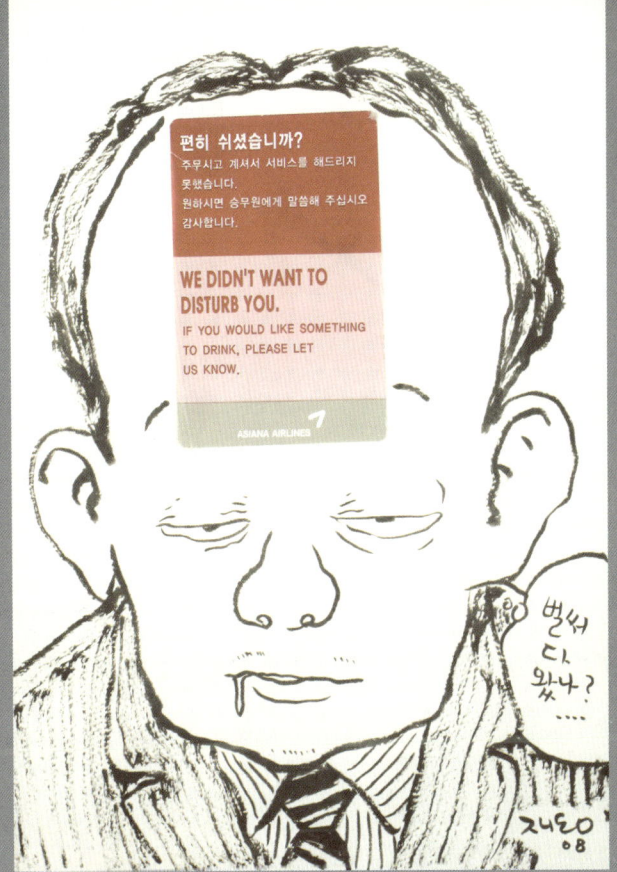

벌써 다 왔나?

비행기 타고 졸고 나면 앞좌석의 뒷면에 붙어 있는 이 스티커가
또 한참을 보게 만든다. 음료수가 지나갔구나…… 음…… 그리
고……. 어디엔가에 쓸 스티커인데 우선 이 그림으로 워밍업을 해
본다.

인사동
사동면옥

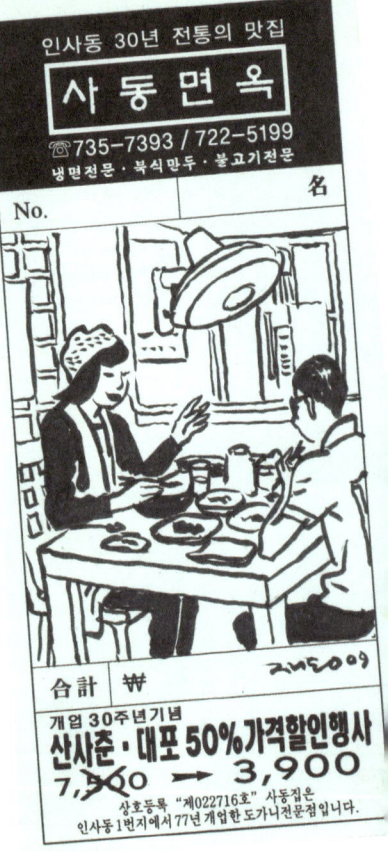

오래전부터 우리 그림쟁이의 나와바리 인사동.

나의 삶이 많이 묻어 있다.

80년대 민중미술의 아지트 그림마당 민,

뒷풀이 장으로 맨날 가던 부산식당, 그 아저씨도

벌써 늙어 돌아가셨지.

돌아가신 오윤 형, 얼마 전 위 수술을 한 용태 형,

재환 형, 정헌이 형, 성완경 선생, 옥상 형, 정기 형,

요배, 안창홍 등등이 출몰하던 곳,

이따금 술취한 여운 형이 "야! 박재동!" 하며 날 부르

던 곳.

요즘 가끔 들리는 토포하우스,

인사동 입구의 초상화 그리는 허산 씨,

나랑 친한 관상 보는 한성호 씨,

내 그림이 걸려 있는 인사동 입구 화장실……

지금은 점점 갤러리가 음식점에 물러나고 있는 추세이지만

그래도 이곳은 내 맘이 편한 곳.

그중 사동면옥의 이 계산서는 그림 그리기 딱 좋다.

그리고 난 뒤 기분이 좋았다.

두둑한 화첩 쇼핑

서양인들이 도저히 생각할 수 없는 스케치북이 바로 중국제 화첩인데 길게 폈다 접을 수 있는 병풍을 생각하면 된다. 한 페이지씩도 그리면서 길고 긴 그림을 연속으로 그릴 수도 있으니까. 이희재 씨가 매우 즐겨 사용하고 나도 꽤 많이 사용한다. 그런데 요즘은 질 낮은 것들도 중국에서 만들어 공급하니 조심해야 한다. 나도 한번 크게 당한 적이 있다.

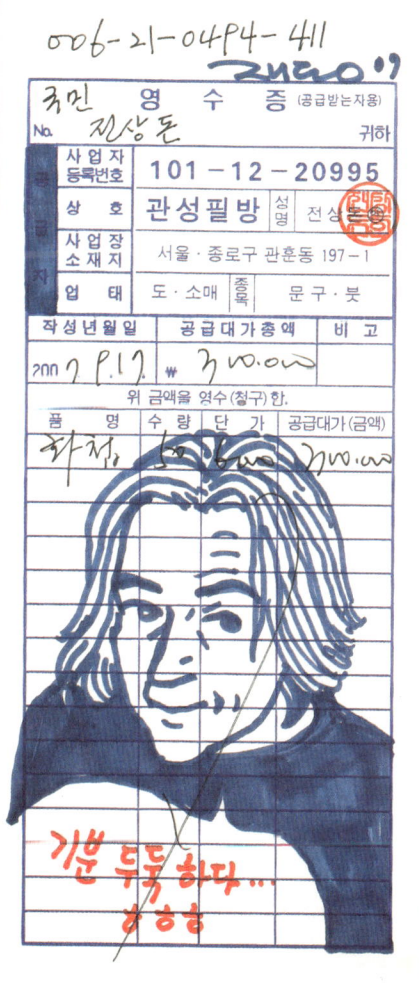

이 중국제 화첩은 참말 편리하고 매력적이다.

인사동을 돌아다니며 뒤엉 뜨엉 사다가 관성필방에서 아예 50권씩 사버렸다. 거의 다 쓰고 이번이 두번째. 8,000원씩 받는 걸 6,000원에 해 주고 보내 주기 때문이다.

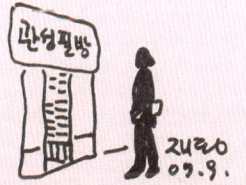

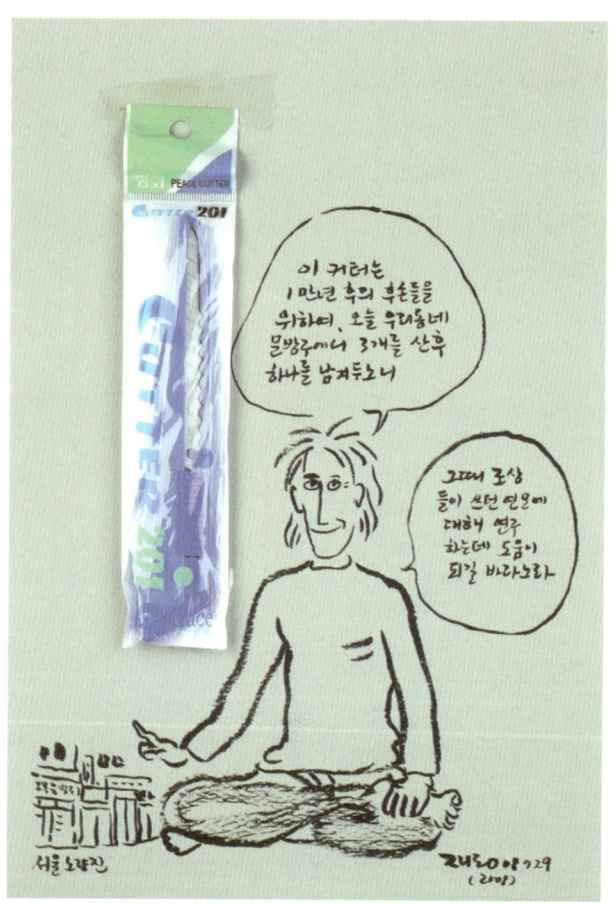

만 년 후
후손을 위하어

아예 우주선에 지구의 문명을 소개하면서 보내는 건 어떨까……ㅋ.

나는 또 명란젓갈통을 남겨서 삼 만 년 후 후손들에게 전해주고 싶다.

개봉해서 연구하길 바란다.

미치겠다

처음엔 계좌 거래명세표에 쓴 돈이 너무 많아
계산이 틀렸을 거라고 확인을 해봤지만 한 번
도 틀린 적 없어 무조건 믿게 된 지 오래…….

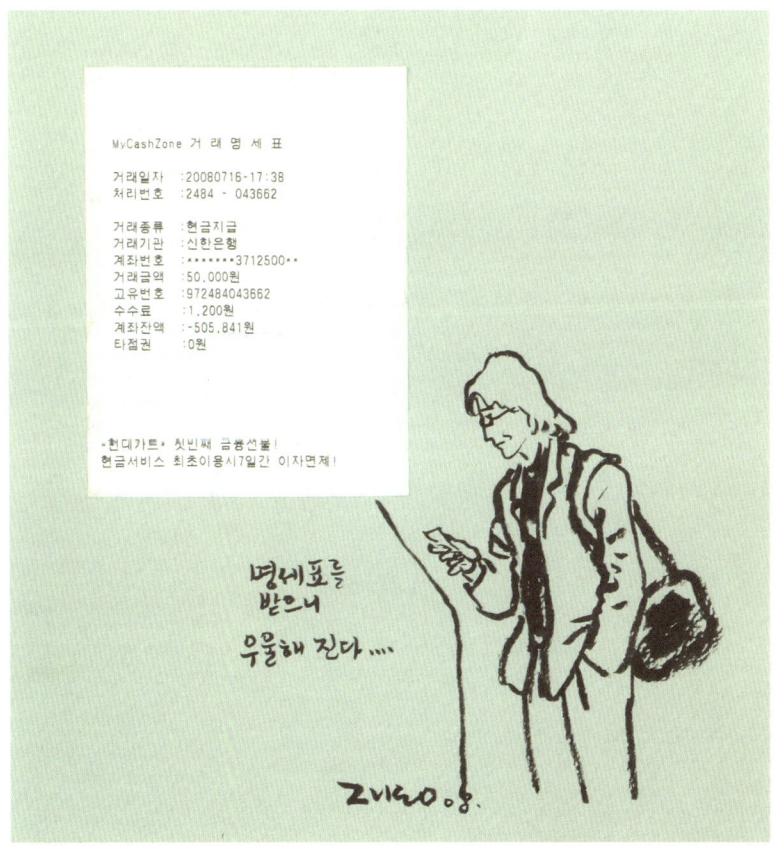

MyCashZone 거 래 명 세 표

거래일자 : 20080716-17:38
처리번호 : 2484 - 043662

거래종류 : 현금지급
거래기관 : 신한은행
계좌번호 : *******3712500**
거래금액 : 50,000원
고유번호 : 972484043662
수수료 : 1,200원
계좌잔액 : -505,841원
타점권 : 0원

·현대카트· 첫번째 금융선물!
현금서비스 최초이용시7일간 이자면제!

명세표를
받으니
우울해 진다....

ZviGO.o8.

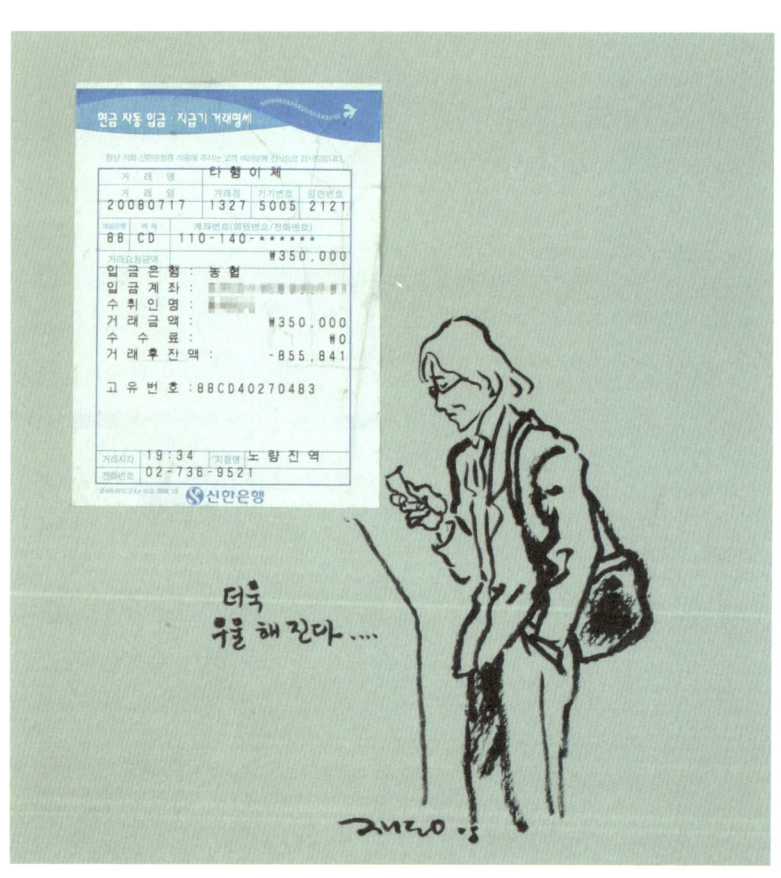

더욱
우울해진다.....

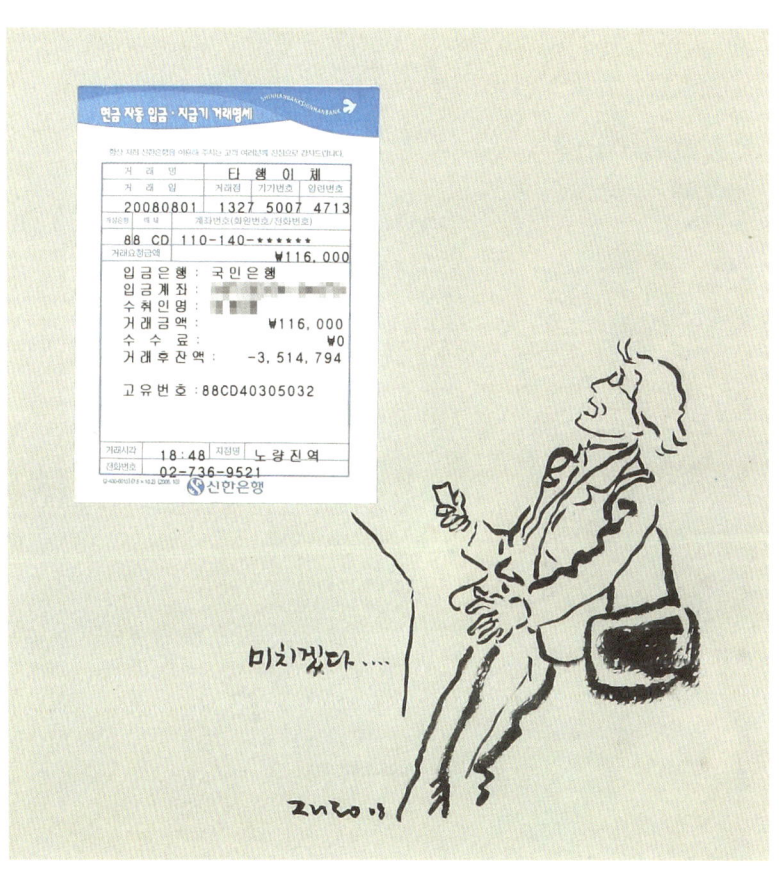

그림일기

처음에는 일기를 하루 일과를 마치고 썼는데 정리할 시간도 없고 해서
에라 그때그때 쓰자며 실물을 붙여 쓰기고 하고, 어떤 땐 실물 위에 글을 써 붙이기
도 하여 '사물일기'라고 이름짓기도 했다.
이건 사물이 개입된 그림일기라고 해야 할까?

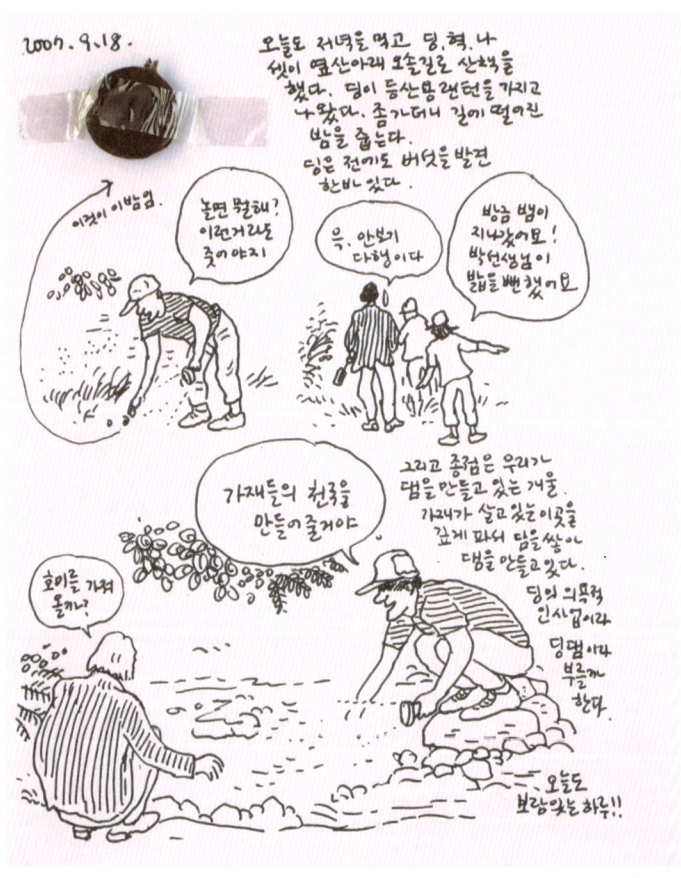

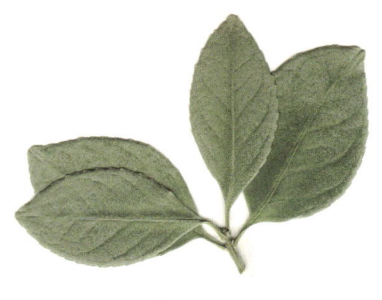

- 새로나온 사철나무 잎사귀야
  (네 모양이) 너무 예뻐 그러는데
  좀 끊어가도 되겠니?

- 괜찮아요.

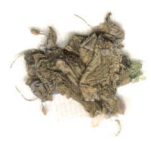

- 시들어버린 진달래 꽃잎아.
  너는 이게 떨어질 때가 지났으니
  내가 따 가져도 상관없겠지?

- 싫어요, 이런 모습은.

04518
오늘입지.

사철나무 잎사귀와
진달래꽃

환하게 핀 장미꽃을 어떤 남자가 꺾어 사랑하는 여인에게 주었다. 여인이 기뻐했다.
장미꽃은 좋아할까 싫어할까? 환하게 핀 진달래꽃을 어떤 학생이 선생님에게 꺾어
주었다. 진달래꽃은 어떨까?

내가 있는 한국예술종합학교 길가에 핀 진달래꽃과 새로 돋은 사철나무 잎사귀다.
마치 에나멜을 먹인 것처럼 반들반들 윤이 나는 그 새잎을 보면…….

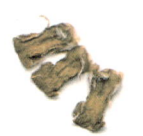
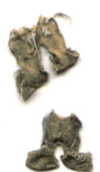
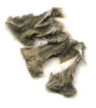
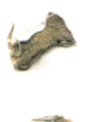

떨어진
간꽃 어머니의
넓고 깊더니

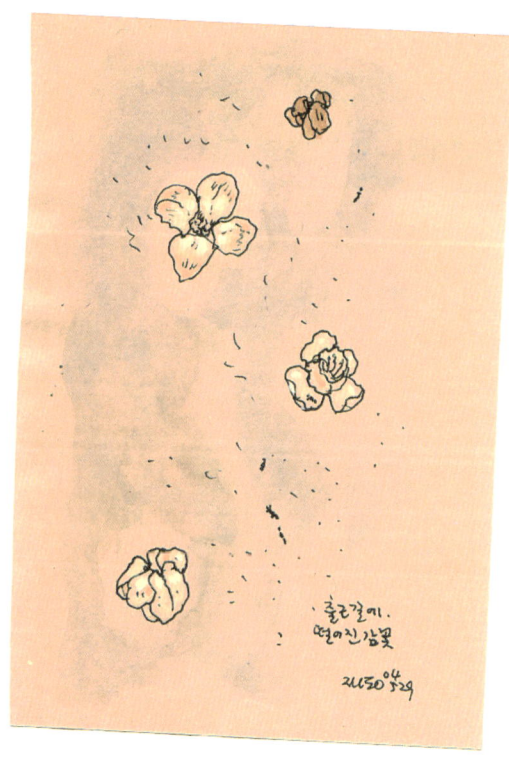

산보길에
떨어진 감꽃
2650 04 29

출근길 떨어진 감꽃

나는 감꽃을 좋아한다. 어린 시절 초가 담장 아래 감나무 그늘에 앉아 놀 때 떨어진 감꽃을 주워 실에다 꿰어 목걸이를 만들며 놀았다. 감꽃이 약간 시들면 색깔이 변해서 약간 단맛이 난다. 그늘 아래 그 놀이는 얼마나 달큰했던가! 이 서울 노량진의 주택가 골목에 감나무가지가 휘어져 나와 거기서 감꽃이 떨어지면 그 앙증맞은 감꽃이 그렇게 귀엽고 반가울 수 없다. 감꽃이 떨어지고나면 어린애같이 조그만 감이 맺혀 있다. 떫은 맛조차 아직 들지 않은. 아, 요즘 아이들도 어릴 때 이 감꽃과 친하면 얼마나 좋을까!

솔나리 카네이션

내 눈엔 모든 물건들이 더없이 소중해 보인다. 들판에 마구 흩날리는 마른 나뭇잎 하나하나도 한 해를 자라면서 역할을 끝낸 소중한 생명이듯이 과자 포장지나 중국집 전단지 하나하나도 살아가기 위해 나름대로 최선을 다해 만든 물건들이기 때문이다.

하물며 딸이 내게 보낸 카네이션이랴! 카네이션은 말라 오래 간직하기 어려워 그림으로 간직하고 싶었다. 그래도 잊지 않고 어버이날에는 뭔가를 해주려는 솔나라 고맙구나.

전에 네가 초등학교 3학년 무렵에 입던 빨간 스웨터를 지키지 못하고 버려지게 한 게 지금도 아깝다. 내 중·고등학교 교복이 남아 있지 않은 게 아쉽듯이 그 스웨터도 나중에 볼 때 얼마나 소중한 물건이겠느냐. 사진이랑 또 다른 방법으로 과거를 간직하는 방법인데 말이야…….

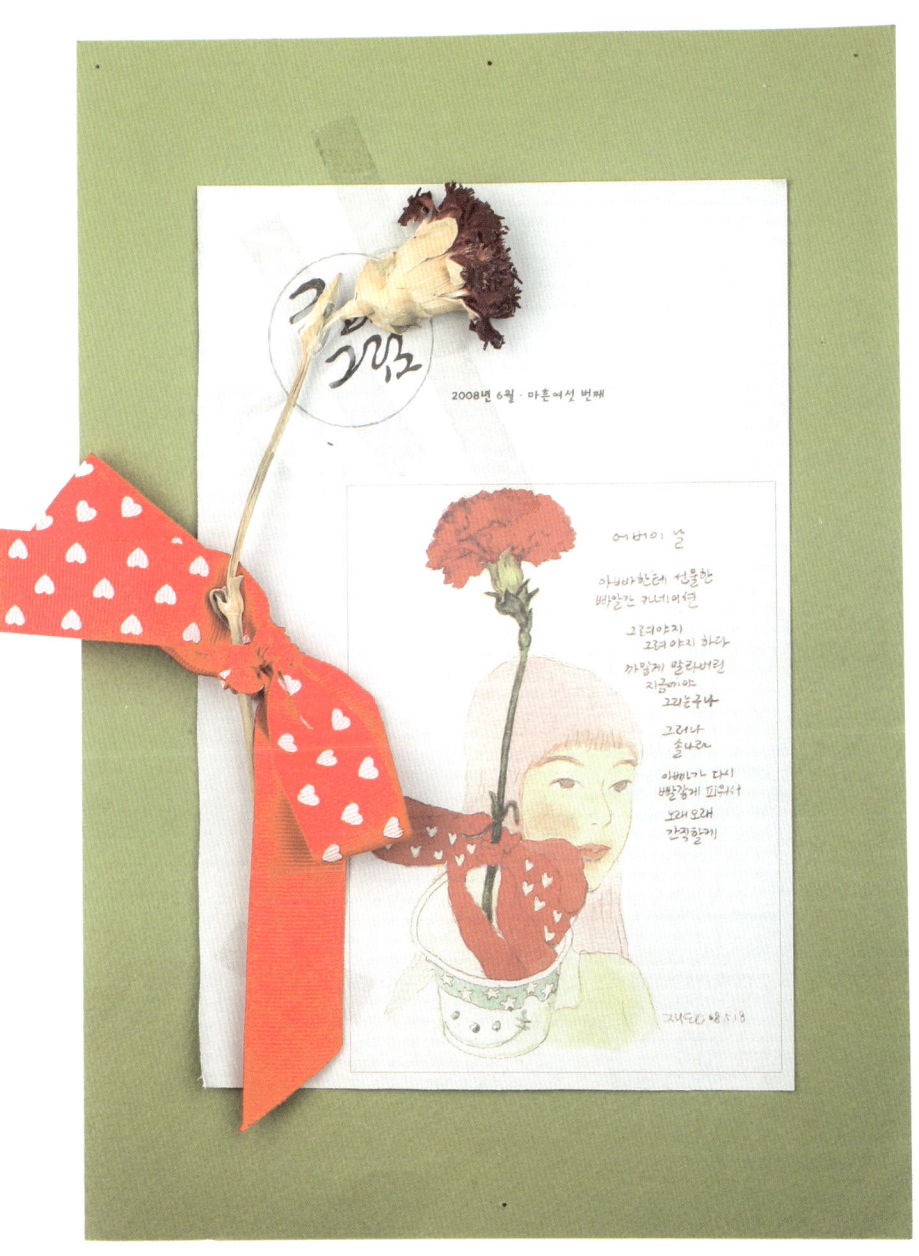

2008년 6월 · 마흔여섯 번째

어버이 날

아빠바한테 선물한
빠알간 카네이션

그리다말지
그러지마라

까밀치 말라버린
지금에야
그립는구나

그러나
좋나라

아빠가 다시
빠알갛게 피워서
오래 오래
간직할게

그려동 08·5·13

시인이 꽂아둔
카네이션

꽃 못 버리기는 여기서도 마찬가지. 광화문 광우병 촛불집회 때 전경버스에다 시인이 꽂아둔 카네이션을 나는 이렇게 보관한다. 아마도 시인이 전경에게 선물한 꽃은 세상에 없지 않을까…….

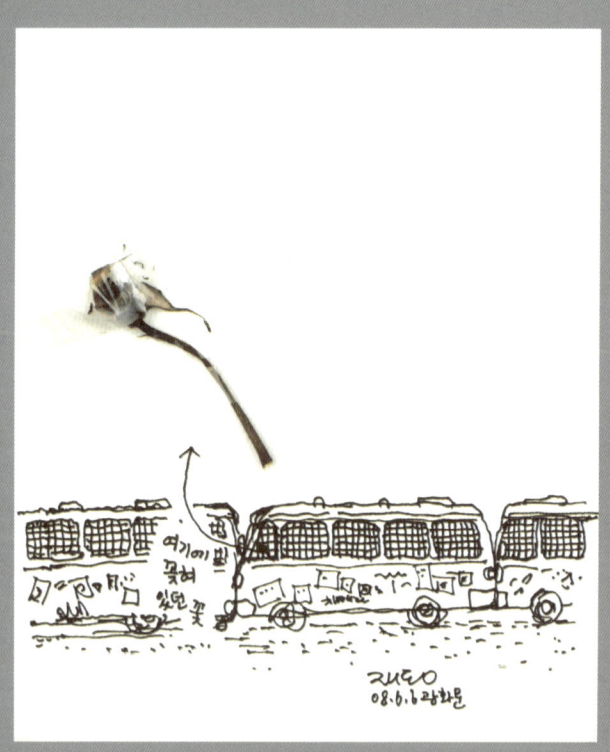

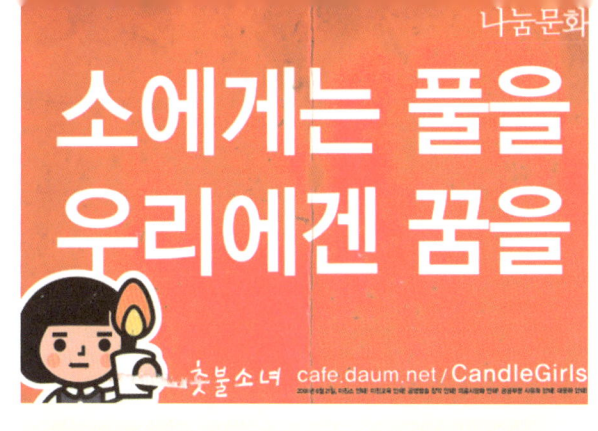

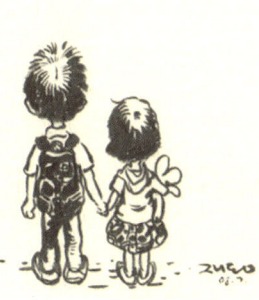

내 꿈의 하나

전번 촛불집회 때 주운 홍보물로 만든 것이나. 내 꿈 중의 하나는 학교 수업에서 오전에는 기본 학과목을 가르치고 오후에는 모조리 특기 적성 교육을 하는 것이다. 독서, 음악, 연극, 영화, 그림, 요리, 만화, 각종 운동, 시·소설 쓰기, 컴퓨터 프로그래밍, 과학, 역사, 영어, 수학……. 강사는 해당학과 대학 졸업생으로 뽑아 청년 실업을 해결한다.

경쟁력이 떨어지지 않겠느냐고? 1996년부터 10년간 우리나라 반도체 총 수출액이 231조 원인데 조앤 롤링 혼자 쓴 『해리 포터』가 소설, 영화, 캐릭터로 번 돈이 308조 원이란다. 미래는 멋지고 행복하고 가치 있는 꿈이 경쟁력이라면 경쟁력인 시대이다. 영어, 수학, 국어 위주이 교육과 시험으로는 꿈은커녕 경쟁력도 없다.

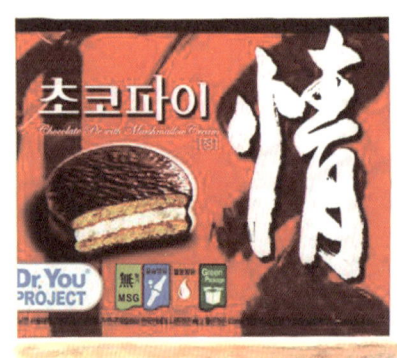

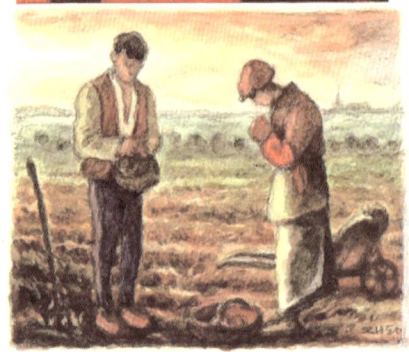

情

여기저기 굴러다니는

A4 복사지가 북에서는 너무도 귀해

돈 대신 쓰인다고 한단다.

개성 공단 초코파이는 먹기 아까워 집에 가져가

부모님께 드린단다.

그렇게 어려우니 공포감이 강한 대신

가진 게 없으니 잃을 것도 없어 막나갈 수도 있는 것.

북이 세게 나오는 것은 강해서가 아닌 거지.

궁지에 몰려 그런 것 버릇 고치려다 비용이 더 커진다네.

어려울 때 주어야 정이 생기는 법

딴 곳으로 새기도 하지만 받은 마음은 어디 가지 않으니.

정이 있으면 일이 쉽고 없으면 일이 꼬여

끌려다니지 않겠다고 하다 더 끌려다닐 수도 있지 않은가.

어려운 때, 다독거리며 작은 정이라도 회복하여

남북 모두 안정되기를 기도해보네.

● 박재동의 손바닥 아트

캬! 시원하다

내 소망 중 또 하나는 우리나라에 생활사 박물관을 만드는 것이다. 크기는 상암운동장만 한 것을 여러 개. '생활사 박물관'하면 사람들은 후세에 남길 만한 품격 있고 그럴듯한 것을 모아 놓는 곳으로 생각하기 쉬운데 내 생각은 많이 다르다. 내 눈에는 평소 지천으로 흔해서 보관할 만한 가치가 없다고 생각되는 찌질하고 시시한 우리 생활에 쓰이는 그 모든 것들이 다 소중한 것이다. 나는 그런 것들을 부끄럽게 여기지 않는다. 마치 지천에 피어난 들꽃처럼 내게는 귀한 것들이다. 이것들을 다 모아놓으면 얼마나 좋을까? 우리는 거기서 우리 삶을 추억하고, 연구하고, 미래를 예측하고 만들어낸다. 그 모든 시시한 것들을 소중히 여기면 그만큼 시시해 보이는 우리의 삶도 소중해질 것이다. 나는 그것을 우선 내 손에 잡히는 대로 모아야겠다 생각했고, 기왕 모으는 거 뭔가 사연을 넣으면 더욱 의미 있게 그것을 보게 되지 않을까 하여 이렇게 만들어본다.

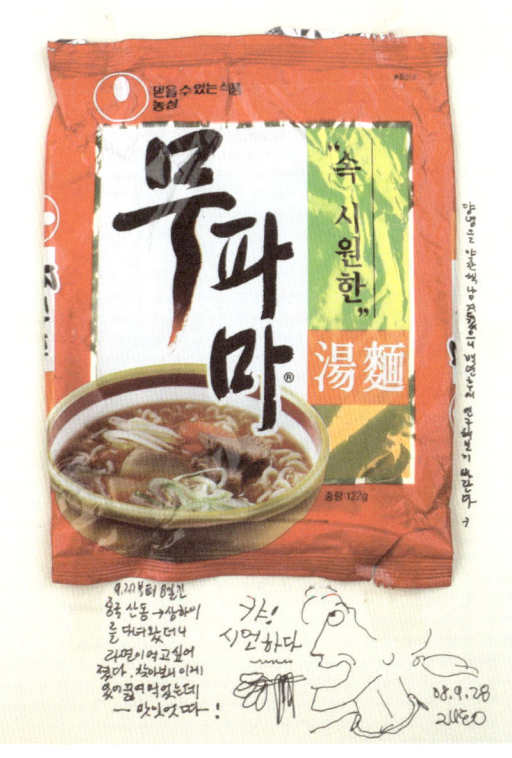

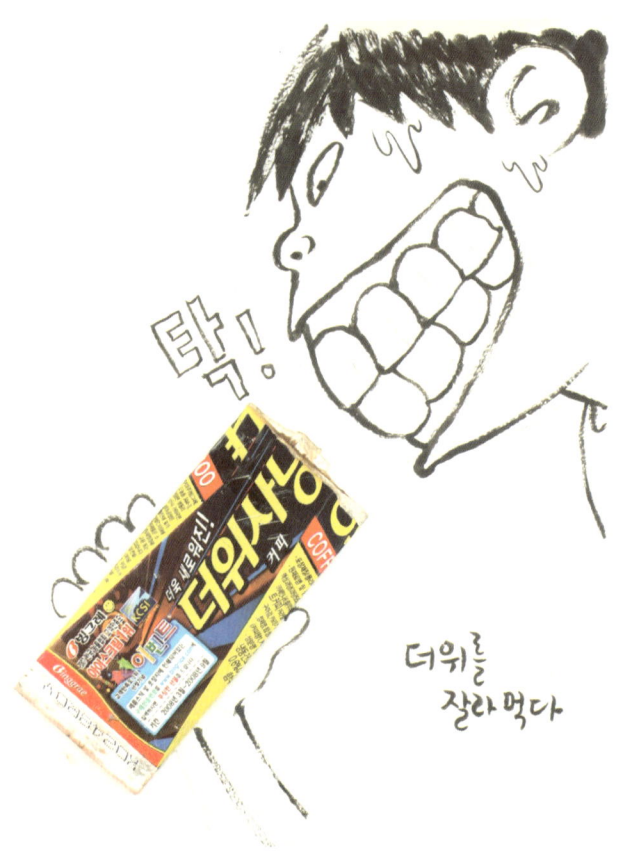

탁!

더위를
잘라먹다

더위를
잘라먹다

긴바닥에서 주운 아이스하드 껍질이다. 흙이 많이 묻어 있기 마련이다.

히히

이것도 그냥 그래서 이런 장난을…….

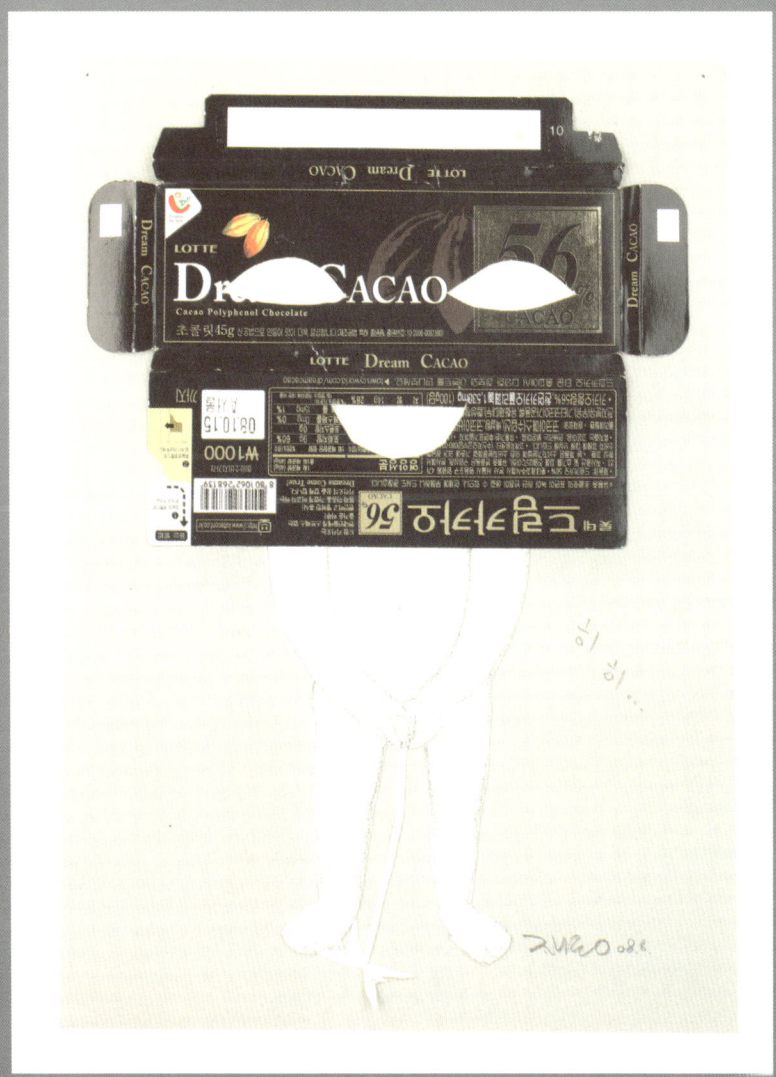

해로운 것이 맛있다

누군가가 말했다. 몸에 좀 해로운 것이 맛있다고. 튀김 또는 도넛 같은 게 그런 것이다.

해롭다기보다 튀김은 기름이 너무 많고 도넛은 설탕이 너무 많다는 이야기다.

나는 조미료 치지 않은 천연식품을 좋아한다. 속이 편해 마땅히 많이 먹어야 한다.

그런데 이따금은 약간 해로운, 이런 맛있는 것들도 먹어주는 것을 좋아한다.

어떤 때는 도넛, 어떤 때는 초콜릿과 달디단 샌드.

가끔씩 왕창 먹고 후회하고 배 나오고,

그러다 또 먹고…… 또 후회하고…… 또 먹고…….

이것이 나의 인생…….

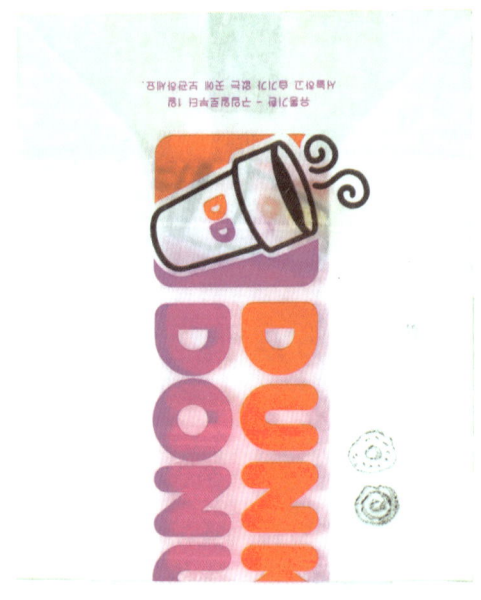

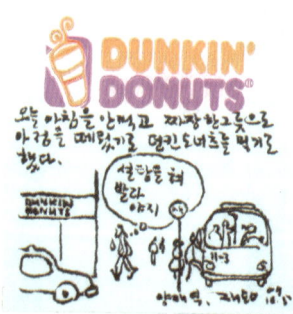

몸에 조금 해로운게 맛있다.

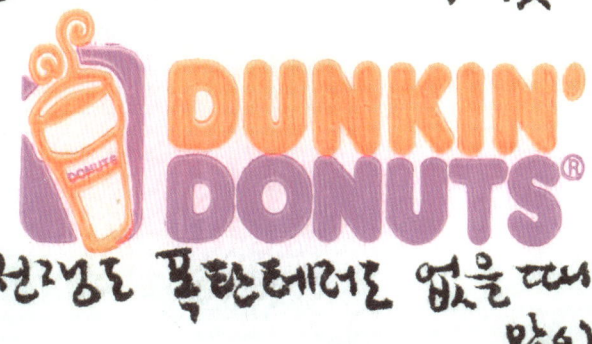

전쟁도 폭탄테러도 없을때
많이
먹자

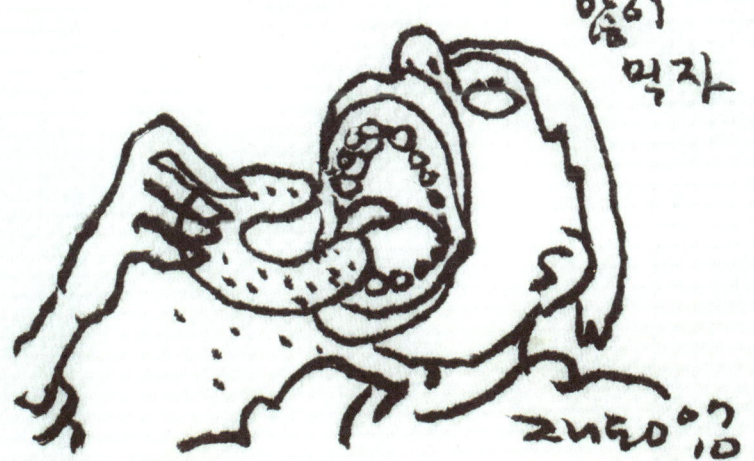

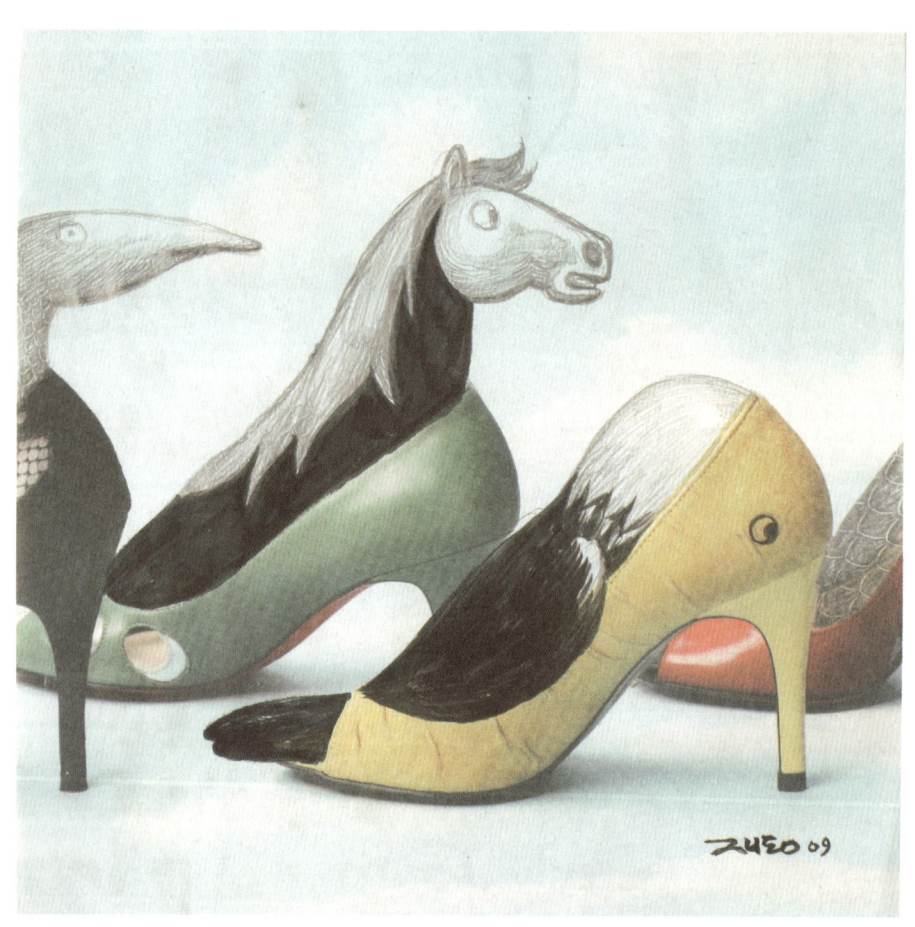

구두의 변신

광고 사진에 그냥 재미로 그려본 것이다. 별짓을 다 한다. ······ㅋㅋ

나만 빼고 ㅎㅎ

나는 신문이나 잡지 등 사진들을 보면 그냥 버리기 아까와 한다.
뭔가를 더하면 재미난 것이 될 텐데…….
사람을 그릴 때 특히 주의해야 할 점은 주름살과 머리 부분이다.
그림을 받아 보는 사람은 주름살을 보고 내가 이렇게 늙었나, 생각을 하게 되는데
주름살은 조금만 그어도 엄청 늙어 보이기 때문에 매우 조심해야 한다.
특히 머리 부분은 더 예민하다. 어떤 사람은 아예 좀 손을 봐 달라고 한다.
그러면 견적이 좀 나온다며 손을 봐준다.
옛날엔 뭐 늙으면 늙는 대로 빠지면 빠지는 대로 살지 했는데
내가 당해 보니 그렇지 않다.
머리가 슬슬 빠지기 시작하니 신경이 쓰인다.

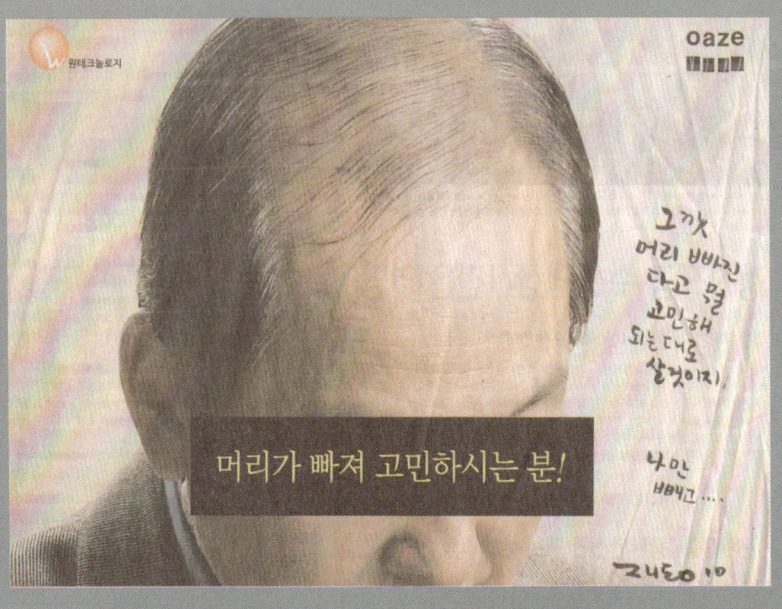

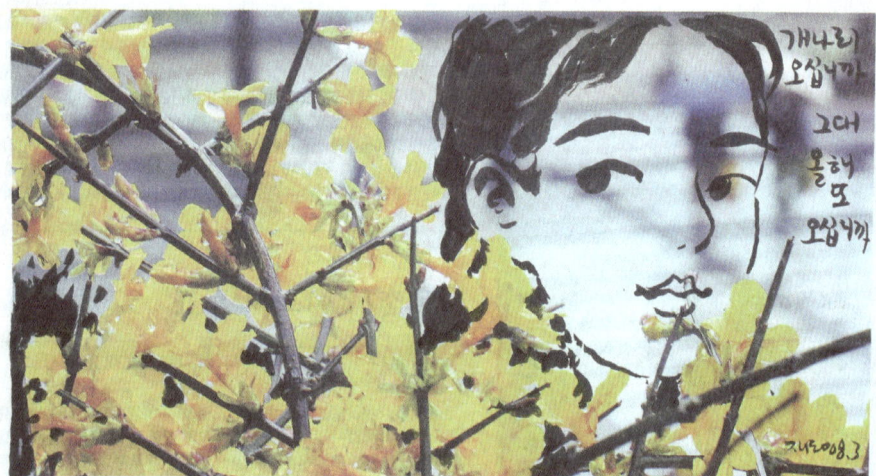

비 머금은 개나리 온 나라에 촉촉한 봄비가 내린 23일 오후, 서울 마포구에 봄의 전령시인 개나리가 피어 단비를 흠뻑 머금고 있다. 기상청은 "주중에도 기압골의 영향을 받아 한두 차례 비가 오겠지만, 주말에는 날씨가 개면서 완연한 봄을 느낄 수 있겠다"고 전했다. 이종근 기자 root2@hani.co.kr

개나리 오십니까

해마다 봄이 되면 오시는 손님, 우리들의 님.

개나리, 진달래, 매화, 벚꽃······.

아, 이들이 떼지어 몰려들면 그래 어쩌란 말이오! 어쩌란 말이오.

욕망 사이를 걷는다

길에 떨어진 찌라시들을 줍다보면 우리 사회의 하수구처럼 그 욕구와 절박한 필요성들이 길 위에 흐르고 있음을 볼 수 있다. 우리는 이것들을 밟고, 혹은 그 사이로 걷는다. 몇십 년후에 지금의 도시 모습을 한눈에 보고 싶으면 이것들을 보는 것이 필수이다.

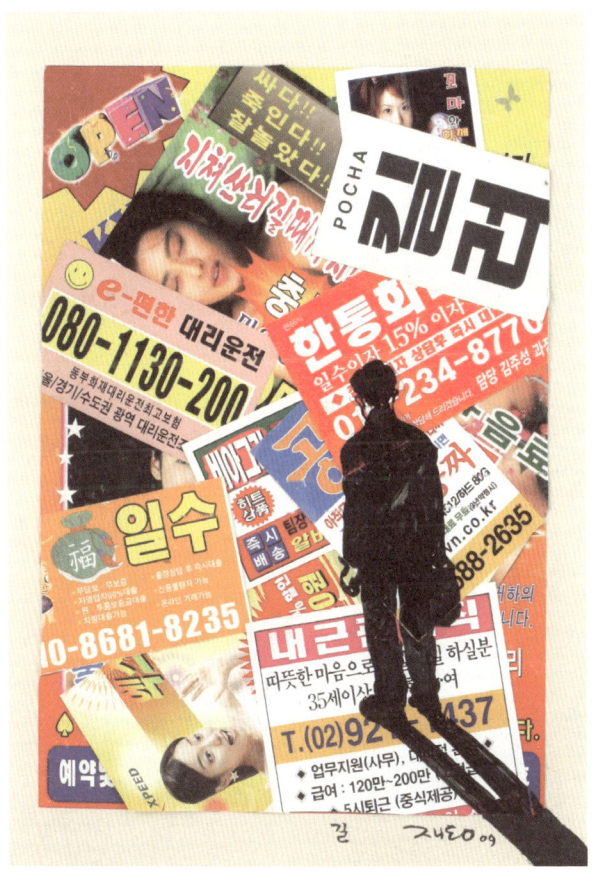

풍덩!

일본에 진출하여 우리나라 만화가들 작품을 일본 잡지에 연재시키고 있는 만화기획자가 그 잡지를 매달 보내주는데 거기엔 반드시 이런 사진들이 함께 있다. 그냥 지나칠 수 없어 또 한 붓질…….

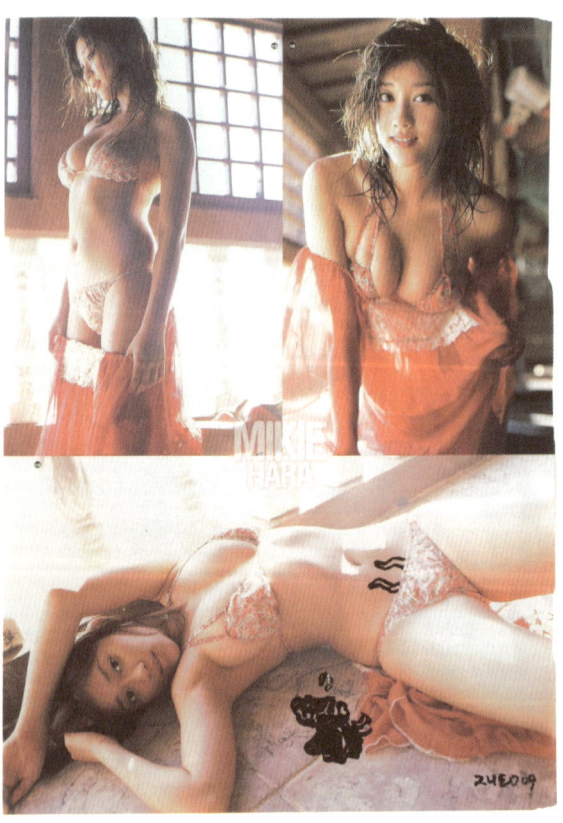

● 박재동의 손바닥 아트

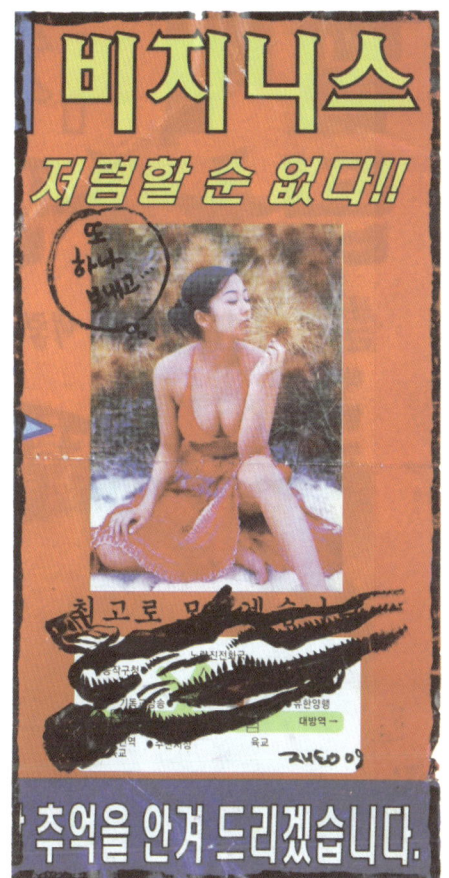

또 하나 보내고

몇 년 전 홍대 앞 상상마당에서 우리 '달토끼' 모
임 전시회를 했다. 나는 이런 전단지와 휴지 포
장지 등등에 그림을 그려서 전시를 했는데 다
들 좋아했다. 이희재 씨가 '찌라시 아트'라 이름
을 붙여준 것이 이때이다. 이 그림에서 보낸다
는 뜻은 남자 껍데기를 완전히 벗겨내고 보낸
다는 것.

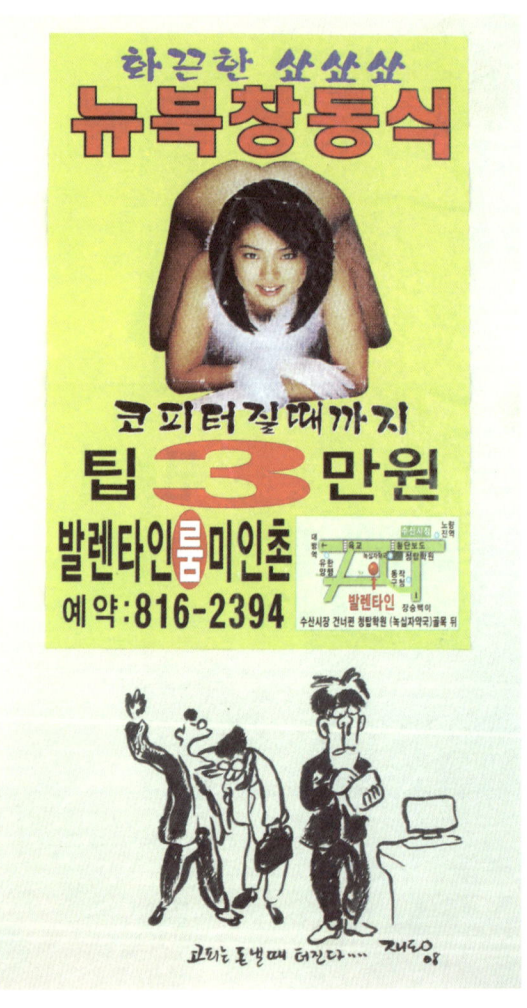

코피는
돈 낼 때

찌라시 아트. ㅋㅋ.

남과 여

이 그림들은 뭐 설명을 안 해도 될 것이다.

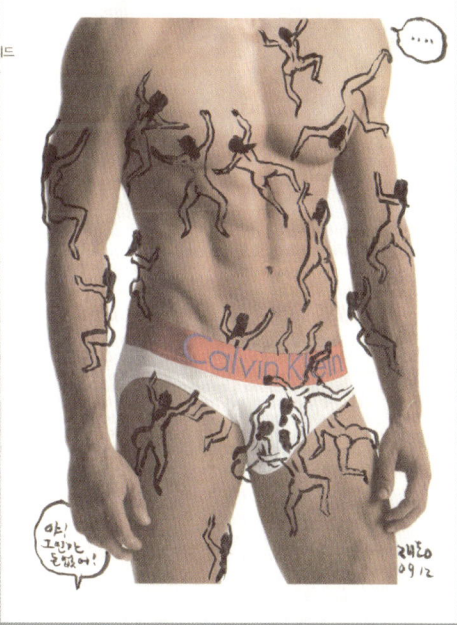

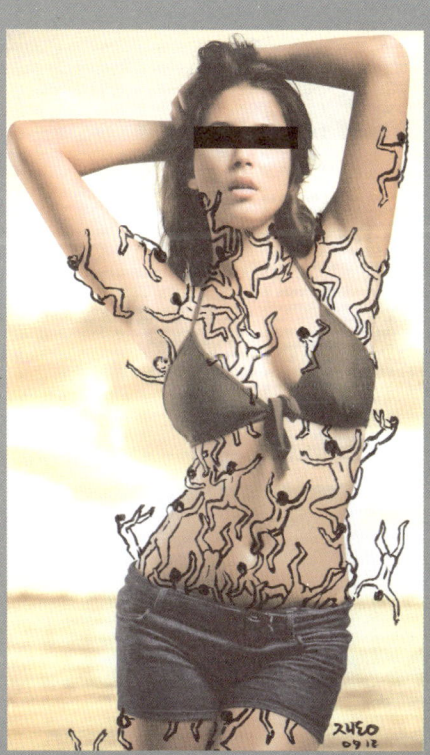

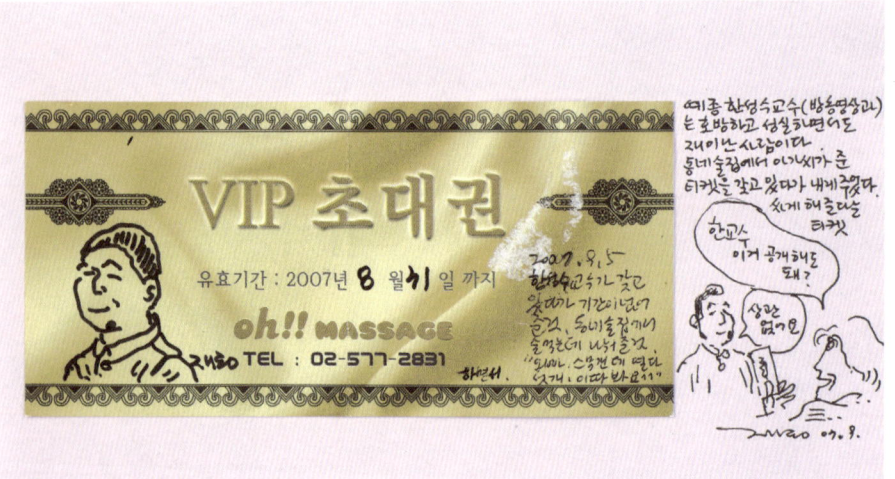

공개해도 돼?

스무 개가 뭐였지? 아, 만 원짜리 스무 장······.

우리 학교 한성수 교수는 참 두텁고 털털한 사람이다.

술자리에서는 늘 천천히 말하는 그가

은근히 분위기를 어느새 끌어가고 있다.

이 시대의 밤을 지킨다

도시의 밤을 지키는 올빼미 맨! 도시의 밤은 많은 것들을 만들어낸다.

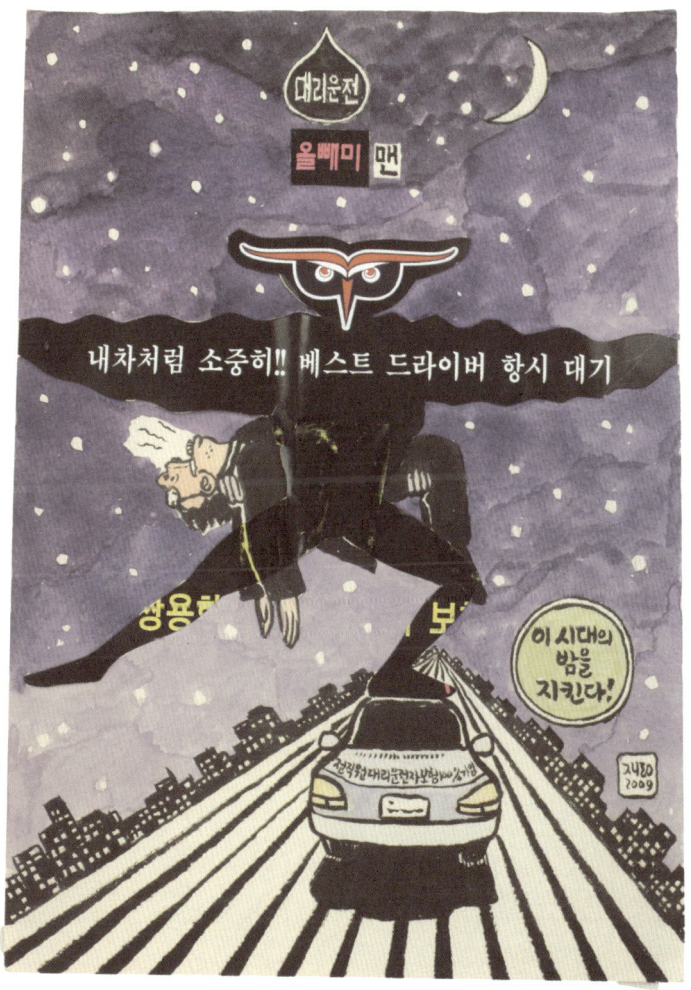

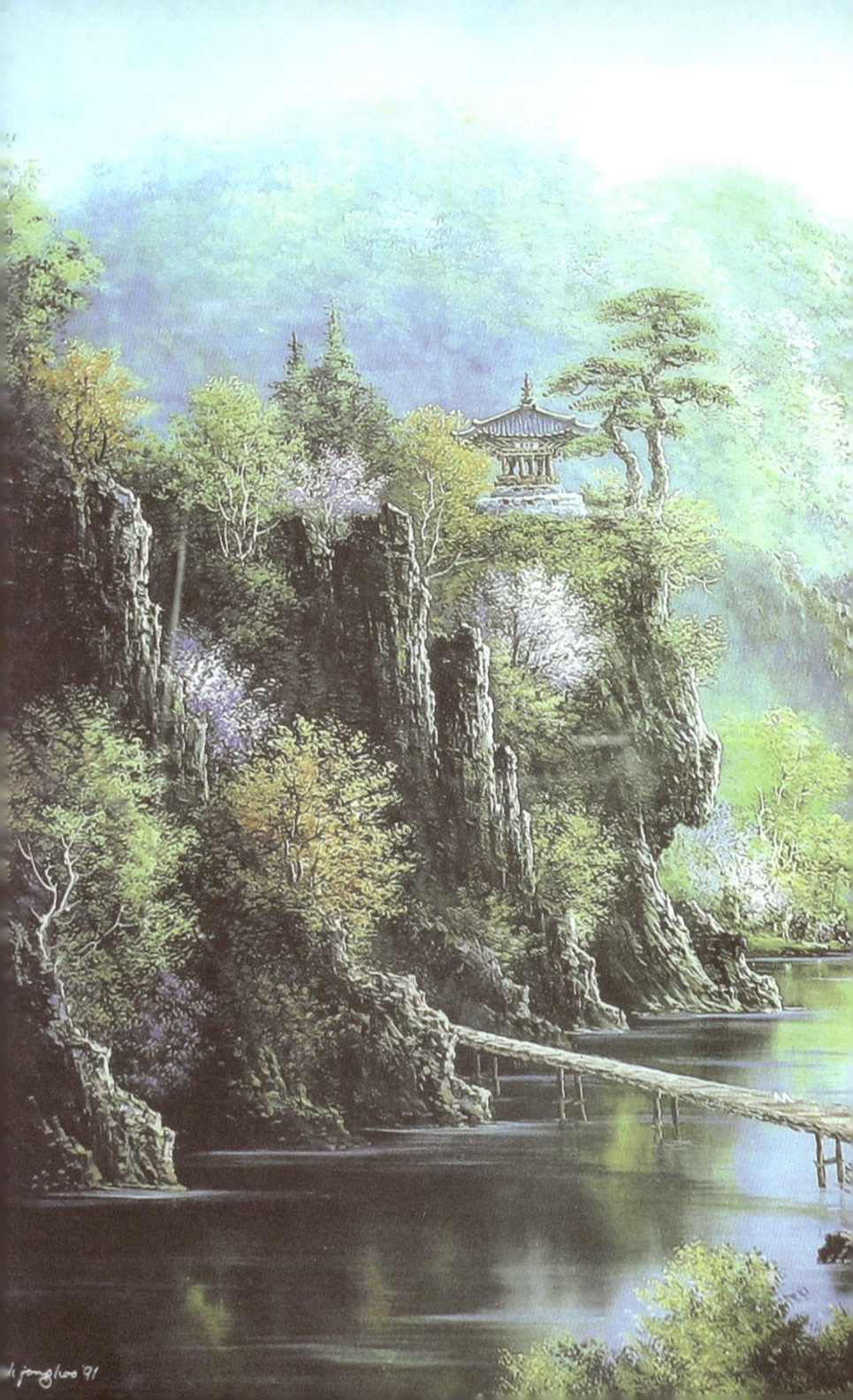

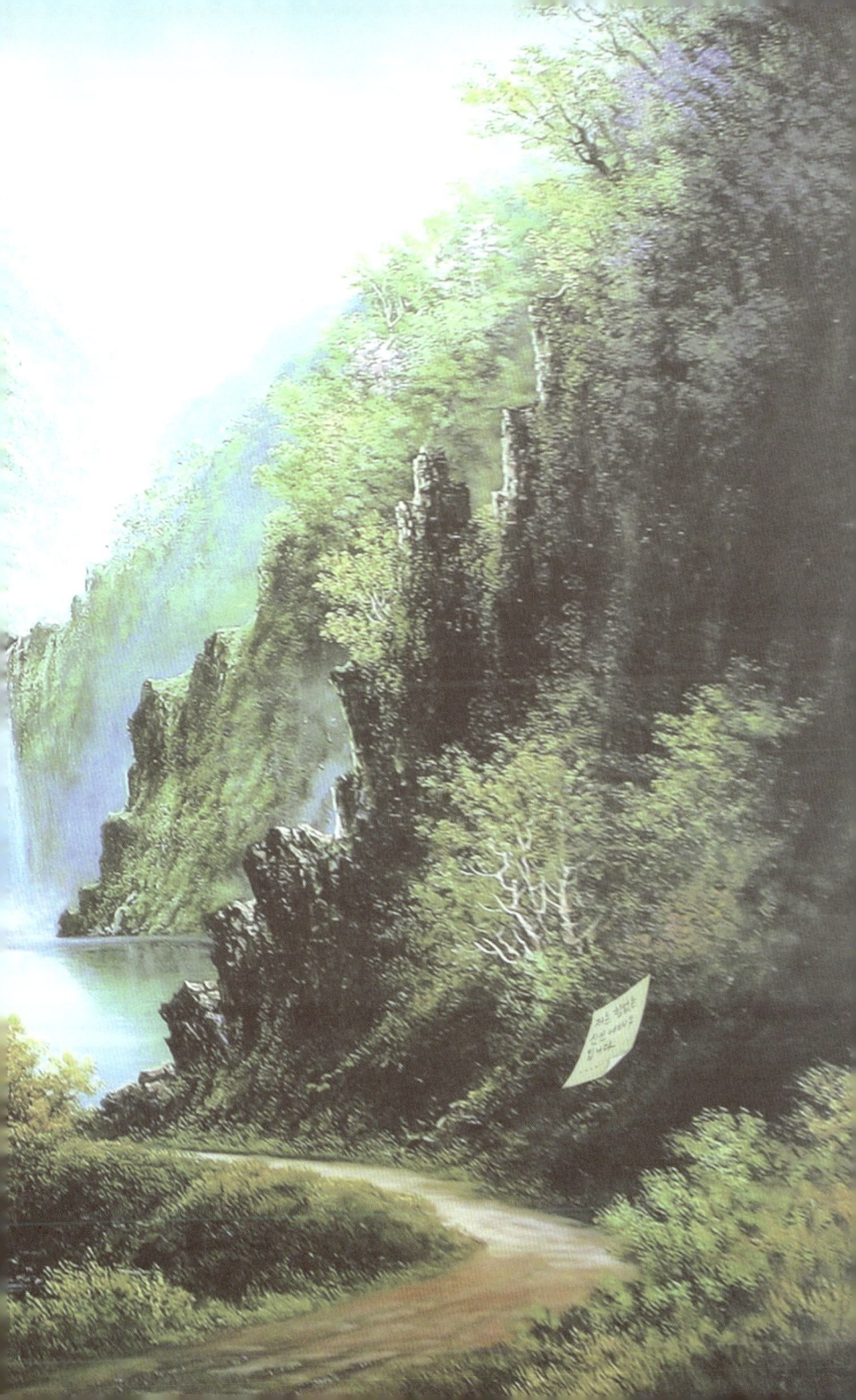

저는 힘없는
여배우입니다

대학시절, 한 친구가 이발소 그림을 비웃는 이야기하는 걸 들었다. 물론 당시 이발소 그림을 비웃는 것은 당연한 일이었고, 우리에게는 그것과는 질이 다른 그림을 그리는 고급 혹은 진정한 예술가라는 것을 자랑하고 싶은 마음이 있었다. 그런데 나는 좀 다른 생각을 했다. 내가 어렸을 적, 동네 이발소에서 머리를 깎을 때, 아! 그때 무언가 울퉁불퉁한 가시 같은 솔로 머리를 얼마나 문질러댔는지 아직도 머리가 얼얼한 지경이다.(그땐 우리들 머리에 소위 '소똥'이 앉았다.) 그러나 그렇게 아픈 기억만 있지 않았다. 앞에 있는 커다란 거울 위에 걸려 있던, 거울 같은 강물에 오리가 떠 있는 그림 혹은 물레방아 도는 시골 풍경. 그 그림은 얼마나 환상적이었는가.

나는 그 그림 속 환상에 빠져 잠시나마 휴식을 취할 수가 있었다. 그러나 소위 고급 혹은 진정한 예술이라고 부르는 그림들 중엔 이것만큼도 휴식이나 감동을 주는 것이 없는 게 얼마나 많은가. 그럴 듯하긴 한데, 욕할 수는 없지만, 와 닿는 것이 없는 것. 이것은 그나마 환상이라고 주지 않았던가! 그래서 젊었던 나는 한때 이 이발소 그림을 가지고 허위에 가득한 미술계를 강타하고 싶어 했다. 산에는 진달래 여기저기 피어 있고 소나무 가지에 머리 땋은 처녀들 그네를 타고 있는 그림. 그야말로 당시 민중들의 꿈이 표현된 그림이 아니던가! 그런데 한 10년 후 민정기 형이, 같이 했던 〈현실과 발언〉 동인전에 이 이발소 그림을 가지고 나왔다. 복돼지. 오리 다니는 물레방아…… . 나는 나의 소망을 그가 이루어줬기 때문에 하지 않아도 되었다. 그후로도 나는 길에서 파는 이 이발소 그림에 관심을 두고 이따금 수집해왔다. 심지어 그리스에 갔을 때도 수집했다. 이 그림들은 고급예술품을 살 수 없는 서민용 그림으로 한마디로 짝퉁 그림이라 해도 무방하다. 그림을 비싸게 살 수 없는 서민이 이런 그림이라도 걸어놓고 잠시 환상에 빠져보는 게 뭐가 잘못된 게 있는가?

그리고 그속엔 민중들의 욕구와 꿈이 들어있다. 그래서 나는 이런 그림들을 '현대판

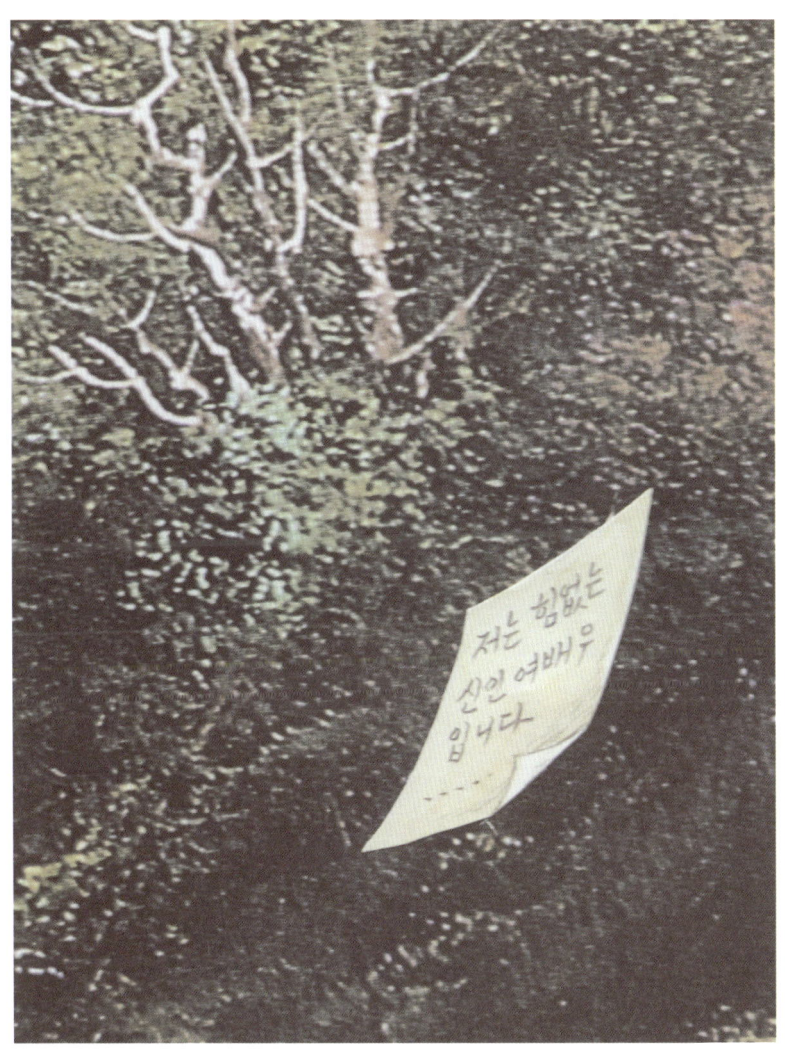

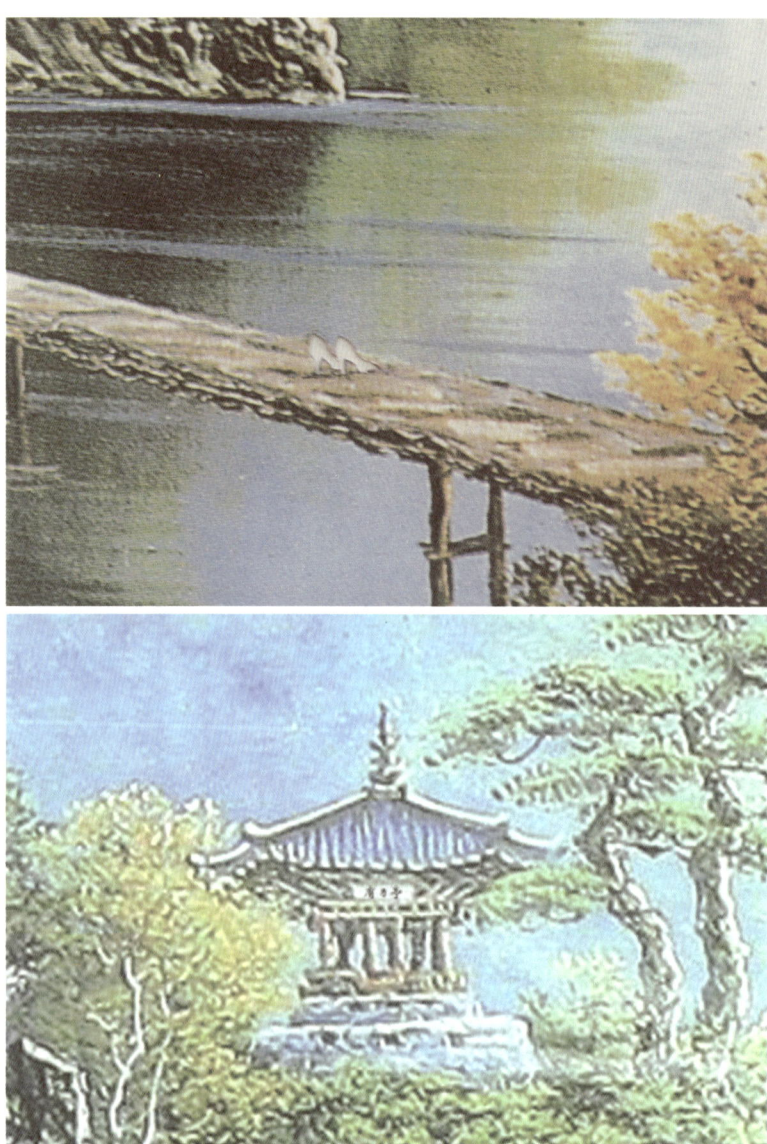

민화'라 부른다. 조선 시대 때 민화 역시 고급예술을 모방하면서 거기에 기복적인 민중의 꿈을 섞은 것이다. 그 역시 짝퉁 비슷한 그림이나 우리가 그 가치를 소중히 여기지 않는가! 이 그림이 그렇듯 민화들도 당시엔 고급지식인들의 눈엔 천한 그림이었을 것이다.

그건 그렇고 이 그림은 노량진 육교 위에서 산 그림 중에 하나이다. 마침 영화평론가 유지나 교수가 억울하게 죽은 영화배우 장자연 씨의 원한을 검찰도 경찰도 정치권도, 그 누구도 풀어줄 수 없기에 직접 나서 씻김굿을 해주겠노라고 십시일반 굿 비용을 모은다고 하였다. 나는 내가 그린 손바닥 그림들을 디지털 판화로 만들어 효자동 〈자인제노〉 갤러리에서 전시해 팔아 성금으로 돌렸다. 성금을 내느니 그림을 싸게 팔아 기증하는 것으로.

그때 나는 유지나 씨를 위하여 마침 사놓은 이 이발소 민화를 이용해 작품을 만들었다. 이 민화는 동양적 선경을 서구 바로크풍의 기법으로 솜씨 있게 그린 그림으로, 보고 있으면 마음이 강을 따라 머문다. 절벽 위에 정자가 서 있고, 가늘고 소박한 다리가 놓여 있다. 옛 그림엔 노새를 타고 가는 은둔선비가 가끔 지나갔을 그 다리. 나는 오른쪽 공중에 떠 있는 종이에 "저는 힘없는 여배우입니다……"라고 쓴 유서를 그려 붙이고, 다리 위에는 분홍 하이힐 한 쌍을 그려 넣었고, 멀리 정자엔 '유력정有力亭'이라고 편액을 걸었다. 이 그림을 유지나 씨는 상당한 고가에 샀다.

"에이 몇 달 굶지 뭐 히면서."

나는 이 작품을 매우 좋아한다.

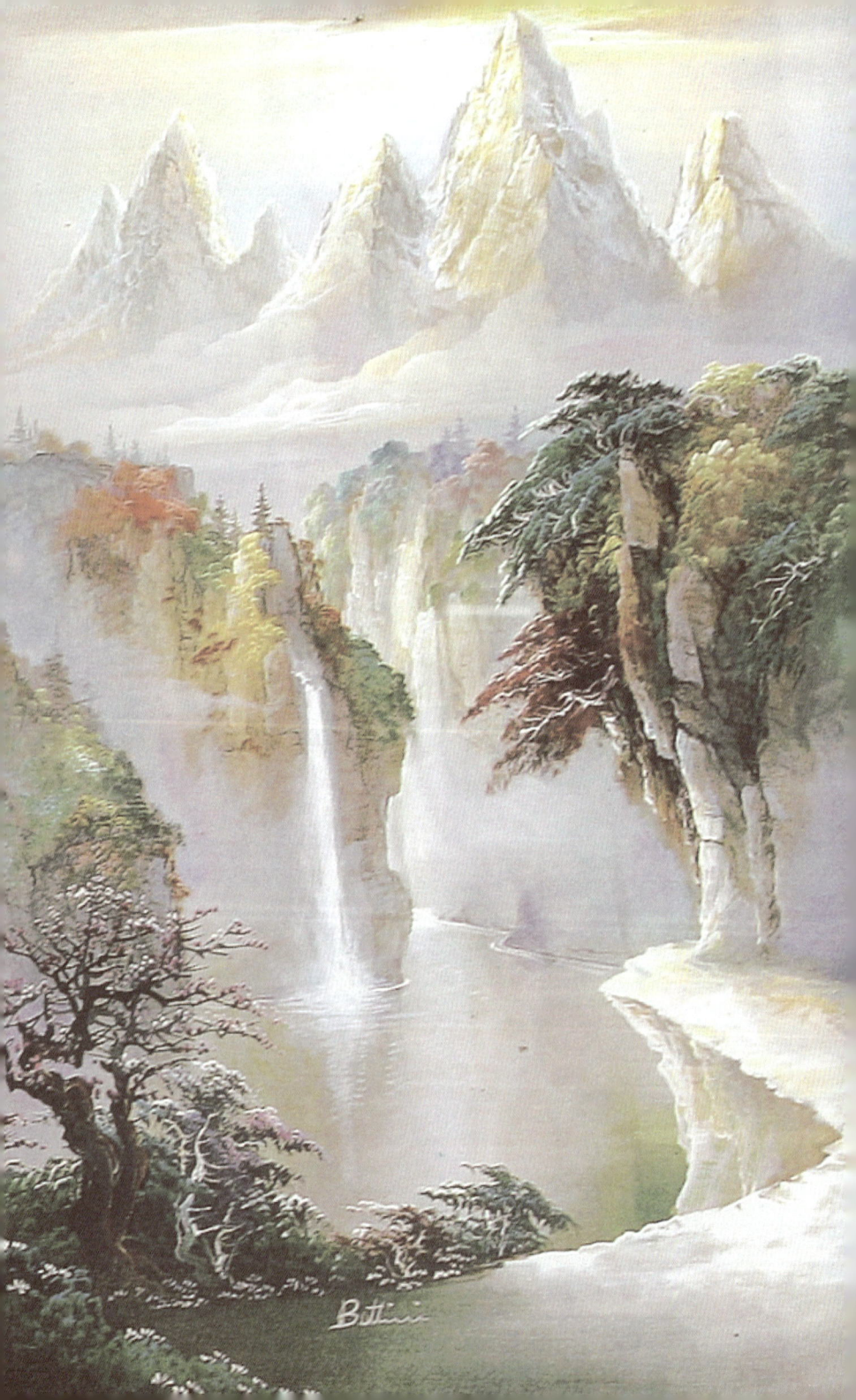

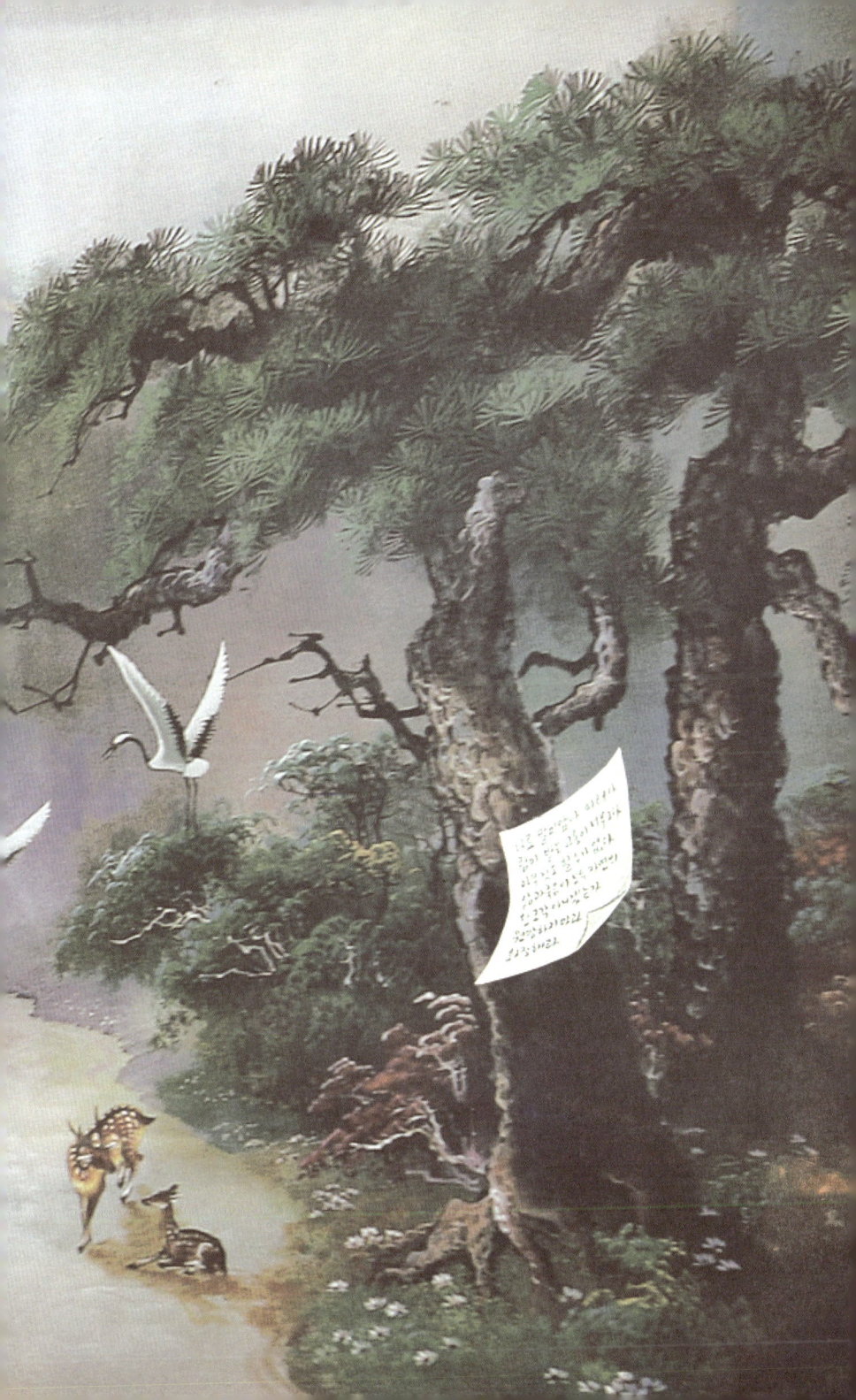

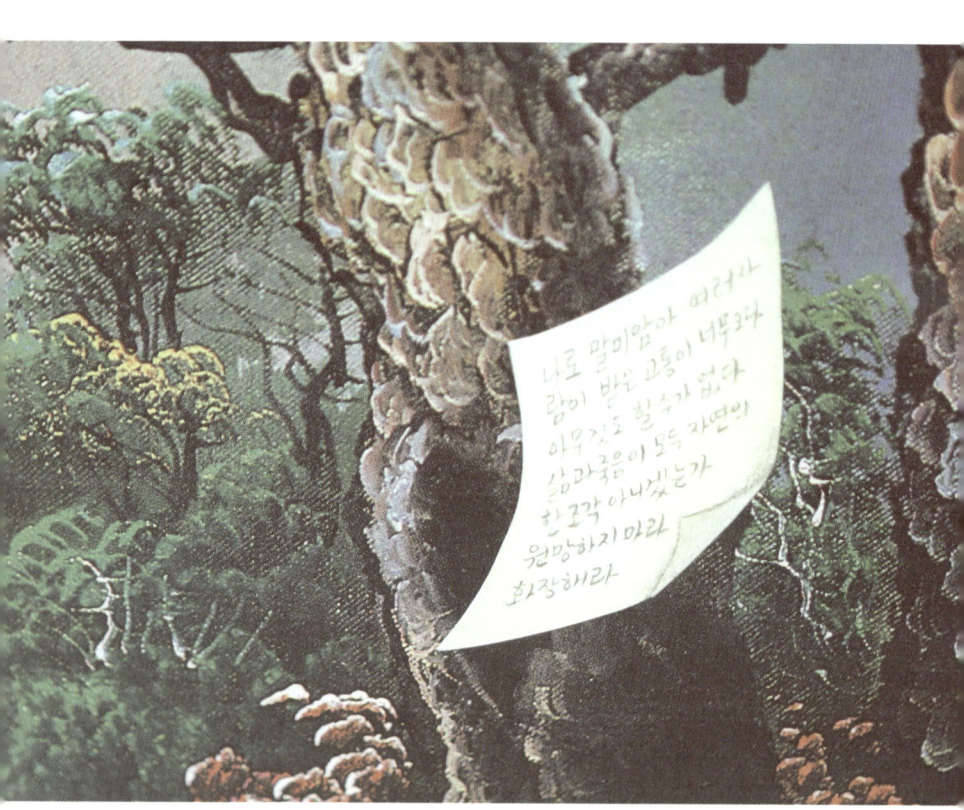

슬퍼하지 마라

이 그림 역시 같은 육교에서 산 이발소 민화로 이 작가의 화풍은 색채가 매우 독특하고 환상적이다. 마찬가지로 오른쪽에는 종이가 떠 있는데 내용은 "슬퍼하지 마라. ……운명이다……"라는 노무현 대통령의 유서이다. 노 대통령이 떨어진 바위 같기도 하고 그가 간 곳 같기도 한 풍경인데 절벽길 끝에 구두를 한 쌍 그려 놓을까 하다 그 묘하고 애매한 환상을 깨버릴까 그리지 않았다.

박재동의 손바닥 아트
© 박재동 2011

초판 1쇄 발행 2011년 11월 1일
초판 4쇄 발행 2013년 2월 1일

지은이 박재동
펴낸이 이기섭
편집인 김수영
기획편집 임윤희 김윤정 정회엽 이지은 이조운
마케팅 조재성 성기준 정윤성 한성진 정영은
관리 김미란 장혜정
디자인 Design Zoo 장광석

펴낸곳 한겨레출판(주) www.hanibook.co.kr
주소 서울시 마포구 공덕동 116-25 한겨레신문사 4층
전화 02-6383-1602~3
팩스 02-6383-1610
대표메일 book@hanibook.co.kr

ISBN 978-89-8431-516-7 03810